10
18

12, AVENUE D'ITALIE. PARIS XIIIe

Sur l'auteur

Gilles Bornais est né en 1958 à Neuilly. Depuis 1979 il est journaliste : successivement reporter sportif au *Parisien*, rédacteur en chef et directeur général de L'*Écho républicain* à Chartres, rédacteur en chef au *Parisien*. Son premier roman, *Le Diable de Glasgow*, obtient le prix Griffe noire du meilleur polar français de l'année 2001. Il a depuis donné une suite à cette série policière avec *Le Bûcher de Saint-Enoch* et *Le Mystère Millow*. Il est également l'auteur du *Serin de Monsieur Crapelet*, récompensé par le prix Polar dans la ville de Saint-Quentin-en-Yvelines en 2002, de *Franconville bâtiment B* (Série Noire Gallimard), et de *Ali casse les prix* (Grasset).

GILLES BORNAIS

LE MYSTÈRE MILLOW

10/18

« Grands Détectives »

créé par Jean-Claude Zylberstein

ÉDITIONS GRASSET

Du même auteur
aux Éditions 10/18

LE DIABLE DE GLASGOW, n° 4144
LE BÛCHER DE SAINT-ENOCH, n° 4206

ISBN 978-2-264-04735-9

A Yvette et Hector

Pour la première fois depuis notre entretien, la voix d'Hercule Poirot se fait calme et posée :

— Le mobile du crime ! Voilà où il nous faut revenir ; examinons le problème avec calme et méthode. D'abord, combien peut-il exister de mobiles capables de pousser un individu à tuer son semblable ? Pour le moment, éliminons l'hypothèse d'un geste de folie : ce serait s'éloigner de la vraisemblance ; ne nous arrêtons pas davantage à celle de la colère (...).

AGATHA CHRISTIE,
La maison du péril.

1

Mardi 15 mars 1891

— Tue-le !

Le jour tardait à se lever. Sous les branches alourdies de rosée, le cercle des hommes occupait la clairière. Autour d'eux, le sol fumait sous les trouées des ramures.

— Tu vas le saigner ! Tu vas le saigner !

Les voix cinglaient, roulaient, se répondaient. Boutons dorés et frusques de toile coudoyaient, se confondaient dans la pénombre ; index pointés, bustes étirés, tordus comme pour en essorer l'excitation.

— Dix pence sur Rash Kiddy !

Une main tira le coq de sa cage, une autre lui enserra la patte d'un éperon d'argent. L'animal battit des ailes. Rash Kiddy gonfla le camail roux de sa gorge et toisa son rival.

— Vas-y Sphinx !

— Deux shillings sur Sphinx pour Smith !

A peine brandis, pièces et billets étaient saisis au vol. Un rougeaud en haut-de-forme assis au premier rang jeta une poignée de monnaie dans une cassette.

— Dave nous met cinq shillings sur Sphinx !

— Autant sur Rash Kiddy !

— Et moi je te dis que Sphinx va l'étriper. Rajoutes-y vingt pence ! renchérit une voix rauque.

On poussa les combattants au centre du ring. Des trognons de chique tombèrent sur le tapis de feuilles. On enfonça casquettes et melons, on se moucha d'un doigt, on se tut.

Rash Kiddy se rua d'entrée. Sphinx esquiva. Rash Kiddy se détendit plusieurs fois dans le vide avant de frapper du bec au flanc, les pennes blanches de Sphinx se teintèrent de sang. La clameur redoubla.

— Il est à toi Rash !

Sphinx fondit sur lui, les ergots en avant. La pointe de l'éperon de vermeil atteignit Rash Kiddy à la base du cou, une fois, deux fois ; les barbillons se déchirèrent comme morceaux de couenne. Sphinx piétina le blessé dans un nuage de terre et de feuilles.

— A mort !

— Qu'il l'achève !

On tira avec difficulté le vaincu des pattes de son bourreau. Lorsque la poussière retomba, son corps tremblant reposait dans un clapier de bois, de fer et de fiente.

J'ôtai ma casquette dans un geste ample. C'était le signal.

Quinze policiers en civil entourèrent l'assemblée. Quelques malins réussirent à s'échapper, les autres furent pris dans la nasse ou rattrapés un peu plus loin. Leurs regards convergèrent vers moi, certains imploraient ma clémence, d'autres s'étonnaient de me reconnaître. C'était bien moi. Joe Hackney, détective au Département d'investigation criminelle de Scotland Yard. Une dégaine qu'ils n'avaient pas pu oublier. Boiteux, balafré, malingre, mais nanti de battoirs de bûcheron qui les avaient déjà colletés dans quelque repaire à gredins entre l'East End et les bords de la Tamise.

On releva leur identité : aristocrates de campagne ou gueux de nulle part qui n'avaient que le temps de filer au travail à la ferme ou à l'usine.

— La prochaine fois, on vous embarque.

Les lascars furent invités à aller traîner leur misère ailleurs, on menotta les propriétaires, les preneurs de paris vidèrent poches et goussets.

— C'est pas légal, c'est plus que l'amende !

— C'est l'amende qui est illégale ! répondis-je. Bien trop modique pour un rupin comme toi, Scott. Tu pleures à chaque fois, et à chaque fois tu recommences !

Des policiers placèrent le butin, les cages et les bêtes dans des sacs. Ils emmenèrent les bookmakers.

Je m'assis sur un tronc couché dans la bruyère et ouvris le livre de compte.

— Vingt guinées le combat plus les paris... Ça aurait pu être une belle matinée pour toi, Scott. Je vois là que tes bestioles avaient gagné les trois premiers combats ! C'est un méchant, ce Sphinx...

Le dénommé Alexander Scott se redressa dans son manteau de gabardine. Du sang séchait sur le revers de cuir de ses manches. Il me considéra avec dédain.

— T'es le plus beau, Scott, mais quand je vais raconter au juge que t'as injurié la Reine et boxé des flics à nous, il pourrait oublier tes galons de tory et t'envoyer rejoindre les mord-la-paille de Newgate.

Il me traita de minable. Un sergent l'évacua. Je me tournai vers le second proprio. Deux yeux perdus derrière ses lunettes à monture ronde, crevant une figure de peau piquée de taches de rousseur sur un corps rendu informe par les couches de gilets qui l'ensachaient. Le reste était à l'avenant, pantalon à pièces et godillot à trou. Un seul. Le bougre avait perdu la seconde dans la mêlée. Il me tendit ses papiers, j'intimai aux policiers encore présents de m'attendre près des voitures.

— Le dernier, comme toujours, Ashby. A croire que tu le fais exprès : dernier à savoir lire à l'école, à retrousser les frangines, à refourguer tes rapines et même le dernier à riper quand les détectives de la Metropolitan nous filaient le train.

— La vie, ça sert à rien de la brusquer...

Ashby tordait sa bouche comme les voyous, mais les mots qui en sortaient filaient doux.

— Regency Place à Londres, c'est vraiment là que tu habites ?

— Je vais encore te décevoir : cette adresse-là existe pas plus que mon magot. Je dors depuis six semaines dans une piaule du Cockatoo que je paye en bricolant dans le rade. C'est pas le Palais de la Victoria, mais, au moins, j'ai un chez-moi. Pour un peu je mettrais des cadres aux murs et mes habits sur des cintres.

— C'est ta chance que ce soit moi qui aie été sur le coup.

Je lui ôtai les menottes, il chassa une plume qui collait à la ferraille de ses lunettes. Un sourire triste étira l'arrondi de son visage.

— Une chance ? T'as raison, y a plus malheureux. Les plus à plaindre ce sont les deux coqs qui sont restés sur le carreau, et celui qu'est bon pour la retraite. Moi, j'ai juste plus un penny devant moi et Scott qui me lâchera pas tant qu'il n'aura pas eu son fric.

— Pour peu que tu m'écoutes, Scott t'oubliera. Je m'arrange pour qu'il renonce à te réclamer cette créance et qu'il te dédommage des deux bêtes mortes dans les trois jours.

— Pour tes beaux yeux ?

— Pour que je n'aie pas la main trop lourde dans mon rapport.

— T'es gonflé, Joe !

— J'ai pas fini : en échange tu me promets de changer de métier.

Il plongea la main dans le fouillis de ses cheveux. Ses mèches roussâtres se dressaient sur son crâne, se plantaient dans ses oreilles, se tordaient sur son front trop étroit pour un foisonnement pareil ; elles en balayaient son œil, sorte de trouée bleu pâle rendue à des dimensions visibles par l'effet du verre et qu'on aurait dit de la couleur de l'eau, si ce n'est qu'aucun liquide n'avait jamais brillé d'un éclat aussi tendre.

— Pourquoi ? Avec les coqs, j'avais l'impression d'avoir trouvé ma voie.

— Tu as vu comment ton Rash Kiddy s'est fait étendre ? Il était plus fort, plus fier, mais moins vicieux. Sphinx l'a surpris de côté, une botte de pervers...

— Ça s'apprend.

— Le vice à ce point, faut être né avec. Scott et les autres ont de l'avance. Ce matin, t'as juste réussi à distraire quelques aristos. Tu mérites mieux.

— C'est quoi ton idée ? Que je devienne flic comme toi ?

— Mon père n'aurait pas été repassé, je serais

encore à traîner avec toi. Je ne vais pas te refiler l'histoire, je n'avais rien trouvé de mieux pour soulager ma mère.

— Y a qu'elle que tu as consolée.

J'allai ramasser son godillot et le lui lançai. Il l'enfila. Entre la semelle et le cuir mâché, ses arpions rougis dépassaient.

— Amuseur de rentiers de campagne, ça console personne.

— Parfois ça remplit la gamelle.

— Si j'entends parler d'un turbin plus présentable, je te fais signe. En attendant, retourne fricoter en ville.

Il sortit un bonnet de sa poche, en couvrit sa tignasse et le descendit sur son front. Je ne voyais que ses joues rebondies et la peau de son nez craquelée de morve séchée. Ashby, c'était rien qu'un gosse.

2

— Vous parlez d'un tableau de chasse, Hackney !

Quand il baignait dans un état de sérénité ordinaire, le chef constable William Doffey, chef du Département d'investigation criminelle du Yard, se nourrissait. Une joie plus profonde l'incitait à tirer sur un des cigares qu'il tenait au secret dans un coffret gravé à ses initiales. Dès qu'il s'agaçait, il fumait des cigarettes roulées dans du papier doré. A la première contrariété, il recoiffait ses cheveux blonds et filasse, et hurlait. Le chef constable possédait la voix puissante des hommes à forte stature. La sienne s'accompagnait d'un penchant à l'embonpoint. Pas de ces volumes qui confèrent la prestance ou respirent la bonhomie, Doffey avait la rondeur triste et le bourrelet fuyant. Jusque dans son visage où la graisse avait reflué de ses joues pour garnir la gousse généreuse de son double menton.

Avachi dans son fauteuil de cuir, il tripotait les boutons de son complet de laine. Il détacha le clope qui pendait de sa lèvre et l'écrasa dans un cendrier.

— Quinze flics mobilisés pour une matinée, un baronnet et trois coqs à présenter au juge ! Vous vous êtes fichu de moi... J'aimerais bien connaître la vraie raison de cette partie de campagne !

Il m'avait convoqué dans son bureau juste avant que ne commence la réunion de semaine où ses inspecteurs exposaient l'avancement de leurs missions. En plus des questions (auxquelles je ne répondis pas) et du sermon, je reçus l'ordre de ne pas rapporter un mot de ma matinée. La galerie s'en serait amusée, et pas forcément à mes dépens. Pas de danger. J'étais encore à ma joie de l'avoir roulé.

Pour obtenir de monter ce flagrant délit de combat de coqs à huit miles de Londres, je lui avais parlé de réseau, de millions de guinées en jeu, d'une gangrène sociale en devenir, d'un moyen de confondre des caïds mouillés dans des embrouilles autrement criminelles. Il avait gobé.

Loin de ce baratin, ce qui m'avait jeté à l'aube dans les boqueteaux de la forêt de Croydon, c'était Tommy Ashby, né dix ans après moi dans Aldgate, perdu tôt pour l’école et le droit chemin, grandi dans notre bande de vide-goussets au cœur de l’East End.

Son père, sa mère et ses trois sœurs étaient morts du choléra, la même semaine de janvier, dans leur taudis de Whitechapel. On ne l’avait pas vu de quatre jours, Ashby. Il était resté couché près d’eux dans le noir, gelés qu’ils étaient, la peau sur les os ; il leur parlait, guettait leur premier frisson, leur première chiasse. Les policiers l’avaient découvert allongé au milieu des cadavres dans une odeur atroce, il caressait un rat, un gros, il lui causait ; il paraît que le rongeur ne bronchait pas, l’écoutait. Les visiteurs ne mouftaient pas, Ashby continuait, tout à son rat, paisible, il lui racontait l’histoire de ses parents, ni glorieuse ni rien, eux qui ne savaient ni lire, ni écrire, ni se plaindre, juste trimer : chiffonniers puis ramasseurs de crottes de chiens qu’ils revendaient dix pence le sac de cinq kilos aux tanneurs des bords du fleuve. « Je distrais la bestiole pour pas qu’elle les bouffe » avait expliqué Ashby aux flics. Deux jours qu’il jacassait dans l’obscurité. Trois flics avaient tourné de l’œil à cause de la puanteur. Un constable s’était écrié qu’Ashby était devenu dingue, les autres avaient engueulé leur collègue. Ils avaient laissé Ashby finir. Ce n’était pas une dinguerie, il y avait qu’à le regarder, c’était un don qu’il avait d’exciter les bontés.

De se pencher jour après jour, dans les ténèbres, sur les paillasses où les siens dépérissaient, l’avait doté d’une vue de chat. Lui, assurait que c’était grâce à ses lunettes, « des binocles pour voir la nuit » qu’il disait. Le seul cadeau que lui ait jamais offert sa mère. Elle les avait ramassées dans la rue et les avait trouvées si jolies avec leur cerclage d’acier qu’elle les avait essayées sur toute la famille. Du père et des quatre gosses, seul Ashby n'avait pas osé avouer qu'elles lui amochaient la vue à lui en coller des migraines.

Depuis cet hiver, il n'avait plus jamais crié, gémi, ni prié. Il répétait que ça ne servait à rien. Alors forcément on l'envoyait dans les missions délicates, celles où ses paroles d'apôtres et son visage creusé au malheur endormaient les méfiances. Pas une lady qui ne lui ait ouvert sa porte, pas un prêteur qui n'ait accepté son argenterie, pas un factotum qui, les jours de cohue, ait refusé de lui confier son paquet de lettres de commerce à la Poste centrale.

Au fil des coups durs, des mois de prison, des maladies et des désertions, notre bande s'était réduite à Ashby et moi. Le soir où je lui avais appris que je devenais flic, je m'étais forcé à sourire :

— Tu vas pouvoir te mettre à ton compte.

Il était 20 heures, on était dans la salle du fond du Cockatoo. Il venait de tirer deux mandats-poste, vingt timbres et quatre livres de ses poches. Il avait disposé le tout sur la table entre ma tasse de thé et son verre de ale, avait poussé ma part devant moi et, de son ton à lui, il avait articulé « j'vais pas cracher sur ma foutue vie pour si peu. Je vais juste y être un peu au large comme dans mes falzars, mais t'inquiète, elle me tombera pas sur les pieds pour autant ». Il n'avait pas entamé sa bière et avait quitté le Cockatoo du même et humble pas qu'il sortait chaque soir après le partage. Dans son œil terreux j'avais vu scintiller la larme du gentil. Sûrement la dernière qu'il lui restait après toutes celles qu'il avait versées sur ses mourants.

Je n'avais plus eu de nouvelles. Au Cockatoo, il ne passait plus, et son nom n'était jamais apparu dans le moindre rapport consigné au Yard. J'avais beau me dire qu'il s'en tirerait toujours et mieux qu'avant, il me manquait. J'avais offert ma tournée, huit jours plus tôt, quand j'avais entendu prononcer son nom au comptoir d'un coffee shop d'Aldgate. J'avais payé leurs dix pintes aux bavards pour qu'ils m'envoient les tuyaux. C'est là que j'avais su. Ashby serait aux aurores ce mardi dans les bois de Croydon avec ses coqs, pour un match à cent guinées contre un notable dévoyé du coin, Alexander Scott.

Ashby était donné à quarante contre un.

3

Doffey avala un dernier muffin. C'était l'heure où filait en grand le gaz des lampes. Les murs de la pièce se repeignaient du gris léger des ombres. Le gratin du Yard était là. Une demi-douzaine de détectives avaient enguirlandé le portemanteau de leurs hauts-de-forme. Moustaches taillées du jour, costards impeccables et tatanes recuites au Pelaw Polish, ils étaient assis en arc de cercle devant le chef constable. Je m'accordais toujours le privilège de garder ma casquette, parfois celui de rester debout, ou de m'occuper du feu. Il ne m'en coûtait que de passer pour un paltoquet.

Doffey, en bras de chemise, se renversa dans son fauteuil sous le portrait en pied d'Adolphus Williamson, premier commissioner [1] du Département d'investigation criminelle, mort deux ans plus tôt. Sur la toile, l'homme était vêtu d'une longue redingote puce, ses épaules tombantes soutenaient une tête au front dégarni, surmontée d'un melon et mangée d'une barbe foncée. Il semblait nous observer.

Doffey desserra sa cravate, prêt à nous entendre.

Bruce Brunning maîtrisait l'exercice. Le bénéfice de l'expérience. Le plus ancien des inspecteurs du Yard baladait ses cheveux gris comme des décorations et ses alpagas douze ans d'âge mieux que des reliques. Il était du genre noueux, le râble et la nuque coulée dans le muscle, il avait les lèvres minces et la mâchoire en soc de charrue.

Le temps que le silence s'installe, il se leva, enleva et remit sa chevalière à son index. Il se vanta de cuisiner un docker alcoolique soupçonné d'avoir occis un compagnon de beuverie. Le gus ne tarderait pas à recouvrer la mémoire. Doffey n'en doutait pas. Débarqué dix ans plus tôt du Surrey où il s'était fait remarquer en obtenant les aveux de « Tête de Roc » trafiquant notoire et dur de dur, Brunning aimait cuisiner, et quand il n'interrogeait pas, il amusait. A jeun, il grimaçait ; passé deux pintes, il écrasait d'un doigt le champignon qui lui servait de nez ; à cinq il le touchait avec le bout de sa langue et réussissait encore à nasiller ses bonnes histoires de flic : sur son lit d'hôpital, Tête de Roc avait rendu l'âme deux jours après avoir balancé ses copains. Et la meilleure des meilleures : celle du monte-en-l'air qu'il avait secoué pendant trois heures avant de s'apercevoir qu'il était muet.

1. L'équivalent du commissaire principal, qui dirigeait l'ensemble des services de Scotland Yard.

Quand ce fut mon tour, j'évoquai quelques menus trafics et violences indignes du Département d'investigation criminelle. Comme convenu avec Doffey, pas un mot sur Croydon, ni sur la fierté qui m'avait empli quand Scott avait signé sa reddition face à Ashby. Doffey ne m'avait guère écouté. Au début de mon intervention, il avait été appelé dans le couloir et en était revenu un long télégramme à la main qu'il avait lu et relu pendant que je parlais. Il se mit alors à me donner du « Joe Hackney, inspecteur 2e degré », ainsi qu'il y sacrifiait à chaque fois qu'il voulait me convaincre d'accepter un boulot à ma mesure, une enquête qui me vaudrait sa reconnaissance, mon nom dans le journal, le sourire des ladies ; enfin, une mission plus gratifiante que mes expéditions contre les combats de coqs et que mes traques obscures dans l'East End. Il se trompait, Doffey ; les ladies des beaux quartiers n'avaient jamais levé les yeux sur moi. Il n'y avait que les catins de Spitalfields et les gagneuses des docks pour cambrer les reins devant une pareille demi-portion planquée dans son manteau qu'on aurait dit tissé du même crin que sa tignasse et dont le regard de charbon semblait en vouloir à la terre entière.

— ... 18, Cowley Street... Vous avez compris, Joe ?

Il avait haussé le ton, me tirant de mes pensées.

— Non.

L'inspecteur Brunning appuya sur son nez, les collègues éclatèrent de rire. Doffey les fit taire et me redébita son boniment d'une traite.

La veille, le dénommé Fergus Millow, locataire d'un appartement au quatrième et dernier étage du 18, Cowley Street avait reçu deux lettres. La première accusait réception de son mandat couvrant les frais d'exposition de son huile *Retour au port* à la Galerie Kensale de Hunstanton. La seconde lui annonçait sa mort.

Le tableau représentait un fier voilier batifolant sur une mer écumant dans la lumière diaprée d'un contre-jour. Et Fergus Millow fut assassiné le soir même.

Sa domestique, Judith Jaffray, l'avait trouvé mort, étendu dans son salon, le crâne entaillé, le cou, le front et la chevelure ensanglantés. Rien n'avait été volé et aucun témoin ne s'était manifesté.

— Un adversaire digne de vous, conclut Doffey.

— Intéressant.

J'en étais le premier étonné, cet exposé éveillait ma curiosité. Une chasse à l'assassin, c'est ce qu'il me fallait pour oublier que je n'étais devenu qu'un piégeur de margoulins, le grand inquisiteur de la mistoufle. Dernière prise : Ashby. Butin de becs et de plumes, et condamnation à la dèche à perpète. Je l'avais banni de la campagne pour le remettre à la rue. Et qu'avais-je eu à lui proposer pour sa rédemption ? Devenir flic ! Pourquoi pas honnête ou archevêque pendant que j'y étais ! Où était-il à cette heure ? Peut-être ronflait-il en ivrogne dans un fourré d'Hyde Park en me maudissant ou qu'un argousin pire que moi l'avait serré pour une broutille. Si j'en avais su, j'aurais dit des prières pour qu'il s'en sorte. J'attendrai pour en apprendre. Le devoir m'appelait. Même dans l'ignoble, les bonnes manières se perdaient. Non seulement on massacrait sans rien voler, mais on défiait, on prenait des façons de prétentieux. Une lettre anonyme pour annoncer le meurtre ! Doffey venait de me répéter qu'il n'avait jamais été confronté à un tel cas. Il avait raison, aucun flic du Royaume n'avait jamais vu ça ! Qu'un gus ait une bonne raison d'en vouloir au dénommé Millow et qu'il soit suffisamment dérangé pour passer à l'acte sans emporter l'argenterie, pourquoi pas. Qu'il ait pris cette peine de narguer à la fois sa victime et les types comme moi censés lui courir après, non.

4

Cowley Street, longue impasse flanquée de coquets immeubles de grès, dévalait Westminster vers la Tamise. Calé contre un lopin planté de jonquilles et de chiendent, le 18 finissait la rue.

Dans la lumière mourante de la fin d'après-midi, des pigeons picoraient à qui mieux mieux devant l'entrée. Ils se poussèrent à peine sur mon passage. Au quatrième étage, un constable somnolait contre la porte. Il se ressaisit et nous ouvrit. Dans le vestibule, deux pardessus pendaient aux patères d'un portemanteau. Je fouillai le premier, un duffle-coat à capuche. Vide. Puis le second, un raglan à col fourré.

— Plaît-il ? Celui-ci est à moi, dit une voix de crécelle dans mon dos.

Le type portait un gilet à rayures. Il avait les cheveux plantés bas et deux bras épais tombés d'épaules rondes qui lui mangeaient le cou.

— Mr. Hackney ? J'ai été prévenu de votre venue.

Chef inspecteur Osborne du commissariat de Westminster. C'est moi qui ai suspendu le duffle-coat ; Millow le portait, ainsi que ses chaussures, quand la domestique l'a découvert. Il y avait un revolver dans la poche droite, mais le plus troublant, c'est la lettre anonyme. Elle était avec l'enveloppe dans la cheminée.

Je la lui pris des mains. Le vélin était blanc, mince, sans carreaux, les marques de pliures horizontale et verticale ne s'y coupaient pas à angle droit. Le texte avait été jeté d'un trait rustre, à la mine de plomb :

aujourd'hui, avant la nu
vous serez mort
un coup sur la têt
bing
la punitio

Les mots se suivaient sans majuscule ni ponctuation.

Osborne gratta sa joue.

— Sidérant, hein ? Je n'en suis pas à mon premier meurtre de cinglé, mais je dois avouer que je n'ai jamais rien vu de tel. C'est ce qu'on appelle un indice et il y en a d'autres.

Il désigna une boîte ouverte sur un guéridon. Il y avait déposé une enveloppe ordinaire, légèrement brunie sur sa partie droite. Le Victoria mauve à un penny avait pris une teinte fauve, de même que l'oblitération. On pouvait néanmoins y lire que le pli avait été posté au bureau principal de Lambeth. Le libellé de l'adresse était intact ; elle avait été rédigée de la même écriture que les cinq lignes.

Osborne défit ensuite un empaquetage de tulle et découvrit un colt calibre .5.

— Belle pièce, non ?

Je débarrassai l'arme du tissu et fis jouer la culasse. Elle était chargée. Balle alu, à poudre.

— Notre client était sur ses gardes, ajouta Osborne.

Je ne relevai pas et épluchai des paperasses qu'il avait tirées des tiroirs. Il y avait là des factures, une quittance de loyer et, à côté du tas, une lettre portant l'en-tête de la Galerie Kensale à Hunstanton.

— J'ai trouvé l'enveloppe dans l'âtre, dit Osborne. Il l'a jetée hier matin sur les braises de la nuit. Le pauvre n'a pas rallumé son feu depuis.

Je m'attardai sur les documents. L'enveloppe était inexploitable et la page était signée du directeur James Kensale. Il écrivait :

Hunstanton, le vendredi 4 mars 1891

Cher Mr. Millow

Nous avons bien reçu votre mandat de huit livres et vous confirmons que votre huile Retour au port *sera exposée à fin de vente dans notre galerie d'Hunstanton pendant six mois à compter de ce jour. Nous rentrerons en contact avec vous à chaque offre faite par un client. Le cas échéant la vente s'effectuerait selon nos conditions habituelles.*

Bien à vous.

De la pile, j'extirpai ensuite la photo jaunie d'un homme d'une quarantaine d'années. Sur l'épreuve, Fergus Millow était un brun à moustaches et cheveux longs. Son visage était ovale, son nez moyen, ses yeux ne retenaient pas l'attention et ses lèvres esquissaient un de ces sourires figés que réclament les photographes. Si j'avais dû juger Millow sur ce portrait, j'aurais supposé que son physique était d'une banalité telle qu'il aurait dû le mettre à l'abri d'une vie d'exception. Et plus encore d'une mort extraordinaire.

Le dos du cliché était frappé du tampon : « Mark Suntherlind, Great College Street ». Ce photographe mériterait une visite. Osborne revint à la charge :

— J'ai d'abord cru au crime d'un maraud. Mais j'ai pris l'initiative d'envoyer son corps à l'autopsie, parce que je n'ai pas besoin de vous dire que je n'y crois plus, au crime du maraud.

Tout en jacassant, il m'entraîna vers le salon, un carré de modeste dimension, éclairé d'une suspension de cuivre et meublé comme un garni de Soho. Sur l'un des deux fauteuils une grosse femme en robe imprimée reniflait dans la boule que formait son mouchoir entre les boudins courts de ses doigts.

— Les événements ont bouleversé Mrs. Jaffray, reprit Osborne. Elle était au service de Mr. Millow depuis qu'il habitait ici, il y a huit ans. S'il l'a gardée tout ce temps, c'est qu'elle était de ces domestiques consciencieuses comme il n'en existe plus. Et voilà que ce matin, elle découvre le corps...

Je m'agenouillai au-dessus de l'endroit où le bois du parquet s'était imbibé du sang de Millow. Le légiste était déjà passé et il ne subsistait plus qu'une tache brune de la taille d'une carte postale. Millow s'était écroulé et ne s'était plus relevé ni traîné. Son assassin l'avait tué d'un ou deux coups et il n'y avait pas eu de lutte. Ce qui expliquait que la victime n'ait pas eu le temps de se saisir du revolver.

— J'aimerais entendre le témoin, dis-je.

— Il faut d'abord que vous voyiez son atelier, si on peut appeler cela un atelier, je ne sais pas comment il pouvait peindre dans un...

— C'est où ?

Il traversa le salon et tira un battant de pin, libérant des effluves de peinture. On pénétra dans une mansarde encombrée d'un trépied, d'une palette juchée sur un escabeau et plus à droite encore, d'un plateau jonché d'un pinceau et de tubes. Sur le chevalet, une toile attendait ses couleurs. Millow y avait juste brossé un fond pâle dans le bas du rectangle, puis étiré des couches en bandes charbonneuses dans la partie supérieure. Une lucarne percée à hauteur d'homme peinait à éclairer l'esquisse. Osborne promena son regard au-dehors.

— Je me demande ce qui l'inspirait...

— Il a laissé des tableaux ?

— Un seul.

Il ouvrit une huche d'osier rangée sous le vasistas et y piocha une croûte. Sous un ciel de plomb, elle représentait un bâtiment massif. Quelques formes sombres figurant des meurtrières ou des fenêtres ajoutaient à la tristesse de l'ensemble.

On passa à la chambre, une pièce contiguë à la mansarde. Elle comportait un petit lit pas encore fait et un chiffonnier. Une lampe à abat-jour de verre surmontait l'unique chevet. Osborne l'alluma. La lumière révéla la sobriété de la décoration. Les murs étaient tendus d'un papier peint défraîchi et agrémentés d'un miroir ceint d'un cadre doré. Il n'y avait rien de plus à voir.

Je revins à Judith Jaffray. La vieille femme somnolait. Je pris place sur l'autre fauteuil et ouvris mon calepin sur mes genoux. Je n'avais pas remarqué à quel point elle était rabougrie sur les myosotis en fil bleu et rose brodés sur le dossier. Elle se redressa et lissa son chignon avec insistance.

— Vous savez... vous savez qui l'a tué ? Parce qu'on l'a... tué ?

Un moulin à paroles et à sanglots.

— Vous l'arrêterez ?

— Vous m'y aiderez en répondant à mes questions.

Elle se détendit, je me penchai vers elle.

— Vous veniez combien de fois par semaine ?

— Tous les jours lorsqu'il était là, sauf les samedis et dimanches. Je partais à midi et demi, après lui avoir sorti ses biscuits.

— Il s'absentait souvent ?

— Grands dieux (elle entoura sa tête à deux mains), je ne comptabilisais pas. De temps en temps, surtout à la belle saison.

— Vous a-t-il informée qu'il avait reçu une lettre de menace ?

— Non.

— Est-ce vous qui êtes allée chercher le courrier ?

— Il s'en chargeait toujours.

— Et vous avez repris votre service normalement ce matin...

— A 9 h 30... Comment aurais-je pu me douter ?

— Vous arrivez donc. Vous trouvez la porte ouverte et ensuite ?

Elle tendit son visage vers moi et cette élévation libéra ses lèvres de l'écheveau de rides qui les retenaient.

— J'ai appelé, il était étendu... là. Je me suis approchée, c'était horrible, ses yeux me fixaient, et tout ce sang... (Elle réprima un sanglot.) C'est tout ce dont je me souviens. Il faut que je rentre chez moi, j'ai plus d'une heure à pied....

— Nous vous paierons le fiacre. D'ordinaire, à quoi occupait-il ses matinées ?

— Il travaillait dans son atelier ou il fumait dans le fauteuil où vous êtes assis, et, souvent, vers midi, il mettait son manteau...

— Pour se rendre où ?

Elle haussa les épaules.

— A quelle heure rentrait-il ?

— Je n'avais pas à lui demander. J'avais fini mon service quand il revenait.

— Ses tableaux, il vous les montrait ?

— Il ne les cachait pas. Je voyais ce qu'il y avait sur le chevalet. Les rectangles tristes...

— Il recevait ?

— Pas pendant les heures où j'étais là.

— Ses petites habitudes, son existence de quasi-reclus, ça devait bien vous intriguer...

— Je n'étais que sa domestique.

— Justement. Dites-moi que vous n'avez jamais lu son courrier ou senti ses draps.

— Oh !

— Ou cherché à savoir où il vadrouillait.

— Je vous jure que non.

— Huit ans à fureter dans sa garçonnière et vous n'avez rien appris de lui, rien surpris ?

Elle nous fit le coup de la seconde défaillance. Larmes, hoquets, gémissement et écroulement dans les fleurettes.

J'attendis qu'elle se calme, rangeai mon carnet, et glissai :

— Comment Mr. Millow vous a-t-il recruté ?

— Par un entrefilet dans le *Camberwell Gazette*. J'avais d'excellentes références.

— Dans le *Camberwell Gazette*, vous êtes sûre ?

— Certaine, j'habite à Peckham Rye, c'est à côté de Camberwell.

Dans le fiacre du retour, Osborne estima que l'assassin cherchait un butin précis, un tableau de valeur peut-être. Les termes du courrier pouvaient, selon lui, suggérer qu'il se livrait à un chantage sur Millow. Le chef inspecteur posa sa main sur mon avant-bras.

— Pourquoi avez-vous demandé à la domestique comment Millow l'avait recrutée ?

— Je voulais vérifier qu'il ne faisait rien comme tout le monde.

— Il a publié une annonce, il n'y a rien d'extraordinaire.

— Il vous viendrait à l'esprit de passer un entrefilet dans une gazette de faubourg et d'embaucher une domestique habitant à plus de quatre miles de votre domicile ?

Osborne ne desserra plus les dents jusqu'à ce que la voiture s'arrête devant le poste de police de Westminster. Elle me déposa à la morgue de Shoreditch.

Le docteur George Philipps était un homme que la pratique assidue du dépeçage avait affublé de gestes précis, de manières blasées et d'une blouse tachée de sang. Il m'amena dans une salle empestant le vieux varech. A même le sol, s'alignaient quatre brancards recouverts de draps beiges. Les morts du jour.

Sans un mot, Philipps dévoila le corps de Millow. Mis à part la fente sanguinolente qui creusait son crâne, la victime du 18, Cowley Street arborait la physionomie qu'on prête aux honnêtes hommes : peau blanche, ongles propres, cheveux châtain foncé légèrement grisés coupés court et moustache moins fournie que sur la photo ramassée chez lui. Fergus Millow paraissait douze ou quinze ans de plus que sur le cliché. Sous la lumière mauve, il n'arborait plus que le détachement ensommeillé des défunts dont on a fermé les yeux. L'âge ou la mort lui avait volé l'insouciant sourire qu'il affichait sur le sépia. Ses joues émaciées et les rides qui descendaient en ogive depuis les ailes de son nez accusaient plus que le vieillissement. Millow était devenu sérieux, triste peut-être.

Philipps me résuma en quelques mots ses constatations du matin. Pas plus. Il devait encore charcuter deux cadavres avant d'attaquer Millow. Il souligna qu'il ne fallait pas se fier au calme ambiant, le temps pressait. Ce n'est pas que ses clients se plaignaient, ils pourrissaient.

5

La carcasse du Yard déchirait la brume. Dans la salle des inspecteurs, les équipes du matin se renseignaient sur les interventions de la nuit, ça bavardait. Je demandai après Doffey. Absent. Il assistait à la réunion mensuelle avec le commissioner, ses assistants, les trois chefs constables du Yard et le préfet. Les lendemains de meurtre, elle s'éternisait. Je remontai dans le réduit que j'occupais au deuxième étage du bâtiment, cul-de-sac fermé d'une porte et encombré de balais et de seaux où j'avais obtenu de Doffey (à la faveur de l'issue heureuse de je ne sais plus quelle enquête à laquelle j'avais contribué) de disposer d'une table, d'une chaise, d'un poêle et d'une bouilloire. Et surtout de l'avantage d'avoir mis deux étages entre la salle des inspecteurs et moi. Cinq ans de Yard n'avaient pas complètement entamé ma tendresse pour les saute-ruisseau ni appris à goûter la promiscuité avec les flics.

Thé et notes. Je bus et compulsai. A en juger par la photo retrouvée chez lui, le locataire de Cowley Street avait, dix ans auparavant, la bouille plutôt joviale. Un chantage comme l'avait supputé Osborne ? Rien ne l'indiquait. Dans le courrier, il n'était fait aucune allusion à un ultimatum. L'auteur parlait seulement de punition. Et quel châtiment ! La mort. De la besogne de tueur plutôt que de maître chanteur. Mais pas celle d'un assassin à la petite semaine. La prose était celle d'un esprit vif, pas forcément soigneux, sadique et brillant. Un stratège qui savait que, même averti, Millow n'aurait pas les moyens de déjouer son plan. De tels machiavels ne couraient pas plus les venelles de Whitechapel que les avenues de la City.

Un seul homme dans Londres pouvait m'aider à vérifier ces hypothèses, voire à piéger le bonhomme : Edgar Kemp. Embauché quarante-cinq ans plus tôt au Yard en tant que constable, Kemp avait rendu son habit bleu foncé sans jamais y avoir accroché un seul galon, ni arrêté personne. On l'avait affecté aux escortes, à la chasse aux clochards, à la surveillance des théâtres et à celle des sorties des temples. Kemp renseignait, parlementait, expliquait, sermonnait et pardonnait. Mais il n'interpellait guère. Jusqu'au jour où on l'avait muté aux archives. Il avait commencé par y somnoler. La faute au confinement et à Leonie, sa femme. Elle l'avait quitté pour entrer dans les ordres. Kemp avait endormi sa douleur au laudanum avant d'entreprendre l'œuvre de sa vie : « Police et Eglise, déchirement et conjonction », un traité magistral de philo-sociologie à la grandeur des institutions, voué à convaincre le Puissant, voire sa femme elle-même, de rabibocher son couple.

Kemp avait accepté de remiser la matraque à une condition : qu'il conserve le libre accès à la salle des archives où il puisait une partie de la documentation nécessaire à son ouvrage.

Dépourvu de maîtresse, d'enfant, d'ami et de vice, il consacrait, depuis, son existence à la rédaction de son pensum, dont il ne s'extrayait que pour exercer la graphologie. Le Yard avait eu recours à ses services pour analyser l'écriture de Jack l'Eventreur avant de l'éloigner du dossier. Kemp avait prétendu que le tueur de prostituées pouvait être un type bien né, instruit et croyant.

Un quart d'heure plus tard, le graphologue m'ouvrit sa porte et me salua comme à son habitude d'un signe de croix, ultime allégeance au divin. L'ex-flic travaillait à Saint-Martin Square dans l'appartement où il logeait, au troisième étage d'un immeuble sans charme distant d'un demi-mile du Yard. La pièce était parquetée de pin et garnie d'un secrétaire chargé de piles de papiers, de deux chaises à dossier droit et d'une bibliothèque aux rayonnages croulants.

Je le retrouvais tel que je l'avais laissé quatre ans plus tôt. Son gilet démodé flottant sur son long corps décharné, son visage bâti à l'économie : lèvres sévères et juste ce qu'il fallait d'expression pour lui conférer un air docte. Seul son regard parvenait à trahir les sentiments qui l'animaient, il pouvait être illuminé, perçant ou noir. A cet instant, il ne portait que le gris léger de sa méfiance.

— J'espère que vous n'êtes pas venu me parler de l'Eventreur.

Je posai la missive sur son bureau.

— Pour ça.

Il chaussa un lorgnon, sortit la feuille de l'enveloppe, la plaça sous la lueur d'une lampe à huile et l'ausculta. Au bout d'une minute, il tourna vers moi une moue emplie de perplexité et repartit à sa scrutation.

— C'est la même écriture, la lettre me suffit, dit-il en me rendant l'enveloppe. Puis-je savoir qui est l'auteur ?

— Un type a été assassiné dans son appartement de Cowley Street dans Westminster. Le matin, il avait reçu ce courrier.

— Celui qui a pondu cela est en effet assez détraqué pour tuer après s'être annoncé. Revenez vendredi.

Dans Aldgate Street, la lumière laiteuse nimbait les silhouettes, la géométrie des pas, la masse cahotante des fiacres. Sur le pavé délavé de crottin, les fers roulaient leur écho. Doffey ne serait pas de retour avant midi. Le temps de me faufiler au milieu des robes à volants, des bardas de rémouleur et des charrettes de camelots, et je filai vers Westminster. Vingt minutes plus tard j'empruntai Barton Street dont l'extrémité formait vers la gauche un angle droit avec Cowley

Street. Ici, ni froufrous d'élégantes, ni couinement de fardier, l'endroit n'attrapait qu'un peu du soleil jeté par-dessus les toits d'ardoise. Entre le carrefour et le carré de verdure, une demi-douzaine d'immeubles de trois ou quatre niveaux s'alignaient sur un côté de l'impasse. Avec ses quatre étages, le 18 était le plus haut. Je traversai le petit hall carrelé et pris l'escalier éclairé d'appliques à gaz. Les paliers inférieurs desservaient chacun trois logements. Huisseries de peuplier avec poignée, verrous et œilletons. Pas un bruit, pas une conversation ne filtrait. Au quatrième, l'appartement de Millow ne cohabitait qu'avec un placard à balais. Je l'inspectai. Il était assez grand pour que le meurtrier s'y cache en attendant le retour du peintre. Vu le calme des lieux, j'imaginais mal qu'il ait pu suivre sa victime sans qu'elle s'en aperçoive. Il avait pu jaillir de sa planque au moment où Millow rentrait chez lui. Des scellés barraient le chambranle, un tour de clé avait été donné dans la serrure. Je redescendis. Au troisième, une femme aux cheveux poivre et sel et vêtue d'un corsage à jabot boutonné jusqu'en haut m'ouvrit avec méfiance. Elle m'assura qu'elle venait d'emménager et n'avait jamais rencontré que son voisin d'en dessous qui l'avait un jour aidée à monter un sac de pommes de terre.

Le samaritain en question n'avait de façons que pour les dames. Il me cria derrière sa porte qu'il ne voulait pas être mêlé à cette affaire, qu'il n'avait pas vu Millow depuis trois mois et qu'il ne saurait le reconnaître.

Au premier, une vieille me consacra trois minutes. Elle identifia Millow sur la photo que je lui présentai et assura que c'était un homme bien élevé. Il la saluait à chaque fois qu'il la croisait ; la dernière fois il lui avait même souri. C'était deux ans auparavant et c'était son dernier souvenir du mort.

Au rez-de-chaussée, j'en étais à me demander si je devais commencer par l'appartement de gauche ou de droite quand un grincement se fit entendre.

— Tu cherches quoi, p'tit ?

Une figure blanche, rasée de trois jours, était apparue dans l'embrasure.

— Scotland Yard.

— Pour l'histoire du quatrième, je parie.

— C'est ça.

— Amène-toi, p'tit. J'vais t'en raconter.

La voix de l'homme chevrotait ; ses yeux semblaient avoir aspiré toute la vie de sa trogne. Il m'introduisit dans son salon. Un faux tapis persan habillait le sol de ciment. Une loupiote fichée au-dessus d'un vaisselier l'habillait d'un voile doré.

— Fais pas de manières, installe-toi.

Je m'exécutai, sur la chaise qu'il poussa devant moi.

— Scotland Yard, c'est un sacré boulot, tu dois en voir de belles.

Ça allait durer. J'essayai de me loger du mieux possible contre les raideurs du dossier.

— Pas vrai que tu dois en voir de belles, p'tit ? Je comprends, t'as point le droit de t'étendre. Mais moi j'sais bien que c'est plein de tordus derrière les portes.

— Dans cet immeuble ?

— Partout !

Je sortis mon carnet.

— Prénom, nom.

— Tout doux, c'est pas tous les jours que j'ai un détective, dit-il en tirant une bouteille de vin du vaisselier.

Il remplit deux verres, m'en tendit un.

— Tu vas m'goûter ça, c'est du français, tout ce qui y a de raffiné.

Je trempai les lèvres, réprimai une grimace, posai la timbale sur un guéridon de rotin à côté de l'exemplaire du jour du *Standard* et d'un cendrier.

— Comment que tu le trouves ?

— Fameux. Prénom, nom.

Il s'en envoya une rasade et s'assit.

— Tu voulais savoir qui que t'avais en face de toi ? Oliver O'Livough, né à Londres en 1808, grandi dans une ferme du Devonshire, celle de mes parents. J'ai commencé à dix ans. Garçon à tout faire, puis je me suis occupé des champs et des moutons, fallait voir comme ils dropaient !

— Fergus Millow...

— J'ai point fini p'tit, pis faut pas me couper la parole pasque je vais pu savoir où j'en suis. Quand mon père est parti rejoindre le bon Dieu, on a vendu la ferme et les bêtes aussi, pis avec cet argent, on est montés à Londres s'acheter une graineterie.

— Fergus Millow, le locataire du quatrième, a été tué lundi chez lui.

— Garde ta salive p'tit, j'ai bien compris que c'était pas un civet qu'ils ont descendu sous le drap blanc.

— Vous aviez fait connaissance ?

— J'savais qu'il existait, mais il était jamais entré ici boire un coup. Si tu veux mon avis, p'tit, c'était un gars curieux, parce que moi j'la connaissais, sa vie. J'peux te dire que ce drôle décampait souvent le matin un peu avant midi, les mains dans les poches et qu'il radinait vers une heure.

— C'était aussi réglé ?

— L'heure de retour, j'peux pas affirmer que c'était toujours la même. Je passais pas mes journées à le guetter. Ce que j'sais aussi c'est que l'après-midi il mettait les bouts vers 17 h 30. Enfin, quand il était là, parce que dès que le soleil se montrait, il décampait pour deux ou trois semaines chaque mois.

— Le soir il réapparaissait à quelle heure?

— Un peu avant que je me couche, vers 19 heures. C'était rare que je le voie pas revenir.

— Vous n'avez aucune idée de ses destinations?

— Figure-toi que j'ai essayé de savoir, sauf que dans cet immeuble j'doute que quelqu'un ait jamais réussi à lui arracher un mot.

— Et quand il partait aux beaux jours?

— Mystère j'vous dis.

— Le lundi du meurtre vous n'avez rien remarqué, rien entendu?

Il se colla sur la trogne un air mystérieux qui lui ferma les yeux.

— Aux alentours de 19 h 15, pile quand j'ai ouvert la fenêtre pour jeter des graines aux oiseaux, un escogriffe est sorti d'ici et a galopé en direction du carrefour.

— Vous êtes sûr?

— Tout ce qu'il y a de sûr, p'tit, même qu'il était grand, avec des cheveux qui m'ont eu l'air bruns. Il portait un vêtement trop grand. J'peux point te renseigner plus, à l'heure qu'il était, je distingue plus les couleurs... Ce que j'sais, c'est que je l'avais jamais vu.

— Comment pouvez-vous affirmer ça alors que vous l'avez aperçu si peu de temps?

— C'était un lascar dans vos âges, et au 18 ne demeurent que des hommes bien plus âgés. Ici, c'était tranquille jusqu'à ce lundi. Tout ce qui y a de tranquille, il y a jamais eu que des bêtes, des femmes et des vieux.

Il liquida son verre et ajouta :

— A part Millow, évidemment.

6

En sortant, je tombai sur un couple. Regards fuyants, cannes, cols propres et cheveux blancs. Je jouai l'aimable et déballai mes questions.

— Mr. Millow ? Il a fallu qu'il meure pour qu'on entende parler de lui !

Ils me plantèrent là. L'immeuble s'était déjà refermé sur ses silences. A mes pieds, un piaf sautillait sur la poche d'ombre qui baignait le trottoir. Son œil rond m'observa tandis que je m'avançai vers le fond de l'impasse. Une trouée dans un grillage marquait l'entrée du parc. Quelques bosquets, deux allées de sable, un carré de pelouse mal entretenu, un banc accueillant la sieste d'un chat pelé. Millow aurait été au calme pour tartiner ses « rectangles tristes ». Décors tellement désenchantés que le 18 Cowley Street semblait retiré de Londres. Je rebroussai chemin et tournai à droite dans Barton Street. La rue échouait dans Great College Street.

L'enseigne de Mark Suntherlind y barrait le fronton

d'une boutique minuscule. Le photographe, un homme d'âge mur, me renseigna avec concision après consultation de ses bordereaux. Il n'avait vu Fergus Millow qu'une fois, le 4 mai 1882, le jour où ce dernier lui avait demandé de lui tirer quatre portraits format 30 x 40 et de les envoyer à des galeries de peinture dont il n'avait pas conservé le nom. A titre commercial, Suntherlind avait fait cadeau de deux tirages 12 x 8 dont j'avais retrouvé un exemplaire chez Millow. Il tenait la plaque du négatif à la disposition du Yard.

M'éloignant de la Tamise, je débouchai dans Marsham Street. J'y poussai la porte du premier pub, le King's. Des types à redingote y sirotaient. Je pris place à cinq tabourets d'eux et appelai le serveur. Insigne, photo, question.

Le patron n'avait jamais vu Millow et ça le chagrinait. Il me proposa un verre de son meilleur whisky pour s'excuser. Il n'avait pas la mémoire des visages.

Dehors, le vent d'ouest éparpillait son crachin. On relevait les cols, on enfonçait les chapeaux, on traversait les effluves des magasins d'épices et le fumet écœurant des boutiques à fritures. Sur la route, les omnibus se frayaient un chemin parmi les charrettes. Ça s'engueulait pour se réchauffer. Il n'y avait que Fergus Millow pour ne pas goûter ce spectacle. C'était quand même plus piquant que ses croûtes désolées ! N'avait-il jamais trimbalé sa palette dans le coin ? Je n'aurais eu qu'à sortir son portrait pour qu'on me renseigne. Millow le croqueur de Marsham Street, la figure du boulevard, une vie d'amis et de peinture à l'eau. Sus à l'assassin ! Fallait pas toucher à notre copain ! Mais Millow ne savait pas ce qui était beau et personne ne savait qui était Millow.

J'entrai dans un coffee shop.

— Claquez la lourde, elle se referme pas toute seule !

Le Pixie Hood se composait d'un plafond délabré, de cinq tables séparées par des cloisons, d'un bar de bois et d'une tenancière. La femme avait la voix forte, une grosse tête sans front, de ces cheveux crépus qu'on lave au savon à linge et un corps si épais qu'on l'aurait cru irrémédiablement coincé entre le comptoir et les fûts de bière. Accoudée devant elle, une bande de zigues me reluquait à travers le nuage de la fumée des cigarettes et des pipes.

— Qu'est-ce que ce sera ?

— Un soda.

La patronne avala une gorgée d'un verre posé devant elle et plaqua ses mains sur le zinc.

— Crédié, c'est que vous voudriez pas trinquer avec nous ?

— Je suis pas venu pour ça. Fergus Millow, ça vous dit quelque chose ?

— C'est qu'il serait flic çui-ci pour faire le curieux ?

J'agitai mon insigne sous son nez.

— Dépêchons.

— Je vois pas pourquoi qu'on te répondrait.

— Pour pas que je fasse boucler ton rade.

La gueusaille s'agita. Les uns voulaient me jeter dehors, les autres les retenaient. La maritorne tenta d'éviter l'incident, elle offrit sa tournée. Dans les pintes, la bière perdit de la hauteur. On rota. Je réclamai mon soda.

— Fergus Millow, répétai-je après avoir pris une gorgée.

— ’Connais pas ce nom-là.

Je sortis la photo.

— Et d’abord, pourquoi que tu le recherches ?

— Assassiné... chez lui, lundi.

— Jamais servi ce gus. Au Pixie, rien lui serait arrivé. Pas vrai les gars ?

La moustache sage de Millow circula de main en main. « Inconnu au bataillon », « Une bobine d’enfant de chœur pareille, j’m’en souviendrais », « Ça doit pas être donné de se faire tirer la poire sur du beau papier comme ça ». Le cul d’une chope choqua le comptoir dans un bruit mat.

— Ramène-moi cette trogne.

Le dernier buveur du rang, un balèze à la quarantaine imbibée, à la lippe pendante et au regard doux, arracha le cliché à son voisin. Il l’amena sous l’éclat d’un lumignon.

— Je co-onnais cette gueule d’a-apôtre... je la co-o... je le connais...

Son voisin lui remplit sa chopine.

— Avale, ça va te revenir.

Le bègue descendit sa pinte, clappa et scruta à nouveau le portrait de Millow.

— Ça me re-evient, c’était au Sto au Sto... au Stormy.

— J’le savais bien ! s’exclama le voisin.

— Ça remonte à quand ?

— Douze ou quinze ans au moins-oins. Je l’ai vu qu’une fois, rapport que j’ai jamais remis les pieds dans ce boui-boui, mais je m’en sou-ouviens. Devait être deu-eux heures de l’après-mi-idi ou même pas. Il étai-ait resté dans la salle, seul à une table, sa-apé et coiffé comme un maître d’éco-ole, qu’on s’en demandait s'il s'était pa-as perdu. Il avait déjà bu sa bou-bouteille de gin tout seul sans décrocher mot. Les filles l'avaient travaillé aux pa-apouilles et au rhum. Il avai-ait descendu sa piche, mai-ais question gringue, il avait renâ-âclé, même que ça avait failli mal tou-our mal tourner.

— Le Stormy, c'est où?

— A côté de la poterie, à Balham, mais c'est fermé maintenant, rapport que l'établissement avait pas a-assez de tenue.

7

Doffey m'avait invité à prendre place dans un fauteuil de taffetas noir. Il coinça un cigare entre ses dernières molaires, le temps de m'inviter à lui servir mon rapport. Quand j'en eus fini, il écrasa le trognon dans un cendrier et considéra la charpie avec gravité, à croire qu'il se fût agi de la dépouille de Millow.

— Je résume : un homme reçoit le matin une bafouille lui révélant qu'il va être tué et il est effectivement assassiné le soir même. Première déduction : le correspondant a posté sa missive samedi après-midi. Seconde déduction : il est l'assassin. Troisième déduction : Millow n'a pas pris la menace au sérieux, sinon, il se serait mis sous notre protection ou aurait sauté dans le premier train pour quitter Londres.

— Pas au sérieux, c'est vous qui le dites, il se baladait avec un colt.

— C'était peut-être son habitude.

— Drôle d'habitude pour un peintre.

Doffey ouvrit son premier tiroir. Sans me perdre de vue, il y attrapa les deux anses d'une terrine de grès qu'il posa à côté de son sous-main, la débarrassa de son couvercle et y chipa une tranche de pain. Puis il se leva.

— Ce n'est pas banal.

— Qu'est-ce qui n'est pas banal ? Causez plus fort, Hackney...

— L'assassin a averti sa victime...

Arrivé devant la cheminée, il enfila la tranche de pain sur une pique et l'amena au-dessus de la flamme. Lorsqu'elle fut grillée il croqua dedans puis branla du chef.

— C'est un psychopathe.

— Un psychopathe qui savait qu'il ne risquait rien à le faire. Comme si ce courrier favorisait la réussite de son plan.

Un pli courut sur son front, d'une tempe à l'autre.

— Vous avez trop d'imagination, Hackney... Vous feriez mieux de me dire quelle inconscience habitait Millow pour qu'il ait continué à mener sa petite vie de célibataire malgré l'avertissement !

— Il semble avoir été pétrifié.

— Il se savait perdu quoi qu'il ait tenté, c'est cela ?

— La simplicité du vocabulaire employé et la grossièreté de l'écriture ont pu lui laisser croire qu'il s'agissait de la fantaisie d'un déséquilibré.

— Montrez-moi cette lettre.

— Je l'ai transmise à Kemp.

— Vous n'en ferez donc toujours qu'à votre tête.

— Je ne connais pas de meilleur graphologue.

— Un diseur de bonne aventure, oui ! Reprenons : où et quand a-t-elle été postée ?

— L'enveloppe a été récupérée au milieu des cendres dans la cheminée, elle porte l'oblitération du bureau de Lambeth.

Doffey replaça la tranche dans le feu.

— Millow maintenant, dit-il sans la quitter des yeux. Vous affirmez qu'il ne semblait pas avoir d'ami, ni de famille...

— Dans son immeuble il n'était lié avec personne, et dans le quartier je n'ai pêché qu'un pochard à l'avoir déjà croisé. C'était douze ou quinze ans plus tôt, un après-midi au Stormy, un tripot de Balham aujourd'hui fermé. Il était seul et était parti quand les filles l'avaient entrepris.

— Il était peut-être fauché ?

— Je suppose plutôt que c'était un sauvage.

Il grignota un coin de mie brûlée et postillonna dans l'âtre.

— Une affaire de cette importance devrait vous inspirer autre chose que des suppositions !

— Les seules certitudes m'ont été livrées par les constatations du légiste. Fergus Millow est mort lundi dans son salon entre 18 et 21 heures des suites d'un coup violent porté sur la partie supérieure de l'os temporal. L'arme est un objet assez lourd en bois (une écharde ensanglantée a été prélevée sur le sol) de type gourdin ou matraque. Le positionnement des impacts indique que le meurtrier a frappé de face et de la main gauche.

— Nous voilà bien avancés ! On n'a jamais arrêté

personne avec des comptes rendus d'autopsie. Ce qu'il nous faut c'est des témoignages, un mobile, des indices !

Il s'énervait, Doffey, mordillait des toasts, se dressait de toute la hauteur de son buste, couenne menaçante hissée à la seule force de sa colère, pareil à ces animaux de banquise chauffés par la rage ou le rut. D'Adolphus Williamson je n'apercevais plus que le nez carré et le front dégarni, la perspective perchait le melon en équilibre sur le crâne de Doffey.

— Ils se connaissaient, hein ? C'est sûr, ils se connaissaient, puisque Millow a ouvert à son assassin. Reconstituez-moi la scène, depuis le début... Millow est chez lui, son agresseur frappe à la porte, et après ? Je vous écoute Hackney, dépêchons...

— Millow n'est pas chez lui et personne ne frappe à la porte.

Doffey s'affaissa. Le demi-sourire d'Adolphus Williamson soudain dévoilé m'invitait à poursuivre :

— Millow est sorti faire son tour de la fin d'après-midi. L'assassin se cache dans le placard à balais, sur le palier du quatrième. Millow rentre, l'inconnu surgit, le pousse à l'intérieur de l'appartement. Millow n'a pas le temps de sortir son revolver, son agresseur le frappe aussitôt.

— Je parierais qu'avant de s'enfuir, il a pris le temps de fouiller les tiroirs.

— Pour dénicher quoi ?

— La lettre, évidemment. Il voulait récupérer cette compromettante pièce à conviction. Et pourquoi est-il revenu bredouille ? Parce qu'il n'a pas pensé à la chercher au milieu des cendres.

— Le meilleur moyen de ne pas se compromettre, c'était de ne pas l'envoyer. Vous ne croyez pas ?

Le chef constable reprit du volume et Adolphus Williamson ne me montrait plus que ses yeux. Un regard bienveillant qui me dictait de laisser mon interlocuteur s'épancher.

— Epargnez-moi votre ironie. Je vous rappelle qu'on a un cadavre sur les bras et un assassin qui se paie la tête de sa victime et la nôtre par la même occasion en claironnant ses exploits. L'Eventreur, au moins, attendait d'avoir tué pour écrire.

— Celui-ci est plus atteint encore.

— Comment voulez-vous qu'on cerne sa personnalité alors que l'on ne sait rien de celle de la victime ?

— Fergus Millow, artiste peintre.

— S'il n'était que ça, il aurait encore les pieds dans ses pantoufles. Cet homme est une énigme ; il embauche une domestique qui habite à quatre miles de là, il s'arrange pour ne jamais faire ses courses ni rencontrer ses voisins, il sort chaque soir et parfois le midi, mais personne ne le connaît à un mile à la ronde, et quand il expose ses toiles, c'est sur la Wash.

— Il se cachait.

— En plein Londres ?

— Tant qu'à ne rien faire comme tout le monde... dis-je, avant d'ajouter : Evidemment, personne n'a réclamé le corps. A cette heure, on doit l'enfouir au cimetière de Norwood.

— Personne ne se manifestera. Ne comptons que sur nous.

— J'ai lancé une recherche sur les Fergus Millow dans tout le comté.

— Si cela ne donne rien, il faudra l'étendre au pays entier.

— Nous aurions plus de succès à nous intéresser à la

vie qu'il menait sur la Wash. Millow était sûrement plus causant avec les gens de la Galerie Kensale qu'avec ceux de son quartier. Les flics d'Hunstanton devraient s'y coller.

— Excellente idée. Mais c'est vous qui irez. Je n'accorde aucune confiance à ces inspecteurs de campagne. C'est un boulot taillé pour vous, Hackney. Vous l'avez reconnu vous-même, ce Millow est une énigme. Je partage cet avis et je vous affirme que c'est lui qui nous mènera à l'assassin. Brunning s'acquittera des vérifications de routine, des fois que nos fichiers recèlent d'autres crimes annoncés par des lettres anonymes. Mais j'en doute.

Je soupirai.

— Pourquoi cette grimace ? Vous qui vouliez des bois et de la nature vous allez être gâté, Croydon n'est qu'un échantillon à côté d'Hunstanton. Et vous aurez le bon air en prime, la populace de Londres se damnerait pour une journée là-bas... Vous connaissez Hunstanton ?

— Oui.

Tout le monde connaissait Hunstanton. Il y en a même qui y allaient. Une de ces villes sans âme, harcelées par le flux et reflux des marées et les transhumances des rentiers. Les peintres venaient y user leurs yeux et leurs pinceaux devant la mer délavée d'avoir battu et rebattu le bleu et le vert de son eau contre la craie des falaises. Sauf que mon bon air à moi, c'est celui que j'avais toujours respiré au-dessus des caniveaux d'Aldgate et du poêle de la grande pièce qui était tout à la fois notre cuisine, notre salon et notre salle d'eau. Une journée sans m'imprégner de ces effluves et je suffoquais. Elle allait m'asphyxier, sa vivifiance, son spectacle mouvant et lisse de mer du Nord avec rien pour poser les yeux.

— Quand vous reviendrez, Millow n'aura plus de secrets pour vous et l'enquête pourra commencer vraiment. Faut pas qu'elle s'éternise, poursuivit le chef constable. Jusqu'à preuve du contraire, ce Fergus Millow, c'est monsieur-tout-le-monde et une existence réglée comme du papier à musique. Manquerait plus qu'on lui trouve une femme et des gosses. Avec des morts pareils, les clubs s'émeuvent et l'opinion prend peur. Vous prendrez le train demain. J'avertis le poste de police d'Hunstanton avec l'ordre de vous laisser seul sur le coup. Vous, envoyez un télégramme à la galerie pour vous annoncer et retenez une chambre d'hôtel.

Je n'envoyai, ni ne retins rien. Je passai au Cockatoo et demandai Ashby. Le patron, un jeune moustachu aux dents couleur tabac et cheveux longs m'apprit qu'il ne travaillait pas.

— Z'avez qu'à vérifier dans sa turne s'il y est. Premier étage...

Après avoir monté un escalier d'échardes et de trous, je posai le pied dans le couloir. La pénombre m'empêchait d'en évaluer la profondeur. A la première porte, une voix traînante me dit d'entrer. Agenouillée sur un lit, une femme en guêpière me fixait d'un sourire machinal. Il lui restait une jolie bouche, un cou gracieux et des cheveux dorés, mais ses yeux étaient vitreux et le noir d'un mauvais sang parcourait ses cernes.

— T'as combien ?

— Je cherche Ashby.

— T'es fauché ?

— Une pièce si tu me donnes la chambre d'Ashby.

— Pour qui qu'tu me prends, j'fais pas la manche !

Elle me balança un pot de chambre.

Taule suivante, je frappai contre la planche de bois qui bouchait le chambranle. Derrière, ça parlait et ça bougeait. On m'ouvrit. Un type malingre à la figure craquelée par la syphilis se pointa. Puis un deuxième arriva, pas plus gros, avec des cheveux si sales qu'on aurait dit des vers. Je demandai après Ashby. Ma voix fut couverte par les pleurs d'un môme. Les hommes se retournèrent et gueulèrent. Une grisonnante en haillons réchauffait le pleureur, un gosse à la peau bleuie. Trois gamins à peine plus vieux dormaient sur une couverture tendue à même le sol et deux fillettes se disputaient une poupée sans tête.

Je me retirai et tambourinai plus loin. Pas de réponse, je poussai un battant sans serrure. Dans la pénombre, les odeurs de fiente et de bois pourri aux champignons saturaient l'atmosphère. Un gallinacé tournait autour du paddock en coqueriquant. Sur le rebord d'une fenêtre occultée par des persiennes, un autre coq au crâne déplumé était allongé, le bec planté dans l'épaisseur de plâtre. Rash Kiddy. Je déguerpis sans qu'il ait bronché.

8

Ma mère épluchait. Elle me regarda fourrer un paletot dans un sac.

— Tu pars ?

— Je prends le train demain matin pour la Wash. Un peintre a été tué. Je serai là vendredi.

Elle chassa d'un trait de poignet la mèche grise qui lui couvrait l'œil et me fixa avec plus d'intensité.

— Il n'y a plus de charbon.

— Je m'en occuperai dès mon retour.

— Je brûlerai une bûche...

Sur la table, la pile de liquettes montait plus haut que la grosse lampe à huile. Dix heures de besogne. Il lui en restait une cinquantaine à finir pour samedi. Depuis trois mois, elle ne cousait plus les boutons. Je lui avais acheté une machine à piquer. Elle ne s'abrutissait plus sur les boutonnières pour une malheureuse pincée de pence. Son grossiste de Salt Street lui livrait le tissu qu'elle assemblait pour fabriquer des chemises. Cette semaine, la commande lui rapporterait cinq shillings, autant qu'un mauvais mois d'avant. Elle en sourirait tout le week-end, elle qui avait pris l'habitude de chialer tranquille devant sa bière depuis qu'elle avait conduit le paternel au carré des petites gens du cimetière de Bunhill Fields. Un salaud lui avait troué la peau, un soir qu'il rentrait du pub où il servait des gins à l'eau à des plus soûlauds que lui.

*

Le chef inspecteur Osborne était aussi bavard à l'écrit qu'à l'oral. Il en avait mis deux pages pour m'informer qu'il avait rencontré le bailleur de l'immeuble du 18, Cowley Street. En huit ans et deux mois, Fergus Millow avait toujours payé son dû en temps et en heure.

Je venais de finir cette lecture à la pâle lueur de l'aube atteignant ma carrée, lorsque le préposé du bureau des transmissions m'interrompit. Fallait que je rapplique. Des télégrammes étaient arrivés à mon attention. Et il en arrivait encore depuis les quatre coins du Royaume. Partout, on avait chassé la poussière des registres, on les avait ouverts à la lettre M et scrutés ligne après ligne, nom après nom. L'Hampshire avait repéré un Fergus Millow, mort en 1812 à Winchester, le Sussex deux autres, cousins et âgés respectivement de douze et vingt-neuf ans, le Westmorland un quatrième, meunier dans le village d'Ireby. Pas un comté qui n'ait possédé son Fergus Millow, des jeunes, des vieux, des morts, des nouveau-nés, des Millow avec deux l, avec un seul, des McMillow, O'Millow, Meallow, John-Fergus Millow. Des flopées de Millow. Mais pas le bon, un Fergus Millow tout simple, de cinquante ans, peintre professionnel ou amateur, célibataire, veuf ou divorcé, casanier souvent, baguenaudeur à ses heures, avec pour seul signe particulier, une discrétion maladive.

*

A la gare de Liverpool [1], je montai dans un wagon de première classe du train de 9 h 15 pour Hunstanton-on-Sea. Il s'arrêta à Cambridge, à Ely, et on arriva à destination à 12 h 54. Dans un cab de louage, je descendis une route de campagne avant de pénétrer dans le bourg. Mon cocher m'invitait à partager son enthousiasme devant le paysage de la côte. Je n'y voyais qu'un champ de vaguelettes boueuses, bornée de falaises et de plages de sable aussi brun que cette

1. Liverpool Street, à Londres, proche d'Aldgate.

poussière qui couvrait les toits et les trottoirs de Londres depuis que la ville se chauffait au charbon. Puis j'eus droit aux commentaires.

— Je suis pressé.

Pas besoin de lui pour me faire une idée.

Acculé contre le rivage par les derniers bosquets dégringolés d'un coteau, Hunstanton trempait. Par endroits, le ciel couleur de fumée se confondait avec le flot. La voiture longea une haie d'hôtels gardés par des mouettes, puis vira à angle droit pour se ranger, au petit trot, dans la rue principale. Des quatre galeries de peinture qui y avaient pignon, Kensale était la plus modeste.

La veille, j'avais en vain cherché à joindre le directeur James Kensale. Ces gens-là avaient le bon air mais pas le téléphone. La boutique était une pièce étroite aux murs tapissés de tableaux. Esquisses de rafiots, pâleurs de falaises ou carrés de mer jetant leur frise d'écume sur l'aplat bistre du sable. Au-dessus de chaque cadre brûlait une bougie placée dans une niche. Un homme portant chemise et foulard de satin rouge allumait l'une d'elles. Il se recula pour apprécier le reflet que lançait la flamme sur la toile. Satisfait, il tourna vers moi son air dégagé d'homme de l'art.

— C'est Mr. Millow qui m'amène.

— Amateur de marines ?

Je sorti mon insigne.

— Fergus Millow a été assassiné il y a trois jours.

— Quelle horreur !

Le rayon oblique de la lampe accusait l'expression d'incrédulité qui tendait ses traits. James Kensale pouvait avoir cinquante ans, dont la moitié à s'extasier devant des barbouillages. Quand on le ramenait aux réalités, il peinait.

— Un coup de gourdin, dans son salon.

— Mon dieu, qui ?

— Ces artistes-là ne signent pas leurs œuvres.

Il desserra la rougeur et se laissa tomber sur une sorte de petit trône derrière une console de bois.

— Je sais qu'il exposait chez vous.

— Je proposai certaines de ses créations à la vente. En... (il réfléchit) huit ans, j'en ai cédé une quarantaine. La plupart sont des marines de belle valeur.

— Combien ?

— Autour de dix livres. Il lui en revenait 80 % quand le client n'avait pas trop marchandé.

— Traitait-il avec d'autres intermédiaires ?

— Pas que je sache.

— Pourriez-vous me montrer l'une de ses réalisations ?

— J'ai ici la dernière qu'il m'ait envoyée, « Retour au port ».

Kensale décrocha l'huile et me la mit sous le nez. Les vagues d'une mer bleu turquoise y miroitaient sous un ciel plus lumineux qu'il avait jamais dû l'être au-dessus de la Wash.

— C'est Hunstanton, ça ?

— Tel qu'il le voyait, lui.

— Pourquoi venait-il ici ?

— L'endroit le charmait, je suppose.

— Autant de chemin pour maquiller la mer du Nord en lagon des Caraïbes !

— Un parti pris de peintre...

Kensale posa le tableau sur la console et la contempla, semblant y puiser un entrain soudain.

— Je vous offre un café, un alcool ?

Je déclinai.

— Il n'avait pas de famille dans le coin?

— Non, il descendait à la pension L'Amiral.

— Il sortait?

— Il ne refusait jamais une invitation à un vernissage.

— Comment se comportait-il dans ce genre de soirée?

— Ce n'était pas un mondain, il était simple, causant, agréable avec tout le monde. Il trinquait quand ses voisins trinquaient, riait poliment et se gardait bien de monopoliser la parole.

— Et avec les femmes?

— Que voulez-vous dire?

— Il témoignait de la même retenue?

— Il était courtois.

— Des maîtresses?

— Je l'ignore.

— Vous voulez me faire croire qu'il a traîné son chevalet ici pendant huit ans sans pincer une fesse?

— Il ne s'affichait pas, c'est tout ce que je peux vous affirmer.

Ce fut à mon tour de m'asseoir. Comme un mal de mer à force d'avaler les relents de peinture et de m'aveugler des coloriages de Millow, ses vagues parfaites et ses soleils aveuglants. Il peignait ses rêves et menait une vie d'ange. Son assassin avait-il une dent contre le paradis et ceux à qui il était promis pour le trucider de la sorte?

— Evidemment, vous ne lui connaissez pas d'ennemi...

— Pas plus.

Pas de femme, pas d'ami et pas d'ennemi, ça aurait dû lui éviter les ennuis! Et pourtant, un type avait pris la peine de lui annoncer sa mort, *la punition*. De quoi pouvait-on punir un enfant de chœur pareil ?

— En affaires, il était correct ?

— Jamais le moindre problème.

Je me mis d'un bond sur mes jambes.

— J'ai bien compris, Mr. Kensale. Fergus Millow était un saint homme, doublé d'un artiste illuminé. Son assassin appartient donc à cette catégorie de monstres qui tuent pour le plaisir.

— Artiste illuminé peut-être, mais il lui arrivait de me soumettre des huiles beaucoup plus... réalistes.

— Je sais : des rectangles sombres.

— Exactement. Il les rapportait de Londres.

— Il n'a jamais confié de quoi il s'agissait ?

Kensale secoua la tête.

— Vous en possédez un ?

— Je les ai tous vendus.

— Pourrais-je avoir les coordonnées des acheteurs ?

— Un seul habite encore Hunstanton, Mrs. Peacock. J'espère qu'elle a conservé l'œuvre, elle ne l'appréciait guère.

Il percha des lunettes à demi-foyer sur le bout de son nez, fouilla dans un tiroir et en tira un cahier.

— Voyons... Fergus Millow... Six livres le 2/4/1889 à : Charles Peacock, Sea Street à Hunstanton.

Il m'expliqua qu'il y en avait pour dix minutes à pied.

Rosemary Peacock n'aimait ni la peinture, ni sa maison trop grande, ni son sofa rembourré de coussins et coussinets comme un cercueil de lord et qui semblait peu à peu l'engloutir tandis que nous discutions. Même les scones à la crème qu'elle grignotait, tricotant et détricotant ses rides de femme acerbe, avaient perdu leur saveur. Elle ne supportait plus rien depuis que Charles était mort. Elle avait aussitôt commandé qu'on décroche cet effrayant tableau. *L'Abîme*. Au premier coup d'œil, elle l'avait jugé triste, bien moins riche que les copies d'œuvres de Whistler, Turner et Constable qu'il avait achetées dans des galeries londoniennes.

Un soir, elle lui avait lancé que cette noirceur sentait le malheur. Elle en avait rêvé ; elle était dans sa maison, la lumière ne brillait plus, la nuit, le jour, même à l'intérieur. Elle s'était réveillée en sueur, avait hurlé, couru à la bougie. Il en avait ri. Un mois plus tard, la maladie l'avait pris.

— Avez-vous eu l'occasion de rencontrer l'artiste ?

— Il est venu une fois à l'invitation de mon mari il y a deux ans. Pour tout vous avouer, il ne m'a pas laissé de souvenir particulier.

— De quoi aviez-vous parlé ?

— De banalités, le climat du bord de mer, la saleté qui règne à Londres et de ses toiles évidemment.

— Qu'en disait-il ?

— Que les superbes points de vue de la côte lui fournissaient la plus riche des sources de création.

— Pour ses marines, je veux bien mais pas pour *L'Abîme*...

— Je crois me souvenir qu'il a expliqué avoir trouvé son inspiration non à Hunstanton mais à Londres sans s'expliquer davantage. D'ailleurs, il ne s'était pas éternisé, il n'avait pas touché à son porto.

— Vous avait-il donné l'impression d'être un homme inquiet, traqué ?

— Non, je pense qu'il était discret, peu habitué à

parler de lui, pas spécialement sympathique. (Elle se détourna.) Tenez, voici le chef-d'œuvre...

Un majordome qui venait d'entrer débarrassa la tablette et posa le tableau.

Je le saisis avec précaution et l'amenai, bras tendus, à la hauteur de mes yeux. Fergus Millow avait peint un bâtiment nu, percé de lucarnes sur fond de ciel d'hiver. Le trait était grossier, âpre, figé par l'austérité des couleurs : gris clair, gris soutenu, anthracite et noir, beaucoup de noir. Comment Millow, le croqueur des mers pimpantes, avait-il pu avoir une vision aussi lugubre ?

Rosemary Peacock se racla la gorge.

— Alors, ça ne sent pas le malheur ?

La pension L'Amiral contemplait les flots à l'écart de la grappe des hôtels du front de mer. Je fus accueilli par un concierge qui m'annonça que ses patrons ne me recevraient que le lendemain matin.

Je dînai sur place dans une salle décorée de gravures représentant des bateaux de pirates et des soleils couchants sur l'horizon. Une soubrette me servit du potage aux navets, du lieu en sauce et un biscuit glacé au rhum dont je laissai la moitié. Autour de moi, un marin aux cheveux gris, des couples d'âge mûr et un autre plus jeune avec un bébé ingurgitèrent le même honnête rata au milieu du tintement des couverts, des bavardages feutrés et des braillements du chiard. Rien qui fît de cet endroit un repaire d'artistes.

9

A 9 heures, je m'assis en face d'Anna et Stefen Vanolis, propriétaires de la pension. La maîtresse de maison avait conservé dans les cheveux un peu de sa prime blondeur. Elle les portait longs pour son âge et cette abondance mangeait l'ovale encore gracieux de son visage que soulignait la collerette de gaz de sa robe.

Elle m'avait installé dans un boudoir encombré d'ouvrages sur les guerres du Royaume et fleurant l'encaustique. Son mari s'y trouvait déjà, forme flétrie étreinte d'un bavoir et décorée d'une croix militaire, engoncé dans les molletons d'une chaise à grandes roues. Il n'était pas que malade, vieux aussi, vingt ans de plus qu'elle.

Mon hôtesse me servit du thé et leur histoire.

Elle avait connu le major Vanolis aux colonies. Elle était infirmière, lui blessé. Officier mitrailleur avec galons, pansements et cicatrices. Elle l'avait dorloté et épousé. Il restait mal en point, usé avant l'âge, impuissant, sourdingue, à moitié bigleux. Ils avaient dû rentrer en 1875. Cap sur le bon air. Hunstanton-on-Sea. Ils avaient acheté la pension, s'étaient enfermés dans le boulot. L'affaire tournait. Le major déclinait. Elle avait rangé l'infirme dans une carriole, ne le sortait que pour la promenade. Fallait pas qu'il croise les gens. Pire que les éclats dans le ciboulot, l'existence sans clairon ni canon l'avait rendu hargneux. Ils n'avaient jamais eu d'amis à Hunstanton. Que des clients. Fergus Millow ?

– C'est un des rares peintres qu'on ait reçu ici, dit Anna Vanolis. En tout cas, le seul à venir régulièrement.

— Qu'est-ce qui dissuade ses congénères d'en faire autant ?

Elle marqua une hésitation et s'enfonça dans son crapaud.

— La plupart se postent au pied des falaises et nous en sommes éloignés. Puis aussi, à cause de mon mari...

Elle lui tapota affectueusement le dessus de la paluche. Le major ouvrit le bec de peau qui lui servait de bouche, étirant un filet de bave qui finit par céder. Elle l'essuya du coin de son bavoir d'un mouvement sec qui tranchait avec le reste de son attitude.

— Il abhorre les civils, et les artistes par-dessus tout.

— Ils s'entendaient avec Mr. Millow ?

— S'entendre, c'est beaucoup dire, ils s'ignoraient. Mr. Millow ne se mêlait jamais aux joyeuses tablées, celles dont les rires mettaient mon mari dans des rages folles. Il lui est arrivé de frapper des convives avec sa canne ! Quand j'ai pu embaucher, les choses se sont arrangées, mais la clientèle des peintres n'est jamais revenue.

— Seul Millow vous est resté fidèle...

Elle rougit, j'enchaînai :

— Où peignait-il ?

— Sur la plage, en contrebas. Il faut connaître.

— C'est un site particulier ?

— Tranquille, mais pas plus beau qu'ailleurs.

J'attendis que le vieux ait ravalé un accès de toux.

— Millow séjournait souvent ici ?

— Trois semaines par mois à partir d'avril.

— Ensuite, il rentrait à Londres ?

— A ma connaissance, oui.

Un grognement du major emporta la crispation qui avait accompagné ses dernières paroles.

— Notre entretien le fatigue, souffla-t-elle. Je vais devoir abréger.

Je me levai aussitôt, mon hôtesse insista pour que j'accepte encore de son thé. Elle avait pris goût à mes questions. Millow et la causette plutôt que les pansements et la poussette. J'enfilai ma gapette, elle insistait pour le rab d'infusion, réclamait des détails sur le meurtre, ignorait le vieux birbe qui se tortillait, fallait qu'on l'aère, qu'on le torche ; elle s'en fichait, continuait avec son peintre : pourquoi ? comment ? Elle me tirait par la manche, elle allait me faire rater mon train, et le croulant qui menait un raffut à en réveiller ses puanteurs. D'un coup, elle se tourna vers lui et le sermonna. Elle le traita de rustre, d'égoïste et de boulet. Plus de trente ans que ça devait la démanger, la vieille belle ! Le major se ratatinait pire que sous les obus, elle agitait les bras, montait le ton. Elle parlerait de Millow si elle le voulait ! Il riposta de quelques glapissements. Elle ne se contint plus. Avait-on déjà vu un ingrat pareil ? Un mot de plus et elle le cloîtrait dans sa chambre pour la journée ! Rien ne pouvait la couper dans son élan : « vermisseau, débris, molle quéquette, sac à bouses... »

Je filai au pas de course sans demander mon reste. La prochaine fois, j'enverrais un jeunot du Yard.

10

Le cauchemar de Rosemary Peacock, la yole des pirates tanguant sur le papier peint, les couinements du vieux birbe, le fil de bave qui semblait lui tenir la gueule ouverte, les yeux luisants de sa femme puis son emportement. Les images et les sons de la veille valsaient dans l'opacité de mon cerveau sans y allumer la moindre étincelle. Ils ne parvenaient qu'à brouiller le reste de mes sensations. Ma démarche était celle d'un automate, et mes paumes, des morceaux de cuir insensibles à la morsure de l'anse du seau, lourd de ses six gallons de charbon. Millow avait de don de laisser le chaos derrière lui. Voilà la seule conclusion à laquelle j'étais parvenu lorsque je posai mon fardeau aux pieds de ma mère.

— Il a mis deux blocs de plus.

— T'a-t-il rendu la monnaie ?

J'exhibai les trois pièces. Elle toussa et serra un châle sur ses épaules. Je commençai à remplir le poêle. Elle m'enleva la pelle des mains.

— Je m'en occupe.

J'expédiai ma toilette, attendis qu'elle allume le feu pour me réchauffer puis sortis. Sûr que j'aurais préféré m'envoyer une seconde corvée de charbon plutôt que d'affronter Doffey, son bureau immense et ses poses de préfet romain.

Penché sur un de ses télégraphes, le préposé aux transmissions releva ses cheveux collés par la sueur.

— Pas fâché de vous voir...

Les télégrammes avaient continué à pleuvoir. Il en avait compté plus de cinq cents. Il m'en tendit une poignée.

— Mr. Doffey a remonté les autres.

J'empochai la liasse et gagnai le premier étage.

Le chef constable avala une bouchée et planta un couteau dans la galantine.

— Pas un seul des comtés de ce foutu pays n'a été capable de nous trouver le bon Fergus Millow !

Je plaquai la paperasse sur son bureau.

— Qu'est-ce que vous voulez que j'y fasse ? Si vous croyez vraiment que ce type n'existe pas, classons le dossier et laissez-moi retourner à mes combats de coq.

Doffey referma la bouche dans un bruit visqueux.

— Le vent du large ne vous vaut rien, Hackney. Vous êtes décidément voué à user votre santé dans les quartiers de misère... Mais trêve d'ergotage. Racontez-moi ce que vous avez appris là-bas.

Je racontai. Doffey s'imbiba par tous ses pores, buvard grotesque à peau grise et faux col. Ses paupières se soulevèrent, libérant son regard de grand mammifère d'Afrique. Il allait pousser son cri :

— Je sais !

— Qu'est-ce que vous savez ? dis-je en m'installant sur le siège de taffetas.

— Millow est un espion ! Les télégrammes ne nous apprendront rien. « Millow » est évidemment un faux nom. Un type qui vit entre plusieurs adresses et qui fuit son entourage ne peut être qu'une taupe.

— Ce sont les flics, les militaires ou des agents secrets qui suppriment les espions, et ces gens-là ne trucident pas au gourdin après avoir averti leur victime.

— Alors c'est un trafiquant ! Il recevait la camelote par la mer. Pas bête... Qui aurait l'idée de rechercher un margoulin parmi la population tranquille d'une station balnéaire ?

— Ce n'est pas Millow que nous recherchons.

— C'est un tort. Comment voulez-vous savoir qui a tué alors que vous ne savez pas qui a été tué ? Ce Millow est un mystère, le percer nous permettra de prendre notre meurtrier à revers, en finesse ; c'est moi qui vous le dis.

Il retira une paire de toasts du pot de galantine, m'en offrit un pour la forme et engloutit le sien. Je le contemplai en pleine rumination. Un espion ? Un trafiquant ? Doffey aurait proféré n'importe quelle ineptie pour jouer l'important, me rabattre le caquet et me donner des ordres.

— Je vous accorde une nouvelle chance, reprit-il. Vous repartirez à Hunstanton.

— Ce n'est pas là-bas que je trouverai le coupable.

— A Hunstanton, vous interrogerez à nouveau ceux qui l'ont côtoyé. Il devait bien avoir des contacts, une maîtresse.

— Pas besoin d'aller si loin pour se dégoter une mignonne.

— Soyez sérieux une seconde ! Ce Millow a changé de vie voici huit ans : il emménage dans Cowley Street et il court à Hunstanton à la première douceur. Expliquez-moi pourquoi et vous aurez fait un grand pas.

— Le grand pas, c'est de faire parler le courrier. Je compte sur Kemp.

— Ce charlatan ? Je parie qu'il va vous raconter que l'auteur de la lettre est un pervers souffrant de troubles de la personnalité et possédant un instinct de tueur... Un conseil, Hackney : ne vous dispersez pas. Les assassins ne sont jamais arrêtés que par des flics. Et le Yard possède les meilleurs.

Je me retins de lui causer de Jack l'Eventreur et enchaînai :

— Brunning a-t-il déniché quelque chose dans nos fichiers ?

— Non. Raison de plus pour que vous filiez au plus tôt sur la Wash.

J'aurais juré que, du haut de son tableau, Adolphus Williamson me soufflait de ne pas perdre mon temps ici. J'enfilai ma casquette et sortis.

11

Avec effort, Kemp tira son regard d'entre ses savates et le planta dans le mien.

— Vous m'avez soumis un problème bien étrange... L'étonnant c'est que l'auteur ait réussi son coup.

— Pourquoi donc ?

— C'est un malade.

— Un dingue ? Je m'en serais douté.

— Dingue peut-être, mais pas seulement, murmura-t-il en joignant ses paumes devant lui.

Il chut sur sa chaise et fouilla le fatras de papier qui jonchait sa table.

— Rien ne vous surprend ? dit-il en plaçant la lettre devant lui.

Je me penchai et relus les cinq lignes.

aujourd'hui avant la nu
vous serez mort
un coup sur la têt
bing
la punitio

— Je n'ai jamais vu une calligraphie aussi... débridée.

— Anarchique mais pas extraordinaire. Le plus singulier ce sont les marges.

— Quoi, les marges ?

— D'ordinaire, celle de gauche est rectiligne, et la droite est irrégulière au gré des fins de phrases ou de paragraphes. Alors que là, c'est l'inverse.

— Je mettais ce désordre sur le compte de l'excitation.

— L'excitation déforme le mouvement ou le trait, elle ne conduit pas celui qui écrit à inverser les marges. Il y a laissé le *it* de *nuit*, le *e* de *tête* et le *n* de *punition*.

— Votre explication ?

— Je n'ai guère rencontré cette bizarrerie que chez des fumeurs d'opium sévèrement atteints, et encore, dans des proportions moindres. Chez ces sujets la marge de gauche flottait, la pression était faible et le trait grêle. Ici, il est fort, les appuis sont affirmés et chaque ligne va buter contre le bord droit. Cette hypothèse est donc à éliminer. Je continue de chercher...

— Combien de temps ça prendra-t-il ?

— Aucune idée, mais j'ai de quoi calmer votre impatience. J'ai consacré deux nuits à cette analyse sans parvenir à me forger une conviction, mais j'avance. Votre tueur est réellement un cas...

Il attrapa un compte-fils et le positionna sur le texte.

— J'ai cru tout d'abord que nous étions en présence d'un pervers ordinaire. Les ruptures qui viennent rompre l'aspect coulant du trait de *punition* et d'*aujourd'hui* accréditent cette thèse, mais pour le reste... articula-t-il à mi-voix en faisant sautiller la loupe d'un mot à l'autre. Le rythme est beaucoup trop marqué. Vous l'avez dit vous même : *débridé*. Chez ces sujets les conflits de la personnalité et l'exacerbation des pulsions neutralisent le mouvement. Pas besoin d'être un spécialiste pour déceler la précipitation que trahit la forme de *vous serez mort*.

Il s'écarta afin que je voie les trois mots que grossissait la lentille.

— *Débridé* et spectaculaire, constatai-je en reprenant ma place.

— Exactement ! Ces gonflements dans la hampe du *t* et dans les jambages du *m*, ces *s* vindicatifs et la prédominance des noirs dénotent un besoin d'occuper le terrain et d'attirer l'attention. Les pervers, eux, ont toujours, dans leur écriture, le souci de masquer leur véritable nature.

— Si ce n'est pas l'œuvre d'un fou furieux, qu'est-ce alors ?

— La détérioration que j'observe après *punitio* ajoutée aux saccades et à la raideur générale me ferait volontiers penser au graphisme d'un dépressif ou d'un alcoolique, mais le reste ne colle pas, prononça-t-il d'un ton à peine audible. Regardez-moi l'ovale des *o*. Ceux d'un dépressif auraient été rabougris, les massues des *l* bien moins généreuses.

Après une pause, il ajouta :

— Pour moi votre client est habité par trois penchants : l'affectivité, caractérisée par l'opulence de la forme, l'exaltation, traduite par la vivacité du trait, et la dépression comme l'indique la dislocation des dernières lettres.

— Un « exalté affectif et déprimé ». Ce n'est plus un être humain, c'est un puzzle.

— Il me reste à y joindre la quatrième pièce : celle que me livrera l'explication du flottement des marges. J'espère y voir plus clair mardi.

Trois jours... Doffey n'aurait pas cette patience, et lui avouer que Kemp peinait, l'aurait réjoui. Il me fallait trouver de quoi distraire ses ardeurs.

Un fiacre me déposa devant le théâtre de Shaftesbury. Il refusa d'aller plus loin. Un an plus tôt, dans une ruelle de Saint-Giles, on lui avait volé ses bottes de cuir et son cheval.

Sur son grabat, Ashby ne dormait pas. Les bruits montant du bar du Cockatoo troublaient la cadence de son souffle. J'allumai le lumignon et m'assis sur le bord de la fenêtre à côté de Rash Kiddy.

— L'autre coq s'est envolé ?

— Je l'ai frictionné au thym et cuit à l'eau bouillante, il m'a déjà fait deux repas. Il reste les ailes, je t'invite.

— On m'attend pour dîner.

— Tu arriveras pour les liqueurs. Si c'est une femme, elle sera ravie de trinquer.

Avant que j'aie pu lui envoyer que ma mère ne buvait plus que de la bière, il extirpa un carton à chapeaux mité de sous le châlit.

— Je les ai mises là, bien au fond, enveloppées dans un morceau de drap épais. Les souris n'ont aucune chance.

— Tu vas pouvoir te payer du bœuf, je t'ai amené un boulot.

Il se redressa sur sa paillasse. Une grimace gênée empêtrait ses traits.

— Pas la peine, Joe.

— Dix shillings, tu craches dessus ?

— Si c'est pour le Yard, oui.

Il allongea le bras, saisit les abattis parfumés aux herbes et les posa à côté de la lampe. De la boîte, il sortit une bouteille de bière allemande.

— On va se taper un gueuleton, tu ne seras pas venu pour rien.

— Réfléchis.

— Je parviendrai bien à décrocher un turbin. Respectable si ça se trouve...

— Tu es comme moi, Ashby ; tu n'es pas fait pour le respectable. Flic ou vaurien, il y a que ça pour nous.

Il remua la tête comme pour la soustraire au peu de lumière de la pièce.

— Te barre pas... Ce coq, c'était un affectueux, il me répondait quand je lui causais. Ça m'a fait quelque chose de le zigouiller.

Il s'interrompit pour déballer les ailes de leur chiffon. Il en plaça un morceau sur le lit.

— Le plus gros, c'est pour toi.

Je posai une fesse sur la paillasse. La viande sentait. Pas le thym. Le faisandé. Très fort. Cet emplumé ne devait même plus être bon à se battre. Trop vieux, attaqué par l'âge jusqu'à l'intérieur des muscles. Ashby déshabilla sa part et y planta les dents avec gourmandise. Je l'imitai. La première bouchée me porta au cœur, la seconde ne me parut qu'infecte. L'usage de la parole me revint après la troisième.

— Je vais avoir besoin de quelqu'un de confiance pour aller fouiner sur la Wash.

— Toi ou le Yard ?

— Le Yard me foutrait dehors s'il savait. Désobéissance...

Ashby interrompit son masticage.

— Il faut que je t'aide à désobéir ?

J'acquiesçai.

— Au Yard ?

J'acquiesçai encore.

Il s'envoya une lampée de bière et me tendit la bouteille. Tandis que je collais mes lèvres au goulot poisseux, il réclama des précisions. Il les eut.

— Sacré brouillamini !

Dans sa langue à lui, ça signifiait qu'il ne pourrait pas résister au double plaisir de faire la pige à un chef flic et de rempiler à mes côtés.

— Fergus Millow, la victime de notre affaire, avait reçu une lettre anonyme le matin de son assassinat.

Je lui tendis l'enveloppe timbrée de la Victoria mauve à un penny.

— Trouve-moi où elle a été postée et tu auras cinq shillings de mieux.

— Oblitérée à Lambeth...

Il la tâta, la renifla et fit rouler une particule de saleté entre son pouce et son index.

— Cette traînée, là...

— Je l'ai récupérée dans la cheminée.

Il haussa les épaules.

— Les braises ont brûlé la partie droite ; là, c'est de la rouille.

— Ce qui signifie ?

— Les billets que je ramassais dans les troncs métalliques portaient parfois les mêmes traces. La fente dans laquelle a été glissée la lettre est simplement rouillée. Il me reste à dénicher une boîte mal abritée !

12

Ma mère avait toussé toute la nuit. Elle l'avait passée à ingurgiter des grogs au gin, sans parvenir à s'abrutir assez pour sombrer. Au matin, je vidai la bouteille par la fenêtre, fonçai chez le pharmacien, brandis mon insigne pour qu'il ouvre sa boutique et rapportai des cataplasmes à la graine de moutarde. Je m'étais rallongé sur mon lit, me laissant gagner par un engourdissement censé me procurer un peu du repos que mon corps réclamait.

Des coups frappés à la porte me ramenèrent à la conscience.

— C'est qui ?

C'était Ashby. Il reprenait sa respiration, il avait dû courir, ça l'avait rougi et débraillé davantage. Il s'affala sur une chaise, réveilla ma mère qu'il fallut rassurer et m'apprit qu'il avait localisé où avait été postée la lettre anonyme. Il avait inspecté chaque pillar box [1] du secteur de Lambeth. Dans toutes celles dont la gueule était rouillée, il avait introduit une feuille épaisse attachée à un crin de pêche. Quand il l'avait ressortie de celle de Kennington Road, elle portait une trace similaire à celle qui maculait l'enveloppe retrouvée chez Millow.

Pour fêter le premier succès de notre nouvelle collaboration on déjeuna de tranches épaisses de mortadelle et d'un pudding aux figues lourd comme un parpaing. Dimanche ou pas, il voulut qu'on déboule au bureau de poste. J'eus toutes les peines du monde à le raisonner. On se donna rendez-vous le lendemain sur le pont de Lambeth.

Exclue de l'effervescence, la rive droite s'était fait une raison. Par-delà le pont de Lambeth, on considérait le fleuve comme un rempart au tumulte et à la misère. Au détour d'un square, le rouge fauve des briques de la poste tranchait sur la grisaille. Derrière le guichet, l'employé acheva de remplir un mandat sous la dictée d'un croquant, accepta les remerciements d'un sourire de routine et leva vers nous un restant de cette amabilité.

— Scotland Yard, répéta-t-il avec circonspection. C'est que les sacs ne se déballent pas comme ça, faut que j'appelle Mr. Keilborough.

---

1. Boîte aux lettres sur la voie publique dans laquelle le courrier est déposé.

Le chef du bureau de Lambeth planta devant nous son physique de bon vivant, moustaches luisantes de brillantine et gilet de flanelle tendu par la bedaine.

— Un criminel à Lambeth ? Et il a le culot de faire de nous ses complices ! Foi de Keilborough, je vous promets qu'on ne sera pas longs à trinquer à son arrestation, et on remettra ça quand la corde lui cassera le cou !

— En attendant, on voudrait voir la totalité du courrier posté aujourd'hui sur Kennington Road. Des fois que notre assassin soit un maniaque et passe son temps à envoyer des lettres. Son écriture est reconnaissable entre mille.

Le postier arriva peu après. C'était un type à peine plus haut que moi, au corps maigre et au débit généreux.

— Dave Jackayvitch, s'annonça-t-il en nous saluant. Mais on m'appelle Jack, parce que les clients aiment pas les noms à rallonge, si vous voyez ce que je veux dire. Le chef m'a mis au courant. C'est une tuile, qui vous tombe là.

Sous la brosse de ses cheveux noirs, la face n'était que muscle et nerfs. Chaque ride, chaque commissure attendait son tour pour trembler ou cligner.

— Le meilleur facteur des faubourgs, sourit Keilborough. Jamais une maladie en vingt ans de service. Jack n'a qu'une faiblesse : il ne peut pas s'empêcher de jacasser avec les clients. Pas vrai, Jack ? Quand t'es pas revenu à 16 heures, c'est pas ton cheval qui a lambiné, c'est toi qui as croisé une belle ou un copain...

Keilborough nous mena à la salle du tri. Autour d'un long établi de chêne, des employés envoyaient valser plis et paquets dans les sacs de chanvre rangés verticalement derrière eux, gueule ouverte. Keilborough désigna une planche jonchée d'un tas de courrier.

— Les quatre premières levées du jour...

Jack fronça les sourcils.

— Y en a bien trente kilos, ça représente huit cents plis sans parler des colis petits et gros qui pèsent souvent leur poids, si vous voyez ce que je veux dire.

Dans un battement de paupières il ajouta :

— Vous voulez un coup de main ?

— Un tuyau plutôt : mon collègue a remarqué que l'ouverture de la boîte de Kennington Road était attaquée par la rouille au point de tacher les enveloppes. Y aurait-il des pillar boxes dans le même état sur votre secteur ?

— Attendez que je réfléchisse... non. Celle de Kennington Road est la seule s'ouvrant sur l'ouest, elle se sera piquée à force de prendre la pluie. (Il se tourna vers Ashby.) Vous êtes un fortiche, vous, d'avoir repéré ça !

Ashby baissa la tête et plongea les mains dans l'épaisseur du monticule. On commença par rassembler les missives salies par la rouille. A vue de nez, deux cents. Ashby repérerait les adresses tracées avec un graphisme s'approchant de celui de notre pièce à conviction, tandis que moi, je notais les coordonnées des expéditeurs lorsque ceux-ci avaient pris la peine de les mentionner. Une heure et demie plus tard, Ashby en avait trié une vingtaine présentant des écritures bizarres, mais dont aucune n'avait les caractéristiques de celle envoyée au 18, Cowley Street.

Il fourragea dans ses cheveux.

— Nous voilà bien avancés.

J'achevai mes calculs et posai mon crayon.

— Le Bethlehem Lunatic Hospital, tu connais?

— Le Bedlam, l'asile d'aliénés?

— Sur cent vingt lettres, j'ai relevé soixante-trois domiciliations différentes. Figure-toi que celle du Bedlam revient trente-neuf fois!

— Des fous! Tu crois que l'un d'eux aurait pu...

— J'observe seulement qu'une bonne partie des plis déposés dans la pillar box de Kennington Road l'ont été par des résidents du Bedlam, malades ou membres du personnel. Je remarque aussi que seize de ceux que tu as toi-même isolés viennent de là.

— J'saurais pas lire ces gribouillis, mais rien qu'à l'œil je devine qu'ils seraient bien l'œuvre de frappadingues plus que celle de types sortis d'Oxford.

— Qu'il l'ait écrite, pourquoi pas, mais qu'il l'ait postée...

Je fermai mon carnet et on s'en fut rejoindre Keilborough et Jack. Le receveur nous proposa du whisky. Je refusai et dis :

— La correspondance du Bedlam est visiblement expédiée depuis Kennington Road.

— Nous avons supprimé le sac postal depuis l'installation de la pillar box, précisa Jack.

— Qui porte le courrier?

— Une blonde plus très présentable, si vous voyez ce que je veux dire, elle est secrétaire à l'hôpital.

— Personne d'autre?

— De temps en temps, des types me donnent des lettres et je sais qu'ils viennent du Bedlam.

— A quoi vous devinez ça?

— Je ne peux pas m'empêcher de loucher derrière l'enveloppe, et même quand rien n'est indiqué je les flaire rien qu'à leurs habits. Ils ont beau mettre des paletots, je repère la toile jaune de leur pantalon, on ne me la fait pas !

Ashby devait prendre son service au Cockatoo. Il racla ses poches pour trouver les deux pence de son omnibus et moi je n'eus qu'à traverser le square pour apercevoir la silhouette du Bedlam. La maison des fous prenait ses aises sur George Field's Place, quartier propret de la rive droite. On y entrait par Lambeth Road, une artère qui filait vers la Tamise et Westminster. Dans la lumière déclinante, l'avenue ébrouait ses files de tilburys, tramways et diligences sous le nez des dames pomponnées qui promenaient leurs moutards vers Palace Gardens. Dès le mur d'enceinte franchi, ce va-et-vient cédait les lieux au silence. J'empruntai une allée de cailloux coupant pelouses et bosquets. Des hommes en blouses jaunes déambulaient dans cette verdure, un autre, vautré sur un banc, parlait à un chat. Après être passé entre les colonnes ioniques d'un portique surmonté d'un dôme, je débouchai dans le vestibule. Deux statues plantées en son milieu me dominaient de leur hauteur. La première représentait un brave type figé par l'abattement, la seconde frappait l'imagination. Sculpté dans le marbre, un gaillard échevelé lançait ses bras au ciel en me fixant de ses yeux exorbités. J'examinais l'engeance quand un costaud que je n'avais pas vu s'avancer aboya que les visites étaient finies pour la journée. Je brandis ma carte et demandai après le directeur. Le garde me désigna une tête de femme derrière un guichet. Recarte et explication. Je voulais rencontrer le taulier. L'employée fila et revint, accompagnée d'une créature à peau laiteuse, rides crémeuses et cheveux blonds montés en boucles.

— Mrs. Marion Georgina, se présenta-t-elle, je suis la secrétaire du médecin chef. Quelle est la raison de votre visite ?

Je la renseignai.

— Suivez-moi, dit-elle.

Elle pinça sa robe longue pour la relever, fit demi-tour et trotta devant moi jusqu'au premier étage. Je patientai quelques instants sur les chaises d'un salon décoré de planches légendées représentant, en coupe, en éclaté et en transparence l'intérieur du cerveau humain.

Alber Addiscombe avait la poignée de main franche, le port de tête assuré et la voix timbrée du chef. Du médecin, il avait cette manière désinvolte de vous laisser passer devant lui en regardant ailleurs avant de fermer sa porte.

Je pris place sur une bergère moelleuse et le docteur s'accouda sur l'acajou vitrifié de sa table de travail. Occupé à admirer la tranche cuir et or des ouvrages de la bibliothèque habillant le mur sur notre droite, je sursautai à sa question.

— Une affaire de meurtre m'a-t-on dit ?

Je le mis au courant.

— Tout ceci ne constitue pas des preuves, disons... de sérieuses présomptions.

Il se lança alors dans un plaidoyer pour ses malades. Les uns n'étaient pas assez atteints pour être suspectés, les autres étaient suffisamment cloîtrés pour être dans l'incapacité de nuire. A ma demande, il précisa. Ses 290 pensionnaires étaient répartis en quatre catégories suivant leur degré de déficience : les *stabilisés* logés au rez-de-chaussée, les *furieux* placés au premier, les *déments* et les *incurables* cantonnés au même étage, au fond du couloir. Les plus détraqués et les plus fortunés étaient logés en chambre individuelle, le restant en dortoir de deux, quatre ou six lits.

— Les pensionnaires ont-ils le droit de sortir ?

— Les stabilisés sont invités à une promenade quotidienne dans le jardin. Pour les autres c'est deux fois par semaine, sauf pour les individus vraiment dangereux.

— Je voulais dire : sortir de l'établissement.

— Certains stabilisés ont la permission. Chaque année plusieurs d'entre eux ne rentrent pas ; c'est le tribut que nous acceptons de payer afin de ne pas les couper de la vie de la cité.

— Les furieux ne quittent jamais l'hôpital ?

— En théorie, non. Mais les gardiens ne peuvent les avoir tous à l'œil et nous savons que certains profitent de leur promenade pour s'offrir des escapades dans le quartier.

— Des patients auraient-ils déserté récemment ?

— Aucun depuis un mois.

Addiscombe se renversa avec agacement contre le dossier de son siège et nicha ses avant-bras dans le bois creusé de ses accoudoirs. Je changeai de sujet :

— Comment s'effectue la sortie du courrier ?

— Mrs. Georgina, ma secrétaire, le poste sur Kennington Road, après avoir lu chaque lettre. Lorsque le sac est trop lourd, un factotum le porte au bureau de Lambeth.

— Le facteur affirme qu'il croise parfois des malades qui lui remettent eux-mêmes leurs plis.

— C'est possible. Ils sont une vingtaine à être autorisés à quitter l'enceinte de l'hôpital.

— Mrs. Georgina prend-elle connaissance de leurs courriers ?

— Non.

— Il faudra que je questionne ces pensionnaires *stabilisés*.

— Tous ? Il y en a une soixantaine...

— J'y consacrerai le temps qu'il faudra.

Le médecin chef esquissa une moue contrariée.

— Et aussi que je puisse inspecter leurs chambres et si je n'y trouve rien, celles de l'étage.

— Il est impossible que vous montiez, ce serait trop dangereux.

— Ce sera peut-être nécessaire.

— Pour l'heure, c'est exclu, comme il est exclu que le personnel, à l'exception des médecins, soit au courant de votre qualité et des raisons de votre présence. Vous serez un surveillant assistant, point.

— Je comprends votre prudence. Nous allons procéder différemment : vous commencerez par récupérer une page rédigée par chacun de vos malades sachant écrire.

— Cela représente une quarantaine de personnes tout au plus et parmi eux des femmes.

— Elles m'intéressent aussi.

— C'est risqué pour la réputation de l'établissement. Il ne faudrait pas que cela s'ébruite.

— Ce sera entre vous et moi. Faites-les porter à mon nom mercredi après-midi au bureau de poste de Lambeth.

— Je ne sais pas si en trois jours...

— Le préfet vous félicitera pour votre collaboration.

Sur son lit, ma mère somnolait, lumière allumée. Je lui parlai, elle me répondit d'une voix pâteuse. Les cataplasmes lui avaient brûlé la peau sans lui éteindre le mal. Elle s'était rabattue sur la bière. Grogs à la bière puis bière seule. Elle avait planqué deux bouteilles vides sous le sommier. Depuis la mort du paternel, trois ans plus tôt, ça ne lui était plus arrivé. Un verre par-ci par-là, jamais jusqu'à plus soif.

Je la secouai, l'engueulai. Elle réagissait à peine. Je posai ma main sur son front. Il était brûlant. Je dégringolai l'escalier, courus jusque chez le docteur, brusquai son majordome. Fallait que je le voie, qu'il rapplique, horaire de consultations ou pas, il croyait peut-être qu'on choisissait son moment pour être malade ? Je l'écartai, fis irruption dans le salon, tirai le médecin de sa lecture du *Times*, sa femme de sa broderie, expliquai le problème, aidai l'homme à enfiler son manteau et le poussai devant moi dans l'escalier.

Une minute d'examen lui suffit. Le cas était au-dessus de ses remèdes et de ses moyens. Je devais la conduire sans attendre à l'hôpital. Il me rédigea une lettre prescrivant l'admission pour affection pulmonaire aiguë, et me demanda douze shillings. Je le réglai, fis taire ma mère qui ne voulait pas quitter sa paillasse, l'emmitouflai dans trois couches de châle et m'engouffrai avec elle dans le premier fiacre direction le London Hospital sur Whitechapel Road.

Exhibant tour à tour la bafouille du médecin et mon insigne de flic, je réussis à forcer le passage jusqu'à la pièce froide où consultait le docteur Lympne, un homme rond au faciès hébété. Il ausculta ma mère dans un ballet de gestes mous, avant d'annoncer : « pneumonie, nous allons lui trouver une place ». Il sonna deux infirmiers qui l'allongèrent sur un brancard et la transportèrent de couloirs blêmes en escaliers jusqu'à une salle au deuxième étage. Quand elle ne toussait pas, ma mère criait qu'elle voulait rentrer.

On la déposa sur un lit étroit au milieu d'odeurs de pisse et de désinfectant. L'un des brancardiers la maintint pendant que l'autre lui administra une piqûre. « Ça va faire baisser la fièvre et lui permettre de dormir », assura le type en blouse. Puis il m'indiqua que l'heure des visites était passée et que je devais quitter les lieux. J'embrassai ma mère et lui glissai qu'ici, il y avait quand même moins de courants d'air que chez nous. Elle entrouvrit les lèvres pour dire quelque chose, mais une quinte lui enleva les mots de la bouche.

— Je serai là demain matin, promis-je.

Devant moi, les infirmiers s'éclipsaient d'un pas tranquille. Faudrait qu'elle se retape comme ils l'avaient promis ou ils auraient de mes nouvelles.

13

Ce mardi, le London me vit rappliquer à 9 heures. Ma mère toussait toujours. Je déboulai chez Lympne. Assis sur la table où elle avait été auscultée, un patient se rhabillait. Je lui mis sa chemise, son manteau et son chapeau dans les mains et le flanquai dehors. Lympne m'observait, plus éberlué que jamais :

— Que se passe-t-il ?

— Il se passe que ma mère ne va pas mieux.

Il recula de deux pas et se réfugia dans un fauteuil.

— Qui êtes-vous ?

— Je vous ai amené Mrs. Hackney hier soir. Vous avez diagnostiqué une pneumonie.

— Je vous remets. Vous êtes de la police... Votre mère souffre d'une sévère infection, sa fièvre n'a pas baissé cette nuit. J'ai demandé à ce que le traitement soit intensifié, il devrait y avoir un léger mieux demain.

— Un léger mieux ! Je vous l'ai confiée pour qu'elle guérisse !

— Nous allons nous y employer, mais il faudra quelques jours. Une pneumonie, ça ne se traite pas aussi facilement.

— Combien de temps ?

— Une bonne semaine au moins. Mais, dès demain, elle pourra se lever.

— Vraiment ?

— Aussi sûr que je m'appelle Lympne. Ma propre mère a souffert du même mal il y a trois mois. Je l'ai soignée ici, exactement comme je le fais avec la vôtre, et elle s'est rétablie en huit jours.

A ces mots, n'importe qui aurait oublié son air stupide et aurait été rassuré. Je ne demandai pas mon reste.

A 11 heures, Kemp me bénit. Quand on fut assis à sa table de travail, il pinça les lèvres.

— Je crains qu'il nous faille nous armer de patience.

Il portait un gilet trop grand à ridicules rayures jaunes qui décharnait son buste. Sur la lettre anonyme posée devant lui, le verre de son lorgnon grossissait le *b* et le *i* de *bing*.

— J'ai beau réfléchir...

— Un « exalté affectif et déprimé », aviez-vous avancé.

— Cela je le confirme, même si ces trois états psychologiques ne sont d'ordinaire pas associés. C'est l'irrégularité des marges et ces mots sans fins que je n'explique pas. Je n'ai qu'une certitude : le scripteur possède une personnalité hors du commun.

— C'est vraisemblablement un assassin.

— Je ne suis pas un spécialiste, mais je suppose que les criminels sont le plus souvent des gens fort ordinaires, qu'une pulsion ou une perte momentanée de contrôle conduisent à passer à l'acte. Alors que dans notre cas, le sujet est un être hors normes à chaque instant de sa vie.

— Est-ce que ça signifie qu'il me suffirait d'échanger quelques mots avec lui pour que j'en déduise aussitôt que c'est lui qui a écrit ces cinq lignes ?

— C'est possible, ce type ne peut avoir un comportement normal.

— J'ai des raisons de penser qu'il est interné au Bedlam.

— Je vous ai déjà dit que ce graphisme montre autre chose que la folie. Saccager les mots et les marges de la sorte, je ne l'ai jamais observé même chez les pires névrosés.

— L'atteinte n'est peut-être pas mentale ?

— Si.

— Un sadique ?

— Non, l'écriture trahit plutôt une forme rare de

frénésie mêlée à une affection que je suis incapable d'identifier pour l'instant.

— Un « frénétique » qui prendrait le temps de torturer sa victime par courrier. Et assez adroit pour qu'elle n'ait pas l'idée ou le courage de lui échapper... Ça ne colle pas. J'y vois plus un calcul cruel qu'un emportement. (Kemp se mordit les lèvres.) C'est un cas réellement unique. Laissez-moi encore jusqu'au milieu de la semaine prochaine, si d'ici là je ne suis pas en mesure de vous éclairer, je reconnaîtrai mon impuissance...

— Pas question, vous continuerez à travailler le temps qu'il faudra. L'hôpital va me fournir des documents écrits de la main des malades qui bénéficient d'un droit de sortie, et qui, de ce fait, pouvaient aller poster la lettre anonyme. Vous les comparerez avec ces pages.

— L'idée n'est pas mauvaise.

— Ensuite, je me fendrai d'un tour au Bedlam, histoire de regarder les fous dans le blanc de l'œil. Avec un peu de chance, c'est moi qui alpaguerai cet être... hors du commun.

Je déjeunai seul. Sur Grosvenor Road, l'endroit surplombait la Tamise, suffisamment loin du Yard pour que les flics n'y mettent pas les pieds. On m'avait servi un morceau de bœuf grillé et arrosé d'une sauce sucrée aux champignons. Tout en mangeant, je profitai du calme pour réfléchir. En une semaine, l'enquête Millow avait tourné à l'imbroglio. Mes gesticulations n'avaient contribué qu'à épaissir le mystère. Qui était Millow ? Un artiste qui peignait des mers trop bleues, des soleils trop jaunes ou des noirceurs trop grises. Et surtout, un solitaire, sans passé, ni ami connu, au physique quelconque que j'avais déjà oublié. Millow, c'était le contraire de ses tableaux : une image floue, un mirage dont je devais me détourner. La seule certitude à son sujet, c'est qu'il avait échoué à la morgue, assassiné. Il y avait donc un assassin. Mes recherches semblaient désigner un des malades du Bedlam. Un fou assez cérébré pour prévenir sa victime et mener à bien son plan. Kemp y perdait son latin et Doffey pataugeait. Normal, il avait misé sur Millow. « ... Un mystère, le percer nous permettra de prendre notre meurtrier à revers, en finesse. »

Au cours de ces dernières années, il m'avait déjà servi le numéro du grand chef, du stratège, de l'inspiré. Cette fois il jouait au plus fin, à l'original, lui le balourd parmi les balourds, aussi perspicace qu'un éléphant emballé. Obnubilé qu'il était par Millow, il aurait été capable de perdre la boule et de passer les menottes à sa dépouille. Trucidé et inculpé ! Culbuté, piétiné, écrabouillé par le pachyderme. La loi selon Doffey, c'était la loi de la jungle. Le fiasco de Jack l'Eventreur ne lui avait pas suffi. Pardi ! Il avait réussi à faire porter le chapeau à ses inspecteurs. Pour la peine, on avait goûté de l'exil. Moi, j'avais été bon pour l'Ecosse. De quoi me rappeler à mon bonheur d'œuvrer à Londres et à l'urgence qu'il y avait à coincer notre tueur de Cowley Street. La missive anonyme désignait forcément le coupable, mais aucun des flics du Royaume n'aurait été foutu d'en tirer la moindre indication. Obligé de faire appel à Kemp. C'est ça qui défrisait Doffey. Il ne supportait que les légistes, ceux qui s'essuyaient leurs mains sanguinolentes sur leur tablier en lui disant : « votre mort a rendu l'âme à telle heure à cause d'une balle qui est entrée par ici et est ressortie par là ». Parce qu'il comprenait. Il considérait le reste des scientifiques comme des sorciers. Sauf que dans le cas présent, la sorcellerie n'était pas dans l'art de Kemp, mais dans la manière qu'avait mise le meurtrier à rédiger ses cinq lignes.

14

Accoudés à la longue table de la salle des inspecteurs, Doffey et Brunning grignotaient des gâteaux. A ma vue, le chef constable se fendit d'un de ces sourires épais qui rendent les femmes raisonnables.

— Les flics d'Hunstanton ont mis la main sur un témoin de première bourre ! Ça se fête, prenez donc une douceur.

— C'est qui ce témoin ?

— Un dénommé Auguste Forrester, un peintre, vieux client de la pension. Il y a séjourné régulièrement depuis quinze ans avant d'acheter une maison face à la mer à trois pas de la pension L'Amiral.

— Il connaît Millow ?

— Il ne connaît que lui !

— Alors ?

— Alors quoi ?

— Qu'ont-ils appris ?

Une grimace embarrassée déglingua son enjouement.

— Pour l'instant pas grand-chose. Ils m'ont appelé ce matin, ils observaient une pause. C'est que c'est un pénible, le Forrester. Pour l'instant, ils n'ont pas réussi à le faire causer d'un autre sujet que de sa peinture.

Je laissai Brunning nous expliquer que s'il l'avait entendu lui-même, le Forrester en aurait rabattu, puis je lui rapportai le récit de mes propres investigations. La perspicacité d'un de mes indics en inspecteur de boîtes aux lettres, nos recherches au bureau de poste, notre soupçon visant le Bedlam, vite étayé par la conviction de Kemp d'avoir affaire au courrier d'un bizarre et la perspective de pouvoir lire et interroger une brochette de pensionnaires de l'asile.

Brunning se donna un air futé.

— Plus je réfléchis et plus je suis convaincu que notre victime ne se nomme pas plus Fergus Millow que vous et moi. Il passe sa vie à se cacher. Et cela son bourreau le savait, comme il savait le parti qu'il pourrait en tirer.

Doffey se jeta un muffin dans la bouche.

— Brunning a raison, dit-il après avoir avalé. On risque moins à éliminer un quidam qui a passé sa vie à *s'éliminer lui-même.*

— Ça ne nous empêchera pas de le confondre grâce à son écriture.

Brunning tira la langue.

— Ne comptez pas sur moi pour arrêter le meurtrier d'un fantôme !

Il devait en rire encore que j'étais déjà dans la rue. L'omnibus de la Westminster me déposa devant le London Hospital.

Un gémissement de douleur d'un de ses voisins réveilla ma mère. Elle bâilla.

— Comment tu vas ?

— Je me repose.

— Tu manges ?

— J'ai du mal à avaler.

— On s'occupe de toi ?

— Ils me donnent des cachets et du sirop.

— Tu t'es levée ?

— J'ai déjà du mal à garder les yeux ouverts... Et toi ?

— Moi, quoi ?

— Ton travail ?

— Pas de soucis.

— Tu es toujours sur cette histoire de peintre à Hunstanton.

— Oui.

— Tu sais qui l'a tué ?

— Un exalté affectif et déprimé. Il ne me manque plus que son nom.

Un infirmier s'affairait auprès du malade d'à côté. Je m'avançai.

— Elle n'a pas l'air de guérir...

— Qui donc ?

Je désignai ma mère.

— Son état n'a pas empiré, c'est déjà ça.

— C'est possible de voir le docteur Lympne ?

— Il n'est pas là cet après-midi. Demain. Il sera de garde.

Ce soir-là je mangeai à peine, tournai dans mon lit avant de m'endormir. Je n'avais jamais pénétré dans cet appartement sans que ma mère y soit. Courbé sur son ouvrage, besognant le poêle, vidant ses casseroles, m'accueillant de questions prononcées comme malgré elle, toujours les mêmes : « j'allais dîner sans toi, tu as vu l'heure ? », « tu t'étais assez couvert avec ce vent ? » Je disais oui à tout, lui demandais si elle s'était bien avancée dans son travail. Les bons jours, elle me montrait la pile, disait qu'il lui faudrait quatre bras et elle en souriait.

L'appartement n'avait résonné que de mes pas, des bruits que j'avais faits à m'asseoir, à me lever, racler ma cuiller dans le fond de mon assiette, et du tintamarre qu'avait déclenché par moments l'inquiétude dans ma tête. *Son état n'a pas empiré, c'est déjà ça.* Puis quoi encore ? La mère du docteur Lympne s'était rétablie en huit jours. Et après ? Peut-être un coup de chance. Elle ne souffrait peut-être même pas d'une pneumonie, un gros rhume tout simplement. Lympne fabulait et Doffey n'avait peut-être pas tort. Les hommes de science ne valaient pas mieux que des sorciers.

*

Ma mère avait pris le teint hâve de ses congénères de la salle commune. Il était 9 heures et j'avais attendu qu'une quinte plus forte lui ouvre les yeux. Je lui avais parlé. Elle m'avait répondu d'une voix faible avant de sombrer à nouveau. Je guettai son prochain réveil. J'avais tenté de rameuter des surveillantes pour obtenir des informations sur l'évolution de son état. Trop occupées, qu'elles me répondirent. Fallait qu'elles lavent les morts de la nuit. Je devais attendre 9 h 30 que Lympne soit sorti du bloc opératoire ou que je me renseigne auprès de l'infirmier en chef. Je le trouvai dans un couloir, s'occupant d'une jeune fille allongée sur un brancard. Il me glissa qu'il serait à moi dans deux minutes, puis il se pencha sur sa malade. Il s'en releva, un pansement maculé de croûtes à la main, et prépara une seringue. La jeunette dévisageait l'homme qui la soignait, le visage crispé, les mains échouées sur son drap, paumes vers le haut. L'infirmier la piqua au-dessous du genou. J'attendis qu'il finisse.

— Le docteur m'a assuré que ma mère pourrait se lever aujourd'hui...

— Je crains qu'il ait été optimiste, dit-il en soulevant la couverture de la malade.

Il examina son pied. Ce n'était qu'une plaie. L'infirmier adressa un demi-sourire à la jeune femme.

— On dirait que c'est moins infecté.

Elle reposa sa jambe et lui rendit sa grimace.

— N'oubliez pas de prendre vos cachets, dit-il. Vous irez mieux demain.

Elle était livide, l'infirmier vint à moi. Je repris :

— Les médicaments ne font pas effet ?

— Ils ont plus d'effet sur votre mère que sur cette femme.

Et tandis que machinalement mon regard se posait sur le masque émacié de la malade, il ajouta sans desserrer les dents :

— Gangrène. Dans deux jours on l'ampute.

Déjà, il était auprès de ma mère. Prise de pouls, oreilles collées contre le dos, docte mine et belles paroles. Je retournai m'asseoir, sans parvenir à détacher mon attention de la gangréneuse que j'apercevais par l'ouverture de la porte. Un vieux appuyé sur une canne s'approcha à petits pas du brancard, se laissa tomber sur une chaise de contreplaqué et posa ses deux mains sur la couverture. Il se mit à lui parler. A ce moment, l'infirmier me tira par la manche.

— Votre mère a encore de la fièvre, mais...

— Elle ira mieux demain. Je sais ! Tout le monde ira mieux demain ! Même à ce pauvre vieux, vous ne serez pas fichu de dire la vérité ! m'écriai-je en désignant le couloir.

— Il ne s'en remettrait pas, c'est sa petite-fille et il n'a plus qu'elle.

A la première heure, le lendemain, le docteur Harry Margary, un pneumologue du Saint-Thomas Hospital, se déplaça à la demande de Lympne pour ausculter ma mère. Son état avait empiré et elle avait fait un brusque accès de fièvre dans la nuit. Harry Margary m'avoua que pour l'heure, il n'avait d'autre solution que de renforcer le traitement et il accepta de revenir le soir même.

15

A deux miles du centre d'Hunstanton, le Paradise était un honnête claque de campagne. Pour trois shillings on y saluait la patronne Mrs. Witkowski dite

Mrs. Eden dans le vestibule ; on y descendait pour cinq shillings sa pinte de gin en pelotant Suzy, Clochette, Panthère, Rita ou Vénus dans l'un des fauteuils de feutre mauve du boudoir ; et, pour quatre shillings de plus, on y emmenait l'une d'elles dans l'une des chambres à miroir de l'étage du dessus.

Fergus Millow avait un faible pour Clochette, une rouquine potelée qui devait son surnom aux triples boucles de cuivre qui pendaient à ses oreilles et se mettaient à tinter lorsqu'on la secouait. Millow s'y employait un ou deux jeudis par mois, tandis qu'Auguste Forrester restait en bas à gobelotter, une fille sur chaque genou.

Le peintre s'était résolu à cette confession après cinq heures d'interrogatoire. Les flics d'Hunstanton avaient rappliqué la veille au Paradise. Du bout de ses lèvres nappées de rouge carmin, Mrs. Eden n'avait fait que confirmer les révélations de Forrester. Elle avait seulement précisé que Millow n'avait plus fréquenté son établissement depuis deux ans.

Un télégramme expédié par les flics d'Hunstanton avait mis Doffey au courant dès son arrivée au Yard. Calé contre les capitons de son fauteuil, le chef constable avait pris son temps pour rapporter. Brunning s'était retenu d'applaudir.

— C'est Clochette qu'il aurait dû cuisiner, dis-je.

— Le bouge est fermé le mercredi, ils y retournent aujourd'hui. Vous prenez le relais.

— Qu'ils interrogent Clochette d'abord.

— Vous partirez cet après-midi ou demain matin (il consulta un indicateur des chemins de fer), le vendredi vous pouvez y être à 9 h 11, il y a un train qui part à 5 h 33. La journée est à vous.

Ma mère crachait ses poumons, j'avais à récupérer

les lettres du Bedlam, à les transmettre à Kemp et à fixer avec Alber Addiscombe les conditions de ma venue dans le quartier des *stabilisés*. Alors, son escapade sur la côte...

Je remplis ma tasse, le temps de formuler une objection.

— Je dois voir le médecin chef du Bedlam aujourd'hui.

— Dans quel but ?

— Je projette d'aller me baguenauder parmi les malades de l'hôpital.

— Au milieu des fous ?

— Exactement. Je causerai avec ceux qui l'acceptent.

— Vous ne pouvez pas être partout. Vous organiserez cela quand vous rentrerez.

— Je préférerais commencer par là.

— Nanti de ce que vous aurez appris à Hunstanton, vous n'en serez que plus efficace.

— Il y a plus à apprendre au Bedlam qu'en repassant derrière les flics d'Hunstanton.

Doffey porta une cigarette à sa bouche, Brunning lui tendit une allumette enflammée.

— L'idée d'Hackney mérite d'être approfondie, dit-il après que Doffey l'eut remercié. Avec un peu de chance l'auteur de la lettre se sera vanté auprès de ses petits camarades de l'asile.

— On peut tout imaginer, concéda Doffey.

— Avec votre autorisation, je me porte volontaire pour cette visite pendant qu'Hackney enquêtera à Hunstanton.

Doffey secoua la cendre de son clope dans sa poubelle.

— Qu'en pensez-vous Hackney ?

— Brunning à Hunstanton et moi au Bedlam.

— Les putes, c'est votre truc, Hackney. Et c'est au Paradise que vos trouverez la clé de cette affaire. Vous me rendrez grâce en revenant.

— J'aime autant que ce soit Brunning qui vous rende grâce.

— Inutile d'insister. A votre retour, je vous récompenserai d'une petite virée chez les fous.

J'élevai la voix. Doffey aussi. Il avait décrété et ce serait ainsi. Il ne m'accorda qu'un sursis pour le lendemain. Ça devait me donner le temps de présenter Brunning à Addiscombe. Rendez-vous fut fixé à 5 heures devant le Bedlam. Je passai à l'intendance empocher de quoi acheter un billet de train et courus attraper l'omnibus pour Oxford Street. Ma décision à moi aussi était prise. Je n'irais pas à Hunstanton.

16

Dans l'arrière-cour du Cockatoo, Ashby récurait les poulaillers.

— T'approche pas, tu vas te salir.

Balai en main, il se démenait. Sur les pavés de la courette, les poules me picoraient les bottes.

— Je finis et je suis à toi.

— Je ne t'ai jamais vu turbiner autant.

— Le patron me file une piaule et deux repas...

— Je te propose une balade et dix shillings.

Il s'interrompit et tourna vers moi sa figure maculée de fiente.

— Tu veux rire ?

— C'est du sérieux.

— Tu m'envoies où ?

— Dans un poulailler que t'auras pas à décrotter.

Il renfonça sa tête rougie dans la cage en bougonnant. Je continuai :

— Je blague pas. Je te confie mon insigne, mon billet et de quoi t'acheter des godillots qui te tiennent aux pieds, une chemise et un pantalon chez Poole and Lord.

— Poole and Lord ! J'oserai jamais entrer.

— Tu fais comme si tu allais les voler, exactement pareil. Et tu paies en sortant. Surtout, tu prends du neuf. Ils seront à toi, c'est le prix de la mission.

— Tout le monde va me regarder.

— Tout le monde te regarde déjà.

Il extirpa sa bouille étonnée de la cage. J'ajoutai :

— Il y aura une livre de mieux, si tu ramènes des infos.

— Je ferai mon possible.

— Bref, tu te laves, tu t'habilles et tu pars pour la Wash. Tu rentreras par le train du soir. J'irai te chercher à la gare.

— Hunstanton, c'est le bled où le mort allait peindre ?

— Peindre et roucouler.

Il repoussa une poule qui tentait de pénétrer dans l'enclos.

— Qu'est-ce que tu dis ?

— Tu commenceras par faire une incursion dans le lupanar qu'il fréquentait, tu demandes après la patronne, Mrs. Witkowski, tu insistes pour rencontrer Clochette, la préférée de Millow. Les flics n'ont pas pu l'entendre. Ensuite, tu fileras chez le dénommé Auguste Forrester, un peintre, le seul véritable ami de Millow. Il habite une maison face à la mer, tout près de la pension L'Amiral. Si tu as le temps, passe en ville chez Mrs. Peacok et à la pension. Voici les adresses...

— Tu veux quoi ?

— La liste de ses ennemis, de ses amis, les raisons qui le poussaient à venir à Hunstanton. Par-dessus le marché pour peindre des soleils ronds et jaunes alors qu'à Londres il donnait dans le carré fade. On n'a toujours pas appris grand-chose de lui, à croire qu'il a passé sa vie à raser les murs. Je pense qu'on mettra moins de temps à coincer son assassin qu'à savoir qui il est vraiment. Mais Doffey s'excite.

Il fourra le papier dans sa poche.

— Et toi ?

— Je suis occupé au Bedlam.

— Ça doit être sacrément important...

— Et ma mère est malade.

Il attrapa une plume qui voletait.

— Grave ?

— Les poumons. Elle a pris froid le jour où je suis parti à Hunstanton.

Sur le chemin du Bedlam, je m'arrêtai à la poste de Lambeth. Keilborough me remit un paquet de trente-cinq lettres porté par un coursier de l'asile et insista pour m'offrir à boire. J'optai pour un thé sentant la sciure et dans lequel j'hésitai à tremper les lèvres lorsque Jackayvitch arriva. Lui voulut m'emmener boire du vrai thé chez lui entre ses deux dernières tournées de l'après-midi. Il habitait en face et le faisait venir des colonies. J'en fus quitte pour lui refiler un compliment sur son jardin et rejoignis Brunning devant l'asile.

Marion Georgina ondulait de toutes ses rondeurs devant nous. Brunning l'imitait, se cachait dans sa main pour pouffer et m'abreuvait de clins d'œil. La vue d'Addiscombe, un rien hautain dans sa veste à col de brocart le ramena au sérieux. Je le présentai et en vins à notre projet d'immersion. Addiscombe me prêta une attention glacée. Puis il s'exprima en termes cliniques, avec juste ce qu'il faut de détachement pour montrer qu'il collaborait sans approuver. Les boutades de Brunning se heurtèrent à cette morgue. Un flic serait autorisé à infiltrer le quartier des stabilisés. Il serait intégré aux effectifs du docteur Dunn en charge de l'étage, et revêtirait la jaquette vert pâle des surveillants. L'expérience prendrait fin dans une semaine. Scotland Yard devrait, par écrit, endosser l'entière responsabilité en cas de trouble provoqué par la présence du policier.

Brunning rassura Addiscombe ; les missions délicates, c'était son fort. Lui tendant sa grosse main, il assura le médecin chef de sa gratitude et de celle du Yard tout entier. Il serait là le lendemain à 7 heures, muni du sésame signé par William Doffey, chef du Département d'investigation criminelle de Scotland Yard. Addiscombe ne put s'empêcher de regarder le plafond quand il referma sa porte.

L'infirmier soulageait le front de ma mère de la caresse d'un gant mouillé. Debout, les docteurs Lympne et Harry Margary couvaient la scène. Les deux hommes étaient de même taille, Lympne plus flasque, un rien tassé. Par moments, il chuchotait à l'oreille de Margary dont le long cou jaillissait du costume de flanelle beige que dévoilait l'ouverture de sa blouse. Tout juste inclinait-il sa tête coiffée de cheveux gris, dans une attitude polie, sans perdre la malade de vue. Elle respirait avec peine, un léger râle voilait son souffle. Elle partit d'une longue quinte. La toux était brutale, soulevait sa poitrine, secouait son corps tout entier. L'infirmier plaça un mouchoir devant sa bouche, ma mère crachait. Elle finit par se calmer. L'infirmier montra le tissu aux médecins. De la bave et du sang.

— On la transfère à Saint-Thomas, dit Margary.

Lympne se détourna du tissu ensanglanté et gratta sa tonsure :

— Rien ne laissait prévoir une telle évolution.

— Ne perdons pas de temps.

Ma mère fut enveloppée dans une couverture, posée sur un brancard et piquée sans qu'elle s'en aperçoive. Tandis qu'on l'évacuait, Margary cala le tuyau de sa pipe entre ses dents. Avant qu'il ne l'allume, je l'attrapai par le bras.

— Les gangrènes, on les soigne aussi à Saint-Thomas ?

Il tira la bouffarde de sa bouche.

— Oui, pourquoi ?

— La jeune femme, dans le couloir, emmenez-la aussi. Sinon elle en mourra et le vieux qui la veille aussi.

17

A l'heure où Doffey m'imaginait posant, ensommeillé, le pied sur le quai de la gare d'Hunstanton, je sirotai un café dans un pub sur Saint-Martin Street avec Kemp. Il procéda à un examen rapide des documents remis par Addiscombe. Il y avait là des brouillons de poèmes, des billets parcourus de gribouillis plus ou moins lisibles et des lettres interceptées par Mrs. Georgina. Dans l'une d'elles, le scripteur accusait les infirmiers de l'avoir attaché et gavé de bière et de somnifères jusqu'à évanouissement, dans une autre, l'auteur dénonçait son voisin de lit, coupable de le bourrer de coups de pied les nuits de crise. Kemp redressa l'arc efflanqué de son corps.

— A première vue, je ne décèle rien qui porte la griffe de votre assassin, les marges sont parfaitement positionnées, le papier n'a pas été égratigné.

— Et l'écriture ?

Il éparpilla les billets et les lettres en éventail.

— L'opposition entre le désordre et la vigueur du trait n'est pas flagrante. Un examen plus poussé livrera peut-être un verdict différent.

Je refusai la tasse de thé qu'il m'offrit. Il n'avait pas un instant à perdre.

Le 77 s'immobilisa dans un entrechoquement de ses ferrailles devant la forêt des arrêts de la gare omnibus de Charing Cross à deux pas de chez Kemp. On ne pouvait pas la rater. Sur le marron chocolat de ses flancs, tranchait un panneau rectangulaire représentant deux élégantes en robes longues attablées sous un parasol et vantant en lettres les confitures Cox's. Je m'installai sur l'impériale et la voiture s'inséra dans le flux cliquetant des voitures et carrioles du Strand.

Après qu'on eut franchi le pont de Westminster et tourné dans York Road, je descendis et marchai vers la Tamise. Le long de la rive, face au Palais de Westminster, les sept bâtiments de brique de l'hôpital Saint-Thomas bouchaient la vue sur une largeur d'au moins 600 yards.

Dans l'immense hall d'entrée, on me renseigna. Ma mère avait été transportée à l'extrémité du premier étage de l'aile principale. Je m'y rendis au milieu d'infirmières affairées et de malades écroulés sur des chaises roulantes dans des pyjamas délavés.

La salle commune était plus grande qu'au London Hospital ; les odeurs étaient les mêmes. Ma mère reposait sur le troisième lit à gauche en entrant dans la pièce. Elle dormait sous une couverture épaisse, la respiration sifflante et les traits moins marqués que la veille. J'accostai le premier infirmier. Il m'indiqua qu'elle avait réussi à trouver le sommeil au petit matin. Je ne devais pas la réveiller. Le médecin la verrait dans une heure. J'y serai aussi.

Sitôt dans la rue, mes pensées allèrent à Ashby. 10 h 20. Il avait déjà pointé sa trogne morveuse au Paradise. S'il y avait quelque chose à découvrir là-bas, il le découvrirait. Il me faudrait alors y retourner pour prendre la déposition de la maquerelle, de Clochette ou de Forrester. En me débrouillant pour que Doffey ne devine rien de ma désertion.

Mes pas me conduisirent sur le pont puis sur la rive gauche. Par endroits, les rayons du soleil commençaient à percer les nuages. La clarté lustrait la surface du fleuve, sculptant la ligne des bateaux, découpant le relief des berges. Je m'engageai sur la partie gauche du pont de Westminster, m'apprêtant à traverser. Alors que je m'immobilisais pour laisser passer un fiacre, le soleil se voila soudain, plongeant le décor qui m'entourait dans un saisissant clair-obscur. Plus que la brusque décrue de la lumière, c'est une sensation singulière qui me tira de mes pensées.

Cette scène, je l'avais déjà vécue.

Sur le trajet qui me ramenait à l'hôpital, je n'eus de cesse de savoir *quand*, voire *où*. Car ce n'était pas là, sur ce trottoir, que ce souvenir s'était ancré dans mon cerveau, pour la bonne raison que je n'avais de ma vie, jamais mis les pieds dans Millbank Street pas plus qu'à Saint-Thomas. Pour fugitive, la vision de la voiture filant à six pieds de moi devant la rangée d'arbustes qui bordait le mur d'enceinte de l'hôpital avait redonné vie à une image dormant dans ma mémoire. *Quelle image ?* Celle de l'attelage ? J'avais remarqué qu'il était tiré par deux beaux chevaux au pelage sombre et que le coude d'un homme dépassait de la portière. J'avais eu le temps d'apercevoir le profil du passager. Il ne m'évoquait rien de particulier, si ce n'est qu'il était bien celui d'un homme. L'idée me traversa de me lancer à la poursuite du fiacre. Dans la seconde suivante, je me ravisai. A la vitesse où il m'avait croisé, l'attelage pouvait avoir atteint Westminster Road à l'endroit où l'avenue coupait la voie de chemin de fer avant qu'elle n'arrive à la gare de Waterloo, je n'avais aucune chance de le rattraper. Était-ce ce fier équipage qui avait provoqué ce sentiment de déjà-vu ? Ou la silhouette de l'occupant ? Ou encore un détail du pont ou de l'interminable perspective que laissaient embrasser le fleuve et les quais à travers ses piles de granit ?

Je pénétrai dans l'aile principale de l'hôpital sans avoir entrevu la moindre explication.

18

Le docteur Margary venait d'achever sa ronde dans la salle commune et me proposa de descendre dans le parc. Une fois dehors, le médecin alluma sa pipe. Tout en marchant, il s'exprima d'une voix calme. Celle qu'il nommait « Mrs. Hackney » était dans un état grave. La pneumonie avait dégénéré en fluxion de poitrine. La fièvre était descendue sous les 40°, mais c'était seulement la preuve que le traitement agissait. Elle tousserait et cracherait toujours du sang quand elle se réveillerait. Et pendant plusieurs jours encore.

On connaîtrait ce week-end les chances de guérison.

Sur le chemin du retour, je repassai par Millbank Street et atteignis Great College Street. A vol d'oiseau, je devais me situer à moins de deux yards de chez

Millow. Une forte averse égailla la piétaille. En quête d'un abri, je poussai la porte grinçante du Pixie Hood, le pire repaire du coin, mais le seul de Londres où Millow était un être de chair et d'os.

La tête crépue de la tenancière émergea des fûts de bière.

— Crénom, regardez ce que nous amène la pluie !

Plantés devant le bar, les clients tournèrent vers moi leurs bobines de soiffards. Je reconnus trois des types à qui j'avais montré le portrait de Millow. Le mien leur faisait plus d'effet.

— Ça par exemple !

— Le bancal !

— C'est-y qu'il aurait radiné pour nous co-o, pour nous coffrer ?

La patronne vissa ses poings dans l'épaisseur de ses hanches.

— Il va nous le dire pourquoi qu'il est venu, le cogne...

Je m'accoudai au zinc.

— Un thé.

Les quatre éclatèrent de rire.

— Avec un toast ? se gaussa la maritorne.

— Un toast avec du beurre !

— Pis de la marmelade ?

— De la ma-armelade de ja-asmin !

— Ici, l'eau qui bout sert qu'à baigner les petites véroles et les panaris !

— Tu devrais essayer la gnole, ça réchauffe aussi.

— Pis ça te donnerait du cœur au ventre pour arrêter les assassins.

— Et p'têt que ça-a te ferait marcher droit, eh ban-an-cale !

J'empoignai l'insolent.

— Et toi le bégayeux, va falloir que tu trouves tes mots. En te creusant la cervelle, je suis sûr que tu peux encore me parler de Millow.

— Mi... qui ?

— Millow, le gars du Stormy.

— Ça va lui revenir, intervint la tenancière. Je vous prépare un thé.

— Un petit thé-é...

— Garde tes forces pour Millow.

— C'était pas mon a-ami, votre Mi-Mi votre Millow.

— Il picolait pas mal pourtant.

— Et après ? Je suis pas le co-opain de tous les poivrots !

La patronne fit glisser vers moi un bol à moitié propre et y versa un jus marronnasse.

— C'est deux pence.

— Je ne le réglerai que si celui-ci recouvre la mémoire.

— Je l'ai jamais-mais perdue.

La femme approcha sa trogne de celle du bègue.

— Alors, réponds aux questions, ou sinon c'est toi qui payes le thé !

— C'est qu'elle est pa-pas d'hi-ier cette histoire.

— ... le thé du cogne et tout ce que tu me dois !

Du bout des doigts, le bègue tritura sa grosse lèvre puis sa langue comme s'il voulait en tirer les mots.

— Il s'est envo-oyé une bouteille de gin tout seul et la pinte de-e vin blanc que les filles lui ont co-ommandée, puis il s'est énervé.

— Enervé comment ?

— *Enervé comment ?* qu'on te demande !

— C'est pas la-a peine de crier, j'ai pas un ron-ond.

Il baissa la tête sur laquelle pesaient tous les regards et prit quelques instants de réflexion.

— Les fi-i-filles insistaient et il les a engueugueu-engueulées, mais elles voulaient pas comprendre, alors il s'est levé et il les a vi-vi virées. Même que le barman s'en est mê-mêlé et que ça a failli mal tou-tou mal tourner. Il avait l'air de le co-onnaître ; il a fini par raquer et s'en-en aller.

— Vous savez ce qu'il est devenu, ce barman ?

Il gonfla les joues en signe d'ignorance.

— Et les filles ?

Même grimace.

Je le saisis par le lobe de l'oreille, l'approchai de ma bouche et répétai ma question.

— Faudra pa-as dire que c'est moi qui-qui vous envoie.

— On ne me croirait pas.

— Alors voilà-à... J'en ai revu qu'une. Je lui a-avais tapé dans l'œil au Stormy, et je l'ai retrouvée au Frascati sur Old Compton Street, Duchesse qu'on-on l'appelait parce qu'elle portait toujours des co-co des colliers.

— Perles ?

— Pi-pierres.

— Rubis, saphir, émeraude ?

— Toc. Et en plus elle les vo-o elle les volait.

— C'est quoi le Frascati ?

— Un caba-ba un cabaret, à l'entrée de Soho, près de l'église. Vous pou-pou vous pouvez pas vous tromper sur la personne, c'est la plus belle leveuse qu'ait ja-ja qu'a jamais turbiné dans l'East End. Et elle est toute seule à tra-a-vailler dans cette cabane.

Un crachin dévorait encore l'air frais. Je relevai mon col et descendis Great College Street.

Après avoir traversé Saint-James Park et remonté Charing Cross Street, je tombai dans un labyrinthe semé de pavés de grès glissants de détritus et défendu, mieux qu'une forteresse, de murs qui enserraient la pénombre et renvoyaient les cris de mômes en haillons. Au carrefour de deux de ces boyaux, une lampe scellée à hauteur d'homme dans une façade moussue jetait la tremblote de son éclat sur une inscription gravée dans la pierre. Je m'approchai pour lire, puis descendis une volée de marches et poussai un battant alourdi de ferraille. L'unique salle du Frascati sentait le tabac et le parfum. L'épaisseur de la fumée en effaçait les contours et les couleurs. Je me glissai au milieu des tablées de joueurs de cartes et de bougres s'avinant, et me postai devant le comptoir d'étain.

— Gin, bière, rhum ?

Fallait que je mette mon monde en confiance.

— Ale.

On n'avait pas fini de tirer ma pinte qu'il me passa sous le nez. Le collier de boules nacrées rebondissait sur un décolleté fatigué.

— Y me paierait un godet, le mignon ?

— Deux si tu causes, Duchesse.

L'expression enjouée de la catin s'était figée sous le maquillage.

Elle avait des grands yeux noirs, des cheveux blonds qu'elle devait teindre et des restes de beauté accrochés au visage comme pour dire aux rides d'attendre leur tour.

— T'es qui, toi ?

— Un copain du bègue.

— Qui ça ?

— Le bègue du Stormy.

— C'est loin, le Stormy.

— Douze ou quinze ans. Un type avait picolé et s'était fâché après les filles. Pas tenté apparemment...

— J'vois pas.

— Ils ont pas dû être nombreux, ceux qui voulaient pas de toi.

— Les fauchés, les fiottes et les puceaux, dit-elle en me frôlant du gras d'un sein. A qui ai-je l'honneur ?

— Hackney, Scotland Yard.

Elle rattrapa son nichon.

— J'suis une pute honnête, j'ai jamais eu d'histoires et j'en veux pas.

— C'est arrivé en début d'après-midi. Il y avait eu embrouille et le barman avait mis le récalcitrant dehors. Fergus Millow qu'il s'appelait.

Elle se tut un instant, puis elle parla de la voix cassée que donne l'usage excessif du tabac et celui de la vie en général.

— Je peux pas l'avoir oublié ce gus, vu que c'était un habitué. Les autres filles m'ont dit qu'il se pointait le matin et le patron lui réservait l'arrière-salle.

— Il venait seul ?

— Aucune idée, à cette heure-là j'étais chez moi et je dormais.

— Et il faisait quoi ?

— Je suis pas restée assez longtemps dans cette turne pour le savoir.

— Revenons-en à la dispute.

— Le bègue se goure et toi avec. C'est pas qu'il aurait craché sur son quart d'heure de jambes en l'air, votre Millow, c'est simplement qu'il avait vidé sa tirelire pour payer son vin blanc. Je l'avais chauffé un poil et le grabuge avait commencé quand il avait réclamé à monter à l'œil. Le barman était venu le raisonner et Millow lui avait cherché des crosses. Cuit qu'il était, on n'avait pas eu de mal à le jeter dehors.

— Il est revenu l'après-midi ?

— Je l'ai jamais revu pendant le mois où je suis restée.

— Quelle allure il avait ?

— Plutôt bien mis, le genre à avoir une gentille maison, une femme chérie, une petite famille et de quoi s'offrir une cocotte de temps en temps. Enfin c'est ce que j'ai cru jusqu'à ce qu'il se mette en rogne.

— Et là, tu as pensé quoi ?

— J'ai pensé qu'il avait le vin féroce. J'ai déjà vu ça, même chez les bien élevés.

— Et sa tête ?

— Quoi sa tête ?

— A quoi elle ressemblait ?

— A rien. Une trogne normale... Une petite moustache et la raie au milieu. Enfin, j'suis plus sûre, mais ça devait être quelque chose comme ça.

— Le patron du Stormy, il s'appelait comment ?

— Andy.

— Où est-ce que je peux le trouver ?

— Au cimetière. Une fusillade dans le rade. Il avait de mauvaises fréquentations.

— Comme Millow ?

— Il est mort aussi ?

— Oui.

— Le gin et le vin ?

— Un coup de gourdin.

Elle aboula son sourire de catin, ses perlouses et ses nichons.

— Prends ta timbale, on va visiter l'étage.

— Te fatigue pas, j'ai du travail.

— Je te ferai un prix.

— Tu pourrais me filer de l'oseille que ça changerait rien, Duchesse, j'ai rendez-vous.

— Elle patientera, ta galante...

— C'est un ami et je veux pas qu'il attende.

— Un mignon ? J'aurais jamais imaginé !

19

Une besace de toile sur le ventre, Ashby émergea du nuage de vapeur grasse qu'avait larguée la locomotive de la Great Eastern Railway en s'immobilisant contre ses butoirs. D'une démarche que je ne lui connaissais pas, il vint à ma rencontre.

— Me regarde pas comme ça. C'est toi qui m'as demandé de me déguiser. Les souliers m'empêchent de marcher, la veste m'entrave et la liquette me démange...

— Tu as un couteau sur toi ?

— Petite et grande lame, lime, pince. Pourquoi ?

— Passe-moi un couteau et tourne-toi.

Il me tendit un canif.

— Tourne-toi, je te dis.

Il s'exécuta sans me perdre de vue. Je fourrageai

dans l'encolure de la chemise jusqu'à en sortir un gros fil et le tranchai d'un coup sec.

— Un peu plus tu m'égorgeais.

— J'ai seulement coupé l'étiquette. Même chez Poole and Lord, elle gratte.

On gagna la rue. Le réverbère dressé à l'angle d'Euston Road et Saint-Pancras Road douchait les marcheurs d'une lumière blanche.

Je me précipitai au pied de l'omnibus qui s'apprêtait à partir. Après avoir jeté un œil au diable vêtu de neuf qui radinait en gesticulant, le cocher fouetta son cheval. De dépit, Ashby ôta son bonnet et le jeta par terre, puis il s'assit sur le trottoir, ramassa son couvre-chef maculé par la boue du caniveau et s'en recoiffa.

— Va dormir, dit-il, je te ferai mon rapport demain.

— Ça sera trop tard, j'ai besoin de savoir avant de me pointer au Yard.

Il me dévisagea, la mine renfrognée sous les petits fagots de ses cheveux collés de crasse humide.

— Je te rappelle qu'on m'attend dans deux heures au Cockatoo. Je préfère perdre ma place de flic que celle-là.

— On a deux heures devant nous, c'est grandement assez. On rentre à pied et tu racontes.

Il se leva et écarta les pans de sa veste dans un geste dépité.

— J'ai donc commencé par le Paradise, dit-il en s'engageant dans Guilford Street. La dame Witkowki m'a gentiment accueilli, mais question causette, y avait plus rien à en tirer. Elle a pas renâclé à m'amener la Clochette, qu'est, soit dit en passant sacrément roulée ; ce qui montre déjà que Millow savait s'émouvoir d'autre chose que de ses paysages.

— Je t'ai demandé un rapport, pas tes impressions.

— C'est pas une impression de te dire que la Clochette était tout attendrie de reparler de son Fergus qu'elle savait refroidi, rapport qu'il la voyait plus comme une maîtresse tout ce qu'il y a de légitime, que comme une marchande de galipettes.

— Elle a confirmé qu'il avait déserté ?

— Oui, sans pouvoir l'expliquer.

— Il a peut-être simplement changé de claque...

— C'est le seul à Hunstanton.

— Une dispute ?

— A l'entendre, pas une seule en six ans. Il venait la voir à la belle saison, elle et pas une autre. Il lui avait même refourgué une peinture, elle l'a posée au-dessus du lit.

— Qu'est-ce qu'elle représente ?

— Du soleil et des vagues.

— Beau ?

— Les michetons doivent apprécier. Il s'envoie la Clochette avec vue sur la mer. Bref, c'est dire si le Millow avait l'humeur prévenante. Un client modèle, c'est bien simple : elle l'a jamais vu boire un verre.

— Tu m'étonnes.

— Mrs. Peacock et la taulière de la pension me l'ont confirmé.

— Curieux. Mon Millow à moi était porté sur le vin blanc.

— C'était il y a combien de temps ?

— Au moins douze ans selon mon témoin.

— Il a commencé à fréquenter le Paradise il y a huit ans, le goût de l'alcool lui aura passé.

— Ce vice-là ne passe pas.

On traversa Bloomsbury Square en direction d'Oxford Street. Le peu que venait de me confier Ashby me confortait. Ce Millow n'avait vécu que pour brouiller les pistes. On perdait notre temps. J'en étais à me résoudre à oublier le mort et à pister l'assassin au Bedlam quand je m'aperçus qu'Ashby n'était plus à mes côtés. Je me retournai, il était quinze mètres en arrière, adossé contre un bec de gaz. Je revins à sa hauteur.

— Tu fatigues ?

— Pas moi, mes pieds.

— J'ai plus assez pour un fiacre, sinon tu l'aurais mérité.

— J'ai délacé mes chaussures, ça va aller. On en était où ? questionna-t-il en se remettant en route en clopinant.

— Millow picolait plus.

— Une bière quand il fallait trinquer en bas, et pour le reste, de l'eau et des sodas.

— Clochette, il la voyait souvent ?

— Quatre ou cinq fois par mois.

— Epris qu'ils étaient, ils ne se fréquentaient pas au-dehors ?

— Je lui ai posé la question. Figure-toi que c'est lui qui n'y tenait pas. Il prétextait qu'elle perdrait son travail si Mrs. Eden l'apprenait, ou encore que leur liaison avait pas d'avenir. Il préférait payer.

On était parvenus dans New Compton Street. Des bâtisses trapues aux murs lépreux qui nous entouraient s'échappaient des rires, des jurons et des cris. Des pavés montaient des relents fétides.

— Millow, c'est un monsieur, pas un faisan, reprit Ashby. Le plaisir qu'il avait à affoler les boucles d'oreilles de sa gironde l'aurait pas convaincu à renoncer à son art et à ses petites combines.

Sa tirade achevée, Ashby s'arrêta et s'appuya contre

un mur, les jambes arquées, figées dans la posture qu'elles avaient prise dans la marche. Privés du plaisir qu'il avait éprouvé à raconter, ses traits se décomposaient.

— Tu as mal ?

En guise de réponse, il se déchaussa. Ses pieds étaient en sang. Il les trempa dans l'eau du caniveau avant d'en faire un examen attentif.

— Comme neufs !

Il attrapa ses godasses par les lacets et se remit en route. Un type en guenilles escorté d'un chien pelé nous héla, il avait des billets de troisième classe à nous vendre, des Londres-Manchester, des Londres-Conventry et des Londres-Liverpool. Ashby se montra intéressé. Je le tirai par la manche et le poussai devant moi.

— Tu disais que Millow appréciait sa Clochette mais pas au point de s'encombrer.

— C'est ça. Un type qui mélangeait pas la bagatelle et le travail... Ça, c'est son Auguste Forrester qui me l'a confié. Pas un causant, mais une bonne tête, le copain. Il s'en était pas encore remis, d'avoir perdu son Fergus. J'crois avoir vu qu'il était sincère. Quand ils batifolaient pas au Paradise, ils peignaient depuis un morceau de plage en contrebas de la route du front de mer. Un coin planqué qu'avait découvert Millow, ils plantaient jamais leurs chevalets ailleurs.

— De Millow, il t'a dit quoi ?

— Pas grand-chose. Que c'était un type sans histoires, qu'aimait sa tranquillité. A chaque fois, il lui en coûtait de retourner à Londres.

— Nous voilà avancés...

— Après Forrester, j'ai filé à la pension. Mrs. Vanolis m'a confirmé d'emblée que Millow était un sérieux comme on en fait plus, jamais un écart.

— C'est tout ?

— Le grigou qu'elle avait laissé derrière la porte menait la sarabande. C'était l'heure de sa promenade. Elle voulait que je patiente.

— Fallait lui dire que t'avais un train à prendre.

— Je me la suis bouclée, j'avais mon plan. Elle m'a installé devant un thé dans la salle du restaurant et je lui ai servi un grand sourire quand elle est sortie en poussant la carriole. Dès que la serveuse a eu le dos tourné, je me suis occupé...

— Occupé de quoi ?

— T'inquiète, elle s'en sera pas aperçue. Je suis rentré en vitesse dans l'appartement...

— C'est pas des manières de flic.

— J'ai rien dérangé.

— Justement, c'est encore plus louche. Un flic, ça dérange. Mais uniquement chez les récalcitrants et les suspects, pas chez les pipelettes qui demandent pas mieux que de raconter leur vie. La promenade du débris aurait attendu.

Ashby ralentit l'allure en secouant la tête. Au bout de leurs lacets, les chaussures se balançaient doucement.

— J'ai pensé que j'avais pas le droit de revenir bredouille, ton Doffey aurait pas apprécié.

Il fouilla dans sa sacoche et en tira une photo sépia pas plus grande qu'une carte à jouer.

— Je l'ai ramassée au fond d'un tiroir dans une pochette étiquetée « chambre 14 » où se trouvaient également un coupe-chou, un mouchoir et des lettres. Millow aura pas eu le temps de les récupérer.

Pendant qu'il causait, je détaillai le cliché. Millow

vêtu d'une veste sombre de velours était pris de profil devant un chevalet. La pointe du pinceau touchait encore la toile. Il dirigeait vers le photographe un sourire gêné. Au loin, on devinait la mer.

— Ça a bien dix ans, dis-je en l'empochant. Ça confirme au moins que Millow peignait. Des fois, je me mets à en douter.

Par l'ouverture de la besace, j'aperçus un gros cahier.

— Et ça, c'est quoi ?

— Le livre des réservations.

— Piqué aussi ?

— C'est celui de l'année dernière, elle s'apercevra pas qu'il a disparu. J'ai tout de suite vu que ça parlait de Millow, quand il arrivait, quand il repartait, et aussi des autres pensionnaires. Peut-être qu'il y aura des indices...

— Des indices ?

— C'est comme ça qu'on dit chez les flics, non ?

J'allais lui expliquer qu'il n'était pas plus fait pour les mots des flics que pour les chaussures neuves, quand deux types énervés nous barrèrent le chemin. L'un tenait un sabre, il avait le visage osseux ; son acolyte un sourire mauvais qui se prolongeait d'une balafre jusque sous l'oreille. Des vauriens qui préféraient traquer le bourgeois que de compter leurs poux dans un asile de pauvres. C'est les habits d'Ashby qui les avaient attirés.

Surveillant la lame brandie sous son nez, Ashby les renseigna :

— Pour la rapine vous repasserez, on est aussi fauchés que vous.

Par-dessus le gloussement de l'un, l'autre enchaîna :

— Et moi je dis que ton costard pue le fric.

A ces mots je dressai l'oreille, l'homme avait parlé d'une voix éraillée qui ne m'était pas inconnue. Ashby retourna ses poches.

— Zieutez : pas un penny...

— Et le petit avec sa gapette et son air de travers, il les a pas vidées !

— Et il ne les videra pas, répliquai-je.

Les deux avancèrent d'un même élan, me collant leur haleine de boit-sans-soif sous le nez. Ashby s'interposa.

— On va pas se fâcher. Je vous cède mes tatanes.

— Une paire pour deux ? Votre peau vaut plus cher : les godasses, la veste et le froc.

— Rien du tout ! criai-je en écartant Ashby.

Il posa une main sur mon bras.

— On va pas se fâcher pour un costard.

Aussi sec, il se déshabilla et refila chaussures et vêtements aux affreux.

— La besace aussi !

— C'est que de la paperasse là-dedans.

— Grouille-toi !

L'un des pouilleux lui arracha la sacoche des mains, fouilla, envoya valdinguer le registre. Et les deux hommes de détaler dans un éclat de leur rire de marauds.

Ashby ramassa le cahier.

— Il suffisait de leur dire qu'on est flics et tu gardais tes habits et ton sac, lui envoyai-je, jetant mon pardessus sur ses épaules.

— Ça aurait été pire... Et puis les frusques, c'est à toi qu'ils les ont volées. J'les méritais pas.

— N'empêche, ils nous ont pris pour des rentiers, c'est pas des gars du métier.

— C'te blague ! S'ils étaient du métier ils nous auraient salués et payé une pinte.

— Tu les as jamais vus, des fois ?

— Bien sûr que non, ça m'aurait économisé mon premier costard. Tu les connais, toi ?

— Le balafré me rappelle quelqu'un, mais ça ne me revient pas.

Il était déjà reparti. Les rares passants se poussaient du coude, montraient Ashby du doigt, ses pieds nus, ses genoux cagneux, ses jambes blanches, le manteau qui lui battait les hanches, couvrant et découvrant son caleçon remonté plus haut que le nombril et son air à trouver ça normal.

— Chez la dame Peacock, ça n'a pas été long. Elle m'a simplement confirmé que Millow buvait pas et que sa fiole s'oubliait plus vite que ses peintures. Si tu veux mon avis, Joe, c'est ça qu'il faut faire : l'oublier et s'intéresser à celui qui l'a rectifié.

On venait de dépasser le coin de Dean Street. Le Cockatoo était en vue. Je ralentis.

— C'est Doffey qui s'obnubile. Millow le hante.

— Faut pas te brusquer la vie. Laisse-le dire et suis ton idée.

Puis il marmonna en poussant la porte du Cockatoo.

— Qu'est-ce que tu baragouines ?

Le bruit ambiant happa mes paroles. Il ne me répondit pas. On se moquait de lui. Il raconta qu'on s'était fait attaquer, essuya ses lunettes et se mit au boulot.

20

Une infirmière m'apprit que ma mère avait craché du sang pendant la nuit.

Je restai debout contre le lit à guetter un signe de vie. Le drap accompagnait les soubresauts qui essoraient sa poitrine de souffles rauques. Un peu de bave coulait à la commissure de ses lèvres. Je sortis un mouchoir et me penchai. La surveillante me retint.

— Laissez-la. Elle a besoin de dormir.

Tandis que je repartais, mon regard croisa celui du grand-père à la canne, dans le couloir. La jeune fille reposait sur un lit désormais.

— Elle a été opérée, me dit-il.

Dans l'escalier, j'attrapai la surveillante.

— Vous ne pouvez pas la mettre dans la salle ?

— Qui ?

— La gangréneuse.

— On manque de place.

— L'opération s'est bien passée ?

— Vous êtes de la famille ?

— Elle en a pas, de famille. Que le vieux...

— Je n'ai rien à vous dire.

— Où est le chirurgien ?

— Si c'est pour lui parler de la petite, c'est inutile.

— Parce que je ne suis pas de sa famille ?

— Vous me faites perdre mon temps, monsieur.

— Vous aussi, alors indiquez-moi où je peux le trouver, ou bien je m'en retourne hurler à vos patients que vous leur racontez des bobards, que vos médicaments c'est de la poudre de perlimpinpin, des pépites pour les marchands et pas pour les malades, qu'ils vont tous crever !

— Déguerpissez ou j'appelle la police !

Je sortis mon insigne. Elle se répandit en excuses puis me conduisit sans attendre au bureau du chirurgien dont j'ai oublié le nom. C'était un petit gros à peau rose, cheveux rares et gestes étriqués. Il m'écouta et m'exposa qu'il avait épargné sa jambe et procédé à l'ablation du pied, en espérant que cela suffise. Une semaine serait nécessaire pour savoir si le mal était endigué. D'ici là il combattrait l'infection par tous les moyens, et le soir même, une place lui serait trouvée dans la salle commune.

Doffey goba. Pire, il s'intéressa. Le train à l'aube et mes pérégrinations à Hunstanton, c'était son idée, son ordre, son œuvre. Je parlai du livre de réservations, précisant – ce qui était la vérité – que je l'avais pour l'heure seulement feuilleté, je lui montrai la photo. Il ne s'y attarda pas. Sa religion était faite. J'eus droit à sa mine réjouie, ses déductions, ses supputations. Millow n'était pas l'ermite annoncé ; les dessous de ses exils à Hunstanton n'avaient pas résisté à mes investigations. Ceux de sa vie à Londres ne devaient pas nous échapper plus longtemps. A moi de retourner questionner les voisins de son immeuble. Je promis « demain » pour qu'il se taise et regagnai ma carrée. Il me suivit, voulait encore que je partage ses élucubrations, me regarda boire du thé, m'invita à exprimer mon avis. Entre deux gorgées, je le lui confiai : Millow était un drôle de type, plutôt solitaire, tantôt prix de vertu, tantôt porté sur les griseries ordinaires, alcools et femmes bon marché. Doffey en pinçait les lèvres. Ce constat le tracassait. Millow était décidément une curiosité. A classer dans la catégorie des insaisissables. Raison de plus pour s'assurer de la collaboration des quatre étages du 18, Cowley Street. J'en vins ensuite aux révélations du bègue confirmées par Duchesse : Millow était un habitué du Stormy, nid de mauvais garçons à Balham. Je prétendis tenir le tuyau d'un indic. Le chef constable jugea le renseignement digne d'intérêt. Il trouverait un inspecteur pour s'en occuper. Il estimait que j'avais mieux à faire, il fallait enfin qu'il puisse compter sur moi. Ses propres paroles l'enflammaient. Il en oubliait que Millow n'était pas l'adversaire, seulement la victime.

— Et l'assassin ? questionnai-je.

— A cette heure, Brunning a pris ses quartiers au Bedlam.

Dès qu'il eut quitté les lieux, j'entrepris l'étude du registre de la pension, un pavé épais de trois pouces, relié pleine peau. Les annotations y étaient portées à la plume. Deux folios pour chaque journée de l'année 1890. D'une écriture régulière, Mrs. Vanolis inscrivait le numéro de la chambre, puis, sur la même ligne, le nom et le prénom du ou des occupants. Pas de trace du peintre en automne ni en hiver. Lui qui venait à Hunstanton abreuver son pinceau des bleus et ors de la mer et du soleil, n'avait rien à en tirer quand le nord y envoyait ses vents, ses pluies froides et sa neige.

Je lus ensuite les pages une à une, à la recherche d'indices : patronyme déjà rencontré au cours de l'enquête, client prenant pension aux mêmes dates que lui... Et je m'aperçus que Millow réservait à chaque fois durant les trois dernières semaines du mois. Il faudrait demander à Mrs. Vanolis les raisons de cette habitude.

C'est Ashby qui s'y collerait, il avait à se faire pardonner.

A 17 heures, Doffey s'amena dans ma carrée, clope éteint au coin des lèvres, chemise bâillant sur sa bedaine et mine déconfite.

— Il va falloir que vous m'expliquiez..., articula-t-il en s'affalant sur un fauteuil. Le commissariat d'Hunstanton a envoyé un télégramme : Mrs. Vanolis, propriétaire de la pension L'Amiral, est venue aujourd'hui déposer auprès de nos services, furieuse apparemment. Elle rapporte qu'un détective de Scotland Yard « avec une drôle d'allure » est venu hier l'interroger sur l'un de ses anciens clients, Fergus Millow, assassiné à Londres il y a une dizaine de jours. Elle a rapporté qu'elle avait dû interrompre cet entretien pour s'occuper de son mari, impotent. A son retour, le policier qui était censé l'attendre n'était plus là. Dans la soirée, elle s'est rendu compte qu'un registre de cuir ainsi qu'un serre-livres de bronze d'une valeur de deux guinées avaient disparu. C'est très fâcheux, Hackney.

Ashby avait-il cédé à la tentation ou Mrs. Vanolis avait-elle, volontairement on non, aggravé son cas en ajoutant le serre-livres à son butin ? Dans toutes les hypothèses, j'étais dans la panade. Apprendre à Doffey que je n'étais pas allé à Hunstanton, revenait à avouer que j'avais mis Ashby dans le bain, et, du coup, à le dénoncer.

— J'ai bien emprunté le registre mais rien de plus.

— Mrs. Vanolis est formelle.

— Je le suis aussi. Elle s'est éternisée, je ne pouvais patienter à cause de mon train. Je suis tombé sur le cahier de réservations et je l'ai emporté. C'est une pièce à conviction, les arrivées et les départs de Millow à la pension y sont consignés. J'avais l'intention de m'en expliquer avec elle et de le lui restituer.

— Cela ne lui rendra pas le serre-livres.

— Elle l'aura égaré.

— Je ne demande qu'à vous croire, mais elle n'a pas l'air de vouloir en rester là. Elle aurait l'intention de porter l'incident devant la justice.

— Je me propose de la joindre.

— Et si elle ne veut rien entendre ?

— C'est moi qui vous pose la question.

Il se leva, fit quelques pas et s'arrêta contre le premier mur.

— Nous serions devant un gros problème.

Je descendis quatre à quatre jusqu'au bureau des téléphones. L'opératrice me passa la ligne. Mrs. Vanolis décrocha aussitôt.

— Joe Hackney, Scotland Yard.

— Vous avez récupéré mes biens ?

— Le registre, oui. Le policier en avait un besoin urgent pour son enquête, c'est une regrettable maladresse de sa part.

— Regrettable maladresse ! Des manières de brigand, oui ! Et le presse-papiers ?

— Il nie l'avoir dérobé.

— Et vous croyez cet individu ? Avez-vous vu sa dégaine ? Si tous vos détectives sont de cette trempe, je comprends pourquoi le vol et le crime sont des activités aussi prospères dans notre pays.

— Je partage votre émotion, nous allons diligenter une enquête. Je vous tiendrai informée chaque jour, ça ne devrait pas être long,

— J'espère bien.

— Où était rangé l'objet ?

— Dans le tiroir du meuble où je gardais le cahier de réservations.

— Il n'a pas pu être déplacé ?

— Je sais ce que je fais de mes affaires. D'ailleurs, ce presse-papiers avait son jumeau que j'ai retrouvé dans le secrétaire.

— Que représente-t-il ?

— Un coq.

21

La longue cuiller de bois allait et venait dans l'épaisseur de la pâte. Une main serrait le manche, rougie par la chaleur qui montait du récipient de ferblanc. Ashby battit des paupières.

— Joe...

— Le serre-livres !

Il cramponna la cuiller.

— Le coq en bronze, qu'en as-tu fait ?

Il plongea un doigt dans la pâte et fit mine de goûter. Je m'approchai, m'emplis d'une longue inspiration et crachai dans la tambouille. Il se mit à touiller de plus belle. J'attrapai la première bouteille venue, une flasque de vinaigre, et l'amenai au-dessus de la casserole, prêt à verser. Il arrêta mon bras.

— Pas de blague, c'est des beignets... Pour mon deuxième jour aux cuisines, je voudrais pas décevoir.

— Alors raconte, ou ton frichti va être aussi décevant que toi.

Il éteignit le feu et s'assit sur un tabouret luisant de graillon.

— J'ai pas fouillé pour voler. J'ai vu le cahier, puis ces coqs... ç'a été plus fort que moi. Je me suis dit que des bibelots qu'étaient pas sur un meuble, ils servaient à rien, et que si ça se trouve, elle les aimait plus ou se souvenait plus qu'elle les avait, planqués qu'ils étaient dans le tiroir, sous des papiers.

— Pourquoi n'as-tu pas volé les deux ?

— Que veux-tu que j'en fasse ? J'ai pas de bouquin, c'était juste pour la beauté de la bête.

— Il faut le lui renvoyer.

Il leva les yeux vers moi. Ses lunettes étaient couvertes de buée.

— Je l'avais mis dans le sac que les types nous ont volé, bien enfoui pour pas que tu le voies quand je l'ouvrirais...

— La bonne femme veut aller cafarder au juge et j'ai juré n'avoir emporté que le cahier.

— Pourquoi as-tu raconté que c'était toi ?

Je me calmai d'un coup de pied dans une souris morte.

— Je vais te confier une autre mission : retrouve-moi nos voleurs et le coq.

— Je m'y mets dès cette nuit.

Et il proposa de me préparer un beignet. Deux, même. C'est lui qui régalait. Je refusai. Fallait que j'aille raisonner Anna Vanolis et Doffey.

La lampe du bureau des inspecteurs peinait à saisir les deux silhouettes assises à la longue table de bois. Celle de Doffey avait le contour grossier de ces statues de l'antiquité bouffées par les années. Face à lui, l'inspecteur au nez de boxeur triturait le goulot d'une flasque à chaque fois qu'il cherchait ses mots. Cette histoire-là, Brunning ne l'avait jamais racontée. En deux journées au Bedlam, Brunning avait été visé par une fourchette, avait été pris à partie en voulant s'interposer dans une bagarre et avait reçu des crachats dans le quartier des femmes. Il avait dû récurer à la serpillière le sol d'un couloir long de trente yards et laver des pieds à la tête un grabataire qui trempait dans sa merde depuis deux jours. Tout ça pour ne lever aucune piste.

— Ils vous ont parlé ? demanda Doffey.

— Insulté ou ignoré.

— Celui qu'on poursuit est un dangereux, mais il y en a bien des paisibles, gagnez leur confiance et décidez-les à s'épancher.

— Faut voir...

— C'est tout vu ! Notre meurtrier a une vocation de bourreau, et un bourreau en vase clos, ça ne passe pas inaperçu.

— Oubliez pas que c'est un malin, imbattable pour tromper son monde.

— Je ne vous dis pas qu'il a, du matin au soir, la bave aux lèvres et deux petits yeux cruels, mais le plaisir qu'il prend à persécuter son prochain ne peut que le trahir. Attrapez un geignard, il ne vous demandera pas mieux que vous raconter ses malheurs et vous dénoncera celui ou ceux qui les lui causent.

Doffey s'adressa à moi :

— Qu'en pensez-vous ?

— Si j'allais au Bedlam, je me garderais d'arpenter les couloirs à la recherche d'un *bourreau*. Notre seule certitude, c'est que l'auteur de la lettre anonyme a posté son courrier sur Kennington Road et qu'il présente un profil psychologique peu commun.

— L'exalté affectif et je ne sais quoi.

— ... Déprimé.

— L'idée de pister le criminel à l'asile, c'est la vôtre ! Et maintenant vous avez le toupet de sous-entendre que Brunning perd son temps.

— Je n'avais pas d'idée. Seulement une intention, celle d'aller traîner moi-même au Bedlam.

— Brunning est tout aussi capable que vous de...

— Laissez-moi parler ! Si vous ne m'interrompiez pas sans cesse, je vous aurais dit que le psychisme de notre homme n'en fait pas un dément pour autant. Ne partez pas avec des idées préconçues, il peut parfaitement être le pleureur que vous interrogerez ou un membre du personnel. Un seul conseil, Brunning : repérez-le avant qu'il ne vous repère. Car l'autre certitude, c'est qu'il est dangereux.

Brunning lâcha son nez. Il était rouge d'avoir été trituré et lui dessinait une figure de clown.

22

Jusqu'à 16 heures, ce dimanche fut une journée pour rien.

A l'hôpital, ma mère continuait de se consumer dans quarante degrés de fièvre. Au Yard, Anna Vanolis ne s'était pas manifestée et Doffey m'avait laissé un mot : je devais entendre le rapport que Brunning viendrait présenter de sa troisième journée au Bedlam.

Je ne doutais pas un seul instant qu'elle se révélerait un ratage aussi total que les deux premières, et que Doffey finirait à nouveau par me reprocher d'avoir lancé cette idée d'investir le territoire de l'assassin. Pour un peu, il me renverrait à Hunstanton traquer la mémoire de Millow. A cette pensée, je me tirai le nez de mon thé, mouchai ma lampe et décidai de retourner vers Cowley Street.

A la surface du fleuve, le vent d'ouest soulevait de longues gerbes d'écume. Sur les pavés de Cowley Street, les rafales chahutaient les graines. Au rez-de-chaussée, aucune des portes ne s'ouvrit. A l'étage du dessus, une jeune femme remorquant deux gamins accrochés à ses jupes avoua qu'elle ne voyait pas de qui je lui parlais. Au deuxième, un couple de retraités voulut m'offrir le thé pour s'excuser de ne pouvoir me renseigner; Millow baissait la tête à chaque fois qu'il tombait sur eux dans l'escalier ou dans la rue. Pas plus de résultat au troisième. Je n'en avais pas obtenu plus que Brunning au Bedlam.

Sur la porte du quatrième, les scellés n'y étaient plus. Quelque part dans l'immeuble un carillon sonna 16 heures. J'ouvris à l'aide d'un passe-partout et traversai le petit vestibule parqueté. Je me calai contre le dossier brodé de myosotis où Mrs. Jaffray nous avait pleurniché son témoignage, et je m'imprégnai de ce qui composait l'horizon quotidien de Millow. L'autre fauteuil aux franges noircies à force de balayer le sol, le buffet bruni à la teinture de noix et dont la surface nue s'était couverte de poussière, un pan de mur décoré d'une gravure représentant une scène de chasse, le battant fermé du cabinet de toilette. Je me levai et inspectai plus à fond qu'au cours de ma précédente visite tout ce qui pouvait l'être, tiroirs, placard, intérieur et dessous des meubles. Je n'y mettais qu'une ardeur machinale, persuadé de perdre mon temps, que la clé du mystère Millow était à chercher ailleurs. J'en étais à raccrocher l'encadrement de la gravure sur son clou, lorsque l'idée me vint. La mansarde.

La mêlée de pinceaux et de tubes, la palette, l'escabeau et la toile barrée de traînées beiges sales et grisâtres. Le décor était resté en place, comme si Millow pouvait à tout instant y revenir achever son tableau, une de ces compositions qui semblaient annoncer sa fin tragique. J'étais dans l'antre du mort, le seul lieu où, coupé de ses semblables, il pouvait cultiver ses secrets, y puiser ses inspirations les plus sombres... Entre ces murs, chacun de ces gestes, chacune de ses intentions était celle du véritable Fergus Millow, celui qu'il dissimulait tour à tour sous des postures d'ermite, d'alcoolique ou de père-la-bonté.

Je soulevai le couvercle de la huche d'osier. Quelques grains de poussière voletèrent et échouèrent sur le tableau que j'avais sorti. Quelles pensées pouvaient habiter l'artiste au moment où il concevait une désolation pareille ? En quelques coups de pinceau il réussissait à suggérer le désespoir. Le sien. Et nous offrait de le partager. Ses œuvres ne *copiaient* pas, elles *vivaient*. D'un souffle, j'époussetai la surface de la toile et examinai les carrés noirs qui incrustaient le gris du bâtiment. Je les avais pris pour des meurtrières, il ne s'agissait que de fenêtres. Millow avait ajouré l'une d'elles d'un point plus clair figurant quelque bougie brûlant dans les ténèbres. Certaines étaient parsemées d'éclats couleur rouille. Je tournai le tableau et approchai mon œil. A la lumière, l'huile des taches prenait une teinte rougeâtre et leur forme s'allongeait. Des perles ou plutôt des gouttes. De minuscules gouttes de sang qui coulaient le long des vitres ! Ses créations ne faisaient pas que vivre. Elles saignaient !

J'ouvris la lucarne, l'immersion prolongée dans le monde de Millow tout autant que dans l'atmosphère confiné du cagibi m'avait fichu la suée. Dos au jour, appuyé contre la fraîcheur du mur, j'embrassai le capharnaüm du regard pour chasser la vision précédente. La faible clarté venue du dehors enveloppait chaque objet dans la pièce. Le chevalet semblait de pierre. J'imaginai Millow dans sa veste de velours, son air de rien concentré sur l'ouvrage, la moustache impeccable, les doigts pincés sur le manche de buis de son pinceau, les sourcils qui par moments se fronçaient, soulignant sur son visage l'expression du tourment qu'il déversait sur la toile. *Les doigts pincés sur le manche de buis...* Quelque chose ne collait pas... Comme une incompatibilité entre la représentation que je m'étais forgée de Millow et celle que m'inspirait le décor à cet instant. *Les doigts...* Sur la photo que m'avait montrée Ashby, Millow peignait de la main droite. Devant moi, le trépied placé du côté de la lucarne indiquait qu'il utilisait sa main gauche !

Je sortis de la mansarde, m'agenouillai au pied de son fauteuil. Pas de doute : les petits cratères creusés par les cendres sur l'accoudoir et le bois du parquet indiquaient que Millow fumait de la main gauche. Je me relevai et tentai de mettre en mots le flot d'impressions qui m'assaillait. L'homme aux personnalités multiples était, par-dessus le marché, tantôt droitier tantôt gaucher. Il n'en aurait pas fallu plus à Doffey pour proclamer que Millow était, dans son genre et tout autant que son assassin, un monstre. Il était urgent de l'oublier pour se consacrer à la recherche du meurtrier à Londres et rien qu'à Londres.

Et quand on l'aurait épinglé, on lui demanderait *comment* et *pourquoi*, mais surtout *qui* il avait tué.

Je mis le cap sur Saint-Martin Square.

— Je ne vous aurais pas alerté pour si peu, mais puisque vous êtes là...

Kemp avait la voix blanche du type interrompu en pleine sieste. Il croisa ses doigts maigres sur la table qui nous séparait.

— Je n'ai pu établir aucune analogie évidente entre la graphie du premier document et celle des pièces que vous m'avez apportées vendredi. Aucune analogie évidente, répéta-t-il. Mais, en poussant l'examen, j'ai relevé à plusieurs reprises des tracés similaires avec le courrier anonyme. Je n'en déduis encore rien, celui-ci est tellement *hors du commun* que toutes les bizarreries d'écriture ne peuvent que s'en inspirer.

Il marqua une pause et proposa de m'offrir un café. Je l'invitai plutôt à poursuivre.

— J'insiste : cela ne méritait pas que je vous dérange. Je dois pousser l'examen...

— Cela concerne combien de lettres ?

— Quatre ou cinq.

— Vous pourriez me fournir les noms de leurs auteurs ?

— Je m'en voudrais de vous lancer sur de fausses pistes.

Il avait raison. Communiquer ces identités à Doffey revenait à exposer Kemp et les gus en question. Avec un détective du tonneau de Brunning, les perspectives étaient plus qu'incertaines et les risques de dérapage importants. J'attendrais que le graphologue ait vérifié ses hypothèses. J'amenai la discussion sur l'« exalté affectif et déprimé » auteur du courrier anonyme. Kemp ne répondit pas tout de suite. La lueur orangée de l'applique, qui l'éclairait à l'oblique, saisit l'hésitation dans son regard.

— La forme et le trait ne s'accordent pas, murmura-t-il comme pour lui-même. La forme est ronde et généreuse, le trait est nerveux à l'extrême et certains caractères... écartelés. C'est cela : écartelé.

— Et les marges ?

— Une absurdité. Je n'ai jamais rien vu d'approchant.

23

En se retirant, le brouillard avait laissé ses empreintes de buée sur les vitres noires à résille de plombs du Yard. J'avais à peine franchi le porche de granit que Doffey me sauta dessus. Il exigeait des nouvelles du vol d'Hunstanton. Grimpant jusqu'à ma carrée, je lui glissai un mot de mes trouvailles de la veille dans l'appartement de Millow (il les accueillit d'une moue dubitative), puis lui livrai ce qu'il réclamait. J'avais calmé Mrs. Vanolis et m'occupais personnellement de l'enquête. J'appellerais les policiers d'Hunstanton dans la matinée afin de travailler avec eux. Si dans trois jours l'objet du délit ou le coupable n'était pas identifié, je présenterais ma démission et m'engageais à indemniser la victime à hauteur du préjudice.

J'avais été moi-même étonné de prononcer de telles paroles. Ma mère encore de ce monde, il n'était pas question que je quitte le Yard. Pire que la fluxion, ça l'aurait achevée. Et je n'avais pas plus l'intention de dédommager Mrs. Vanolis sous prétexte qu'elle pleurait un colifichet qui n'avait pas vu le jour depuis des lustres. Et que je n'avais pas volé par-dessus le marché.

J'avais seulement cédé à une irrésistible envie d'impressionner le chef constable, ainsi qu'à la volonté, raisonnable celle-là, de le faire patienter, le temps qu'Ashby récupère la babiole. Gagné. Ce genre d'envolée renvoyait Doffey à ses limites d'aboyeur. Le grandiloquent le désarmait, le pathétique le tenait en joue, le tragique l'abattait. Sevré des mots et des repères susceptibles de lui procurer les émotions primaires tels le plaisir ou la colère, son cerveau tournait à vide. D'ordinaire, il allait à sa fenêtre, remontait son pantalon d'un de ces gestes qui se voulaient définitifs et finissait par ouvrir son tiroir à terrine et brandy. Sauf qu'à cet instant nous étions dans mon bureau. Alors il dit « bien, bien » puis « soyez ici dans une heure pour entendre Brunning » et il repartit vers ses pénates du pas lourd de l'homme qui va à la postérité.

Brunning tirait avec nervosité sur son col. Sa veste était de couleur moutarde, le tissu épais était froissé par endroits. Il suspendit son geste.

— Je ne marche plus.

Il caressa de la paume le bas de son visage. A cet endroit la peau de son menton avait pris la même teinte que son costume.

— La lame aurait pu me crever un œil ou me trancher le cou.

Doffey faisait rouler un clope doré sur son sous-main.

— Il aurait tout aussi bien pu vous manquer.

— A trois mètres ?

— Vous avez une idée de ce qui l'a amené à vous jeter ce couteau ?

— Ce type n'est pas surnommé Jam-le-Clebs pour rien, il ne sait que gueuler et mordre ! Je lui ai adressé une réflexion au réfectoire...

— Vous n'avez qu'à garder votre langue et vous contenter d'observer.

— Je suis bien obligé de me comporter comme un surveillant pour ne pas attirer l'attention. Ils sont fous mais pas sots !

— Voulez-vous dire que cette investigation est vouée à l'échec ?

— Elle présente trop de risques.

Je me raclai la gorge.

— Moi.

— Quoi, vous ? s'étonna Doffey.

— Je suis volontaire.

Doffey déposa le clope au coin de ses lèvres.

— Votre boulot, c'est de vous occuper de Millow.

Je me balançai sur mon siège, une chaise matelassée et bancale dont le grincement avait le don d'énerver Doffey.

— J'en viens. Personne ne le connaît, nulle part. Peut-être que Brunning réussira mieux que moi. Je vous propose que nous échangions nos missions.

— Pas question !

— Dois-je retourner à Hunstanton ou réclamer ses conclusions à Kemp ?

Doffey se leva d'un bond, erra dans la pièce en mâchonnant sa cigarette et revint d'un pas décidé à son bureau.

— J'ai trouvé : vous allez faire équipe au Bedlam.

— Nous... deux ? demanda Brunning.

Doffey opina. Brunning flatta la peau meurtrie de son menton.

— Dangereux malgré tout...

— Votre expérience aidant, vous saurez éviter de vous exposer. Et Hackney vous protégera. Pas vrai

Hackney? Pas question de vous livrer à vos habituelles excentricités. Ni éclats de voix, ni improvisation.

Je me balançai de plus belle; il enchaîna à l'adresse de Brunning :

— Hackney vous écoutera!

— Il m'écoutera?

— Dans un milieu aussi hostile, votre expérience sera votre meilleur guide. La direction de cette opération vous revient.

Brunning se rengorgea. Rendez-vous fut pris pour le lendemain matin.

De retour dans ma carrée, je jetai une mesure de thé dans la bouilloire et m'affalai sur ma chaise. Je me répétai que je devais filer à Saint-Thomas voir ma mère, la voir tant qu'elle ne dormait pas, que je puisse lui parler, qu'elle me rassure. Cet hôpital me fichait la trouille, ces bistouris, ces seringues, ces malades, ces morts qui bougeaient encore. J'en étais à me remplir une deuxième tasse, à me distraire de la chaleur de ce thé, quand un barouf arriva jusqu'à moi. Des voix fortes, un remue-ménage dans les étages inférieurs, une cavalcade. Puis un visage déformé par l'essoufflement s'encadra dans l'entrebâillement de ma porte.

— Faut que vous veniez chez le chef constable, c'est urgent.

— Motif?

— Une histoire de presse-papiers, à ce que j'ai pu saisir. Mr. Doffey n'a pas voulu me renseigner.

Un sergent large comme deux me bouchait la vue d'un type assis face au bureau du chef constable et dont je n'apercevais que la chemise rapiécée.

— Approchez, me dit Doffey.

Je m'exécutai, jetant au passage un œil à l'homme à la liquette. Ashby ! Sa face d'écorché et son corps avalé par les vêtements trop grands. Sous son air innocent, il plissa les sourcils.

Cette mimique m'était familière. Vingt ans plus tôt, dans la longue pièce froide du poste d'Aldgate où les flics cuisinaient les apprentis malfrats de notre espèce, sa bouille de gosse me l'avait déjà servie. A moitié planqué derrière la monture de ses lunettes, ce froncement décrétait la connivence.

— Cet individu prétend se nommer Tommy Lone, mais là n'est pas l'essentiel...

J'étais debout devant Doffey, il parlait, je l'écoutais à peine. La faute au trouble qui m'étreignait, le même qu'avec Ashby nous partagions lorsque nos regards se cherchaient entre deux interrogatoires. Cette excitation mêlée de crainte que procure l'exercice du mensonge et de la complicité. Par son imperceptible grimace, Ashby venait de me signifier qu'on ne se connaissait pas. D'ailleurs, comment dire que je le connaissais alors qu'il s'était affublé d'un faux nom. *Tommy Lone*... Ça sonnait bien, mais ça ne me disait pas ce qu'il fabriquait devant Doffey. La voix triomphante du chef constable me fournit la réponse.

— Je vous présente le voleur du serre-livres de Mrs. Vanolis !

Je n'eus pas à simuler mon étonnement.

— Qui l'a arrêté ?

— Personne. Il est venu ici se dénoncer.

— Il est fou !

La réflexion m'avait échappé. Elle était destinée à Ashby.

— On est sûr que c'est lui ?

— Il a expliqué qu'il avait profité de l'absence de Mrs. Vanolis et de son mari jeudi dernier pour pénétrer dans l'appartement. Et il a décrit la pension et le tiroir où se trouvait l'objet avec une précision qui ne laisse aucun doute sur sa culpabilité. Vous auriez pu tomber sur lui en quittant la pension !

— Pourquoi s'est-il livré ?

— Il n'y a qu'à cette question qu'il n'ait pas répondu. Mais visez-moi ça ! A-t-il l'apparence de quelqu'un qui sait ce qu'il fait ?

Je me tournai vers Ashby. Un semblant de sérénité adoucissait ses traits. Je revins à Doffey :

— Que fabriquait-il à Hunstanton ?

— C'est un vagabond, un jour à Londres, l'autre à Hunstanton ou ailleurs. Il prétend qu'il rendait visite à un ami, mais je suis bien certain qu'il était là-bas pour se payer quelques cambriolages dans des villégiatures inoccupées en cette saison.

— Il a restitué son butin ?

— Il affirme avoir lui-même et sous la menace remis le sac où il l'avait caché à deux brigands qu'il avait croisés ce soir-là dans Saint-Giles alors qu'il venait de rentrer d'Hunstanton par le train. Le lascar a de l'imagination...

Ayant prononcé ces dernières paroles d'une voix sifflante, Doffey ouvrit un de ses tiroirs et en tira un toast à la terrine qu'il dégusta à bouchées menues. Sans cesser de mastiquer, il toisa Ashby.

— Vous maintenez ne plus être en possession de l'objet ?

— Pourquoi serais-je venu jusqu'ici pour vous raconter des sornettes ?

— Une bêtise de plus.
— Est-ce que...
— C'est moi qui questionne ici ! Sachez d'abord que votre ami d'Hunstanton, je n'y crois pas une seconde. Des types comme vous n'ont pas d'amis, ils n'ont que des complices. Et je ne pense pas davantage qu'il vous soit venu l'idée de vous perdre sur la Wash pour chiper un malheureux presse-papiers. Vous êtes de mon avis, Hackney ?
Ashby roula des yeux qui m'intimaient de me taire.
— Même que c'est ce monsieur que j'ai vu sortir quelques minutes après la dame et le vieux sur la chaise, dit-il.
Doffey chassa une miette sur sa manche et referma violemment son tiroir.
— Allez-vous la boucler ? Vous ne prendrez la parole que pour nous indiquer où est caché le coq ! Je n'ai jamais douté que vous vous soyez rendu à la pension dans d'inavouables desseins.
— J'ai avoué !
— Il se fout de nous cet olibrius ! (Il s'adressa au policier.) L'interrogatoire est terminé, descendez-le en cellule. Je veillerai à ce que le juge ne se fasse pas prendre à ses simagrées.

Dès qu'il fut parti, Doffey soupira d'aise.
— Un souci de moins...
Le chef constable avait le don de proférer des sottises ; elles n'étaient jamais drôles.
Je m'assis sur la chaise bancale que venait de quitter Ashby. Pour un peu, je m'en serais voulu de m'être fâché dans la cuisine du Cockatoo. Ashby avait perdu les pédales. Il n'avait pas dû en dormir de sa boulette,

s'évertuer à me tirer de là. A cet égard, la réussite était complète : il m'avait disculpé et avait authentifié ma présence à Hunstanton. Reste que, maintenant, il était bon pour le cachot du Yard, le tribunal et la prison. A moins que le presse-papiers ne réapparaisse.

Le chef constable répéta qu'on s'était enlevé là une belle épine du pied et que de telles satisfactions lui donnaient faim.

Pendant qu'il rouvrait son tiroir je proposai d'affecter un détective à la recherche du coq. Doffey acquiesça sans conviction ; il ajouta, en forçant un sourire, qu'il n'avait jamais cru une seconde à ma culpabilité. Et il se jeta sur la terrine.

La salle commune de l'hôpital Saint-Thomas macérait dans le noir et les relents. Je parvins à tâtons jusqu'au lit de ma mère. Je m'assis sans bruit, fixant sans rien voir, dans sa direction. Peu à peu mes yeux desserrèrent la trame de l'obscurité. Je discernai que ma mère veillait.

— C'est toi ?

— Je n'ai pas pu venir avant. Tu vas mieux ?

— Mes poumons me brûlent.

— Il faut que tu dormes.

— L'infirmière m'a assuré que la fièvre était un peu tombée.

— Tu dois dormir quand même.

Une quinte de toux l'interrompit. J'attendis qu'elle passe.

— Tais-toi, tu dois reposer ta gorge.

— Alors je t'écoute.

— Que veux-tu que je te raconte ?

— Je ne sais pas moi, cette enquête.
— Elle avance.
— Tu sais qui est l'assassin ?
— Pas encore.
— Tes chefs vont trouver que ça traîne.
— T'inquiète...

Elle toussota. J'y voyais assez pour deviner ses yeux ouverts, ses cheveux décoiffés pareils à ceux des vieilles ivrognes qui divaguaient dans Whitechapel et crachaient sur les chevaux qui les frôlaient.

En sortant, je manquai de heurter la jeune gangréneuse. Elle se tenait sur le pied qui lui restait et deux hautes cannes qui la prenaient sous les bras. Je m'excusai, elle en fit autant, puis elle prit appui sur ses béquilles et s'éloigna sans me donner le temps de la saluer.

24

A 7 heures nos pas claquèrent entre les murs gris de l'aile ouest du Bedlam.

Brunning m'avait attendu au-dehors dans l'allée de cailloux. Il avait joué le chef, m'avait répété les recommandations d'Addiscombe, seriné les espoirs et les craintes de Doffey et glissé au passage qu'il avait planché sur la piste du Stormy – dont Doffey l'avait informé – sans résultat. Plus que jamais, le Bedlam se présentait comme une opportunité. Après le vestibule, on avait emprunté un corridor menant à un poste de gardiens et on avait présenté la lettre du directeur et nos insignes.

Je suivis Brunning dans un office rectangulaire, meublé de placards et d'éviers, et peuplé d'une dizaine d'hommes et femmes de tous âges vêtus de jaquettes vert pâle. Brunning me présenta. Ils levèrent le nez de leur tasse, certains me saluèrent avant de retourner à leurs bavardages.

Ensuite, un type court sur pattes, sans cou et aux cheveux rares annonça que c'était l'heure. Brunning me souffla que c'était le docteur Dunn. Les conversations cessèrent et tous s'égaillèrent. Tandis qu'on enfilait nos blouses, Dunn vint me souhaiter la bienvenue. Il s'informa de l'avancée de nos investigations. Brunning lui expliqua avec sérieux que repérer un tueur au milieu d'un tel bataillon de détraqués exigeait perspicacité, persévérance et témérité. Le médecin paraissait impressionné.

Quand on fut seuls, Brunning reprit ses airs de chefaillon.

— Dunn m'a dressé la liste des patients qui ont participé à la promenade du samedi 12 mars, le jour où la lettre a été postée et le lundi 14 mars, jour du meurtre. Ces deux après-midi-là, aucune sortie *hors* de l'hôpital n'était prévue. L'assassin n'avait donc que deux possibilités pour quitter le Bedlam : il pouvait profiter de la récréation dans les jardins ou de son emploi au sein de l'asile. En plus de leur bricolage à l'atelier, la plupart sont affectés à des petits boulots, les uns sont cordonniers, charpentiers ou jardiniers, d'autres sont bibliothécaires ou couturières. Bref, tout est organisé pour que ces gens-là ne prennent pas conscience de leur état ! Et en plus ils sont payés ! Depuis dix jours, cinq d'entre eux réalisent des travaux de réfection sur le mur d'enceinte. Il y a deux jumeaux, une loque, un être répugnant que tous appellent Skons et Jam-le-Clebs mon agresseur. Celui-ci, je ne le raterai pas.

Il leva son poing serré et finit de boutonner sa jaquette.

— J'ai pu vérifier que le maçon de métier qui les encadre n'est guère vigilant ; les branques ont tout loisir de s'offrir une petite balade et revenir. Je les ai interrogés séparément pour savoir si l'un des cinq s'était permis cette liberté, mais évidemment ils jurent que non. Des bourriques, je te dis ! J'ai demandé à Dunn de pouvoir les observer tout particulièrement aujourd'hui, il a accepté que nous effectuions la tournée sans être assistés d'un infirmier.

Il ouvrit la porte d'un placard, saisit deux fioles, des tubes, deux espèces de snitchers [1] et une grosse clé coudée. Il la fit sauter au creux de sa main.

— Ça, c'est pour forcer la gueule des récalcitrants qui ne veulent pas prendre leurs médicaments.

On parcourut un couloir de quelques mètres et on entra dans la chambre 20. Elle était un peu plus grande que celle d'Ashby et beaucoup plus propre malgré une odeur d'urine. Un calorifère était posé contre un des murs blancs qu'ajourait une fenêtre à châssis de fer. Sur l'un des deux lits, un homme était assis, torse nu. Il se leva, nous défiant de sa hauteur. Le gaillard faisait six pieds de haut, avait des favoris taillés à la serpe et la mâchoire en galoche fendue d'une bouche s'ouvrant à l'horizontale.

Brunning lui tendit une cuillerée de somnifère et lui ordonna de l'ingurgiter. Le costaud ne broncha pas.

1. Sorte de menottes composées de lanières de cuir et de bois.

— Grouille, cria Brunning en lui brandissant la clé sous le nez.

Jam-le-Clebs jura et s'envoya la ration d'un geste.

— Heureusement, ils ne sont pas tous comme lui. Avise-moi celui-là...

Brunning désignait le lit d'à côté. Sur le baluchon qui servait d'oreiller, j'aperçus une tête. Le drap se tendait et se détendait d'une respiration régulière. Un homme ronflait doucement.

— Baxter-le-Dormeur, dit Brunning.

— C'est ce qui s'appelle avoir le sommeil lourd.

— Hydrate de chloral. Jam lui vend ses doses. Baxter roupille vingt heures par jour et Jam montre les dents.

Chambre 21, deux types, installés côté à côte sur des chaises, se partageaient la lecture d'un livre. A notre arrivée, ils s'interrompirent. Ils avaient le même visage barré d'une moustache, la même corpulence sèche et les lèvres minces qui ne bougeaient que pour se confondre un peu plus.

— Peter et John. Les siamois, annonça Brunning. Ils sont inséparables, rient, pleurent et pissent en chœur. Pas vrai ?

En guise de réponse, ils ouvrirent la bouche dans un ensemble parfait. Brunning versa dans chacune une cuillerée de laudanum, puis il leur remit respectivement un cachet de digitaline qu'ils coupèrent en deux et dont ils s'échangèrent les moitiés avant de les avaler.

Avant qu'on investisse la 22, Brunning sortit un petit pot de sa poche, y plongea un doigt, étala un onguent sous son nez et me tendit le récipient.

— Crème de lavande. Pour résister...

Sans chercher à comprendre, je me badigeonnai à

mon tour. Heureuse inspiration. Même avec le parfum plein les narines, la puanteur incommodait. Dans la pénombre, je n'aperçus qu'un seul occupant. Sa face ridée, hérissée de mèches blanches, dépassait de la couverture. Brunning tira le rideau et ouvrit la fenêtre à barreaux.

— Debout, Skons !

Les yeux s'ouvrirent, hébétés. L'homme souleva sa tête et les ongles noirs s'accrochèrent au tissu de part et d'autre de la barbe. Brunning déboucha un flacon de sirop et lui plaqua le goulot sur les lèvres.

— Tranquillisant et rhum pour accommoder le tout, indiqua Brunning. Celui-ci, c'est l'eau qui l'effraie. Faudrait pouvoir le laver à la gnole...

Il reboucha le flacon et ordonna de nouveau à Skons de se lever. Le barbu n'avait pas bronché. Nu comme un mort, il trempait dans un jus de sueur et d'excréments. On courut au point d'eau remplir une bassine, on le fit mettre debout et on l'aspergea. On réserva le même traitement au matelas et on retourna à l'office chercher les petits déjeuners. Bouilli de son et thé tiède. Après la distribution, on déambula dans l'interminable corridor qui desservait l'enfilade de chambres que comptait l'étage des stabilisés.

Brunning m'annonça que c'était l'heure de l'atelier. On arriva en même temps que les pensionnaires devant une grande pièce carrée sans fenêtre dont le battant double s'ouvrait au milieu du couloir. Ils entrèrent en file indienne et s'installèrent à leur table de travail. Un gardien m'attribua la surveillance d'un groupe de six hommes et quatre femmes. Ils confectionnaient des locomotives de bois ainsi que des animaux en feutrine. Parmi eux, Peter et John, les jumeaux de la chambre 21. Je les observai, absorbés qu'ils étaient à remplir les enveloppes de tissu quand leurs voisins s'amusaient à se jeter des poignées de bourre à la figure. A leur droite, un homme à l'allure juvénile sifflotait en collant des yeux de verre à son lapin. Quand il en eut fini, il s'amusa à faire sautiller la peluche sur l'établi.

— Il est beau, non ?

Un trop-plein de pensées saturait ma cervelle et sa capacité à me rendre aimable. Je répondis d'un grognement... *Affectif* sûrement, *déprimé* peut-être, *exalté* sûrement pas. Celui qui continuait à s'amuser de sa bestiole ne pouvait tuer un homme de sang-froid. D'ailleurs, à quoi se reconnaissait un homme capable de tuer de sang-froid ?

Midi sonna. L'heure de mener la troupe au réfectoire. Nous devions intervenir à la première dispute et confisquer les fourchettes des plus nerveux. Le repas se déroula sans problèmes, au milieu du bruit des couverts raclant les assiettes, des pots de fer frappant le bois des tables, des conversations, des rires, des rots et des jurons. Je scrutai les expressions, analysai les attitudes. Il y avait les goinfres, les dégoûtés, les meneurs, les austères, les amuseurs, les enjoués, les grincheux, ceux qui en imposaient et ceux qui auraient payé pour qu'on les oublie. Les mêmes que partout avec leurs têtes de braves, de méchants, de forts en thème ou d'ahuris. Sauf que l'un d'entre eux avait peut-être pensé et perpétré un meurtre d'un extraordinaire sadisme. Un orfèvre de la perversité.

Certains consacrèrent leur après-midi à la répétition de pas de danse, à la disposition de chaises et à l'accrochage de guirlandes de crépon dans le réfectoire du rez-de-chaussée. Renseignements pris ils préparaient le bal que l'asile organisait chaque mois à l'intention des aliénés.

D'autres vaquaient à leurs occupations habituelles.

On supervisa discrètement les apprentis maçons en plein ouvrage. Baxter posait à intervalles réguliers une joue sur le seul parpaing qu'il scella sur le mur d'enceinte et Jam-le-Clebs insulta plusieurs fois les briques qu'ils ne réussissaient pas à aligner. Le contremaître les garda à l'œil et aucun d'eux ne se détela de sa tâche.

On rentra avant eux, ce qui me donna le temps de visiter une vingtaine de piaules tandis que Brunning faisait le guet. J'y dénichai des cassettes remplies d'argent, des carnets griffonnés de dessins, des bouteilles d'alcool, des sachets de drogues diverses et des sous-vêtements féminins cachés sous les matelas, derrière les placards et les tuyaux, et même un pensionnaire planqué sous un châlit, dans une chambre de femmes.

D'indices, aucun.

Dans l'office, on croisa Dunn. Il répondit sans trop se faire prier à nos questions. Jam-le-Clebs avait déjà blessé deux surveillants, les jumeaux avaient passé cinq ans à l'étage des furieux où ils retournaient – avec succès – faire la lecture à leurs anciens collègues, le Skons en était descendu un an plus tôt, inoffensif mais incurable, quant à Baxter-le-Dormeur, il pouvait être sujet à de terribles accès de violence s'il n'avait pas dormi ses seize heures.

Le chef constable accueillit notre rapport avec résignation. Pour la forme, il demanda si nous avions repéré des suspects. Brunning affirma qu'« il n'y avait que ça » et je nuançai, moi, que « repérer un fou machiavélique, meurtrier, si possible exalté, affectif et déprimé au milieu de cette ribambelle m'apparaissait aussi aléatoire que de tuer un quidam après le lui avoir annoncé ».

Quand Brunning fut parti, j'entrepris Doffey au sujet d'Ashby. Quelle était la date prévue de son passage devant le juge ? Avait-on des nouvelles du coq de bronze et de ceux qui le lui avaient dérobé ? L'audience n'aurait pas lieu avant le début de semaine prochaine et l'enquête n'avait pas progressé.

Je m'éclipsai, direction l'aile des cellules du Yard.

Ashby roupillait. Autour de lui, un ramassis de va-nu-pieds geignaient, grognonnaient, éructaient. Je l'appelai, le ramassis vint comme un seul homme me réclamer justice, liberté, lumière, chaleur, pain, alcool, tabac, matelas, femmes... Les huées finirent par tirer Ashby de son sommeil. Il se fraya un chemin jusqu'aux barreaux. Ses joues s'étaient creusées, du sable collait à son front et son menton. Il me demanda comment j'allais. Sûrement pour me dire de ne pas m'inquiéter pour lui. Je lui répondis que j'irais mieux si on avait mis la main sur le presse-papiers. Autour de lui, le chahut cessa. Les corps repartirent à l'entassement, à l'avachissement ou à la somnolence.

Il voulut savoir quand aurait lieu son procès et combien il risquait. Je lui transmis les informations que m'avait communiquées Doffey. Il dodelina de la tête et ajouta que sa vie était une chienne de vie, puis il rigola en ajoutant : « une chienne qui me suit partout ». Je partis sans être sûr d'avoir compris.

*

Le fiacre me déposa à 20 h 30 devant Saint-Thomas. Une lumière brûlait encore au premier. Un bataillon de blouses blanches et grises entourait un lit. Le cinquième à gauche. Celui de la gangréneuse. L'agitation avait tenu quelques malades éveillés, ma mère était du lot.

— Tu ne dors pas ?

— Pas facile avec cette pauvre petite.

— Qu'est-ce qu'elle a ?

— Je ne sais pas.

J'essayai de voir. Je reconnus le chirurgien. Il s'activait au-dessus des jambes de la jeune femme. Elle cria de douleur, puis sanglota et cria encore. Une infirmière passait des ustensiles au médecin. Le charcuteur assura que c'était presque fini, qu'elle avait été courageuse.

Je revins à ma mère :

— Tu te sens capable de te lever ?

— Le jour où je le serai, je partirai d'ici.

Je décrochai le tableau de sa température. Elle était descendue sous les 39,5° depuis deux jours.

— Ta fièvre baisse.

Elle remonta ses draps sur ses yeux. A côté, les infirmières se retiraient, abandonnant le grand-père seul avec l'estropiée. Je m'approchai. Le vieillard baissa la tête.

— La malheureuse...

— Que lui arrive-t-il ?

A ce que je compris, son membre amputé s'était mis à l'élancer, il avait prévenu la surveillante qui n'avait rien voulu entendre, à part lui administrer deux cuillerées de calmant. Il était allé lui-même chercher le chirurgien qui n'avait pas été long à découvrir la cause de sa douleur : un vilain abcès s'était formé sur la jambe sans pied, il l'avait ouvert, cautérisé et recousu sur-le-champ, sans même la descendre à la salle d'opération qui n'était pas libre avant le milieu de la nuit. Le filet tremblant d'une voix féminine l'interrompit :

— Ne l'écoutez pas, ils m'ont fait mal et j'ai pleuré...

La clarté diffuse qui descendait du plafond tirait ses yeux de la pénombre. Les larmes les avaient rougis, mais ils restaient clairs, bien ouverts. Des yeux à voir le bien partout. A cet instant, je n'en voyais nulle part, la gangrène et maintenant l'abcès ! Leur bon Dieu était sacrément ingrat pour avoir réussi une créature pareille et la laisser dépérir au fond de ses draps. Je les aurais vus le Tout-Puissant, le Jésus ou le Saint-Esprit avec un pied en moins, ils auraient eu l'air malin, bons pour les béquilles, les moqueries des Anges, les croche-pattes des Apôtres, la risée des Evangiles ! Se doutaient-ils seulement ces trois-là de ce qu'était déjà une vie avec une guibole trop courte et des envies qu'il me prenait de voir boiter, et plus bas que moi, le Royaume entier ? Alors, la pauvresse, raccourcie, comme elle l'était, c'est d'une humanité de culs-de-jatte dont elle allait rêver jusqu'au dernier de ses jours !

Dehors, la brouillasse avait viré à l'averse. Je boutonnai mon col jusqu'en haut, rabattis la visière de ma casquette et attrapai un fiacre pour Whitechapel. Il me déposa à l'angle de Drury Lane et Broad Street. De là, je m'enfonçai dans le dédale de venelles que tricotait ce quartier grêlé de taudis, pavé de pierres gluantes et peuplé d'ombres. Dans le premier bobinard, mon mouchard était trop saoul pour s'intéresser à autre chose qu'aux filles ou aux pintes ; dans le deuxième, ma donneuse n'avait qu'un fricotage de bijoux en toc à me refourguer, et au troisième, on m'apprit que mon indic dormait à la prison de Pentonville. Je pris le chemin du retour harcelé par la pluie et les putes. Si l'une d'elles m'avait fourni la combine pour tirer Ashby de son trou, je l'aurais suivie.

25

On nous avait gâtés pour la deuxième journée. Les malades des chambrées qu'on nous avait confiées éclusaient leurs remèdes sans râler, ils se lavaient, n'insultaient ni n'agressaient. Pendant l'heure d'atelier, on réussit à explorer quelques chambres et à discutailler avec des surveillants. Sans résultat. Après le repas on se partagea entre le spectacle des préparatifs de la fête et celui de la promenade dans les jardins. L'opportunité pour Brunning et moi de passer en revue une quarantaine de stabilisés. Jam-le-Clebs jouait les fiers-à-bras, sautant, courant, défiant ; les jumeaux, stoïques, lisaient de conserve ; et Baxter pionçait, secoué de ronflements, sous un arbre.

Par pur acquit de conscience, je m'efforçai d'observer les gardiens. Eux aussi étaient suspects, au moins complices. Encore que... En postant le fameux courrier sur Kennington Road, le meurtrier prenait deux risques. Celui d'être repéré et celui de mettre les enquêteurs sur la piste du Bedlam. S'il s'y était résolu, c'est qu'il y était contraint. Donc qu'il se trouvait être pensionnaire et non libre de se déplacer à sa guise. Cette conclusion, qui s'était imposée à moi tandis que nous regagnions le bâtiment, me dérangea aussitôt. *Le meurtrier prenait deux risques...* Voilà qui brouillait l'image que je m'étais façonnée de cet être gouverné par son goût du crime et le souci du calcul.

Pour ces raisons, j'éliminai également l'excès de confiance et ce penchant conscient ou non qu'ont certains psychopathes à signer leur forfait. Le tueur ne nous avait abandonné l'indice du courrier anonyme qu'en connaissance de cause. Celui de la pillar box de Kennington Road aussi ?

Nous étions revenus dans l'aile ouest, encadrant la troupe que nous reconduisions à leurs chambres. Brunning me pressa de lui livrer mes impressions.

— Des impressions ? Aucune, je n'ai que des interrogations.

Lui, avait repéré chez les promeneurs une foule de symptômes qu'il jugeait « intrigants ». L'un avait l'œil fourbe, un autre l'humeur querelleuse, un stabilisé s'était isolé en ricanant, un autre encore avait tenté d'assommer un écureuil. Ces observations ne pouvaient me détourner de la question qui me préoccupait : l'assassin avait-il posté sa lettre près du Bedlam pour *nous lancer sur une fausse piste* ?

La réponse m'apparut à cet instant. Non.

Tout pervers et machiavélique qu'il fût, il n'avait pu prévoir qu'Ashby localiserait la pillar box qui avait accueilli sa prose. Cette découverte nous avait permis de remonter jusqu'aux pensionnaires du Bedlam. J'avais fini par l'oublier. C'était là le seul avantage que nous possédions sur le meurtrier. J'hésitai à m'ouvrir de cette opinion à Brunning. Il m'en dissuada la seconde d'après.

— La plupart de ces gens sont assez agressifs et tordus pour céder à leurs pulsions, ajouta-t-il. On doit creuser de ce côté-là.

Il ne creusa pas longtemps. Une demi-heure plus tard. Jam-le-Clebs le poussa dans un escalier. Brunning fut évacué en ambulance avec le visage en sang et le radius gauche cassé.

La réunion du soir avec Doffey eut lieu à la Lambeth Infirmy, coquette bâtisse de pierre posée entre fleuve et futaies sur la rive droite. C'est là que Brunning avait été transporté. On l'avait casé dans un galetas au dernier étage. Le bras écharpé et le front pansé, il avait été fourré dans les draps jaunes d'un lit calé contre un mur écaillé de vieille peinture. Nous l'écoutions, assis sur des chaises, baissant la tête pour ne pas cogner la pente du plafond. Brunning était encore capable de toucher le bout de son nez avec sa langue, d'écraser le même appendice d'un ou plusieurs doigts, mais il lui était toujours impossible de prononcer quelque chose d'intelligent.

— Ce Jam, j'aurai sa peau ! C'est lui qui a descendu Millow, ça ne peut être que lui. Il aurait pu me tuer, je l'enverrai à la corde !

— La lettre anonyme n'a pas été postée par un stabilisé, plus vraisemblablement par un des patients qui n'a pas l'autorisation de sortir, précisai-je, avant de rappeler le raisonnement qui m'avait conduit à cette conclusion.

— Jolie déduction, souligna Doffey. Le problème c'est que la piste s'arrête...

— La piste des stabilisés.

Doffey lissa du plat de la main une vague que formait le velours de son gilet sur son estomac.

— C'est la seule que nous pouvions remonter puisque l'étage des cas graves nous est interdit.

— On a toujours l'alternative de convoquer les malades et de les interroger, suggérai-je.

— Les cinglés ?

— Les suspects.

— Cinglés avant tout ! s'exclama Brunning.

On frappa. Une infirmière à cheveux poivre et lèvres strictes entra. Elle glissa un thermomètre sous l'aisselle de Brunning et annonça qu'elle repasserait dans cinq minutes. Doffey attendit qu'elle ait refermé la porte et reprit :

— Il n'a pas tort. Il faut abandonner l'enquête sur place.

— Et on attend que le criminel se dénonce ?

— Vous reporterez vos efforts sur Millow. Découvrez qui il est, les événements de sa vie, ses ennemis. La solution viendra de là.

Je me levai, fis quelques pas, courbé, jusqu'à ce que la hauteur du plafond me permette de me redresser et dis avec un rien de solennité :

— Nous avons trois angles d'attaque : Millow, les furieux du Bedlam et le courrier anonyme. Je me consacrerai de nouveau à Millow à deux conditions. Primo : que je puisse approfondir mes recherches concernant la graphologie de la lettre, deuxio : que je retourne une journée au Bedlam.

Doffey sourcilla.

— Et pourquoi donc ?

— Deux des stabilisés ont leurs habitudes au premier.

— Les Siamois ! intervint Brunning.

— Des jumeaux, précisai-je. Ils y sont restés plusieurs années et continuent d'y faire la lecture.

— La lecture ? répéta Doffey.

— Oui, ils lisent des histoires aux mabouls.

— Et ces sinoques les écoutent ?

— De vrais agneaux... Bref, je veux leur demander si des furieux auraient eu un comportement étrange ou proféré des paroles suspectes au cours du dernier mois.

— Vous pourrez l'obtenir avec plus de fiabilité auprès du personnel et ça ne vous prendra pas la journée.

— Les surveillants n'apprécient guère les flics et ce n'est pas à eux que les malades réservent leurs confidences.

Doffey ajusta son gilet et déclara en appuyant ses paroles d'une attitude affectée :

— Ecoutez Hackney : vous avez déjà consacré beaucoup de temps au Bedlam avec le résultat que vous savez (il posa une mine pleine de commisération sur Brunning). L'initiative était de vous, je la trouvais hasardeuse, mais j'y ai souscrit par pure indulgence. Cependant aujourd'hui, l'expérience est terminée. Nos investigations doivent suivre une nouvelle orientation.

— Sans moi, dis-je. Brunning reprendra le flambeau quand il sera sur pied. L'air d'Hunstanton lui redonnera la santé. En attendant, je repars aux combats de coqs. Les forêts de notre campagne en grouillent. Il y aura bientôt plus de plumes que de feuilles dans les bois alentour.

Je claquai la porte au nez de l'infirmière venue récupérer son thermomètre. Je l'entendis s'indigner que c'est de calme qu'avait besoin le malade et non d'éclats de voix et de contrariété. L'instant d'après, une exclamation de douleur retentit, le battant se rouvrit et le parquet du couloir se mit à trembler, à croire que tous les morts de l'étage s'étaient lancés à mes trousses. Je me retournai : Doffey. Il trottait comme trottent les gros, activant ses bras plus que ses jambes. Il me rejoignit et ouvrit sa bouche d'où ne filtrait que sa respiration brusquée par l'effort et la colère.

— Vous saignez, remarquai-je en montrant le haut de son front.

— C'est le plafond de cette foutue chambre !

Je commençai à descendre l'escalier. Il me retint par le bras.

— J'ai à vous parler.

— Moi aussi. Des révélations importantes, mais plus tard. J'ai rendez-vous dans un autre hôpital.

— Une nouvelle lubie ?

— Une très ancienne au contraire. Plus de quarante ans que ça dure. Et maintenant elle tousse.

— Vous vous moquez de moi, Hackney ?

— Même pas. La vérité c'est que j'en ai plus rien à foutre de vous. Je vous laisse avec votre Brunning, vos convictions et votre bosse sur le front, c'est la seule chose qui ait jamais germé sur votre cervelle !

Il porta machinalement la main à la grosseur en question et se mit à m'injurier. J'avais répliqué sur le même ton et nous en étions, toute rage contenue, à nous défier lorsqu'une tête se découpa au détour du couloir. Brunning, son thermomètre dans une main, son bras à angle droit, sa pommette cramoisie et son pif miraculé.

— Que se passe-t-il ? Vous êtes devenus fous ?

— Il se passe que Mr. Hackney dépasse les bornes !

— C'est le chef constable qui est devenu fou, dis-je, j'ai cru qu'il allait me pousser dans l'escalier.

— Une insolence de plus et je vous mets à pied !

— Je vous donnerai l'occasion de faire mieux que ça.

Sur ce, l'infirmière rappliqua. Elle nous rappela au respect du repos des vivants et des morts et pria Brunning de regagner ses draps jaunes sous le plafond bas.

A Saint-Thomas, le soulagement de pénétrer dans un hôpital sans fou ni flic l'emportait à cet instant sur l'angoisse que me procurait chaque jour la perspective des retrouvailles avec ma mère, la jeunette, voire Margary. Gisants et médicastres m'apparaissaient fréquentables.

Je fis un détour par le couloir aux mandarins et tombai sur Margary dans le salon contigu à son cabinet de consultation. Il était occupé à remettre d'aplomb la reproduction fichée au mur d'un tableau représentant une corbeille débordant de pommes et de raisins. Il m'accueillit d'un salut poli, inclina son long cou pour mieux apprécier le positionnement de l'œuvre et me demanda si elle me semblait d'équerre. J'en convins et on parla de ma mère. Il m'affirma que sa fièvre continuait de baisser et, à condition qu'il en fût encore ainsi dans les prochains jours, qu'elle s'en sortirait.

Tandis que j'entrais dans la salle commune d'un pas léger, mon regard rodé à l'ordonnancement précis des lieux capta une nouveauté. Mon attention qui d'ordinaire se portait sur le troisième lit à gauche (celui de ma mère) sauta jusqu'au cinquième. Il était vide. La jeune femme au pied coupée était assise sur une chaise à côté de son grand-père. Elle était coiffée et avait enfilé un chemisier à dentelles. Je la saluai, remarquai qu'elle avait l'air d'aller mieux. Elle tarda à trouver ses mots, c'est le grand-père qui s'y colla. L'incision réalisée par le chirurgien avait enrayé l'infection. Elle confirma. Une renaissance, même avec une jambe qui ne gambaderait plus jamais. La douleur s'estompait d'heure en heure. Ma mère se réveilla sur ces entrefaites. Je lui rapportai les propos de Margary. Elle déclara qu'elle ne prêtait pas plus crédit aux médecins qu'aux ivrognes. Encore qu'à tout prendre, chuchota-t-elle, elle excusait davantage les menteries d'ivrognes, parce que ces vide-bouteilles y croyaient eux-mêmes. Elle me questionna d'une voix retenue sur l'avancement de mon enquête. Je la rassurai. Elle ajouta qu'elle y avait pensé cette nuit et que ce souci lui avait troublé le sommeil presque autant que la brûlure dans sa poitrine. J'ajoutai que je travaillais sur une piste sérieuse, « le meurtrier est un fou », glissai-je à son oreille, « plus extraordinaire encore que l'Eventreur, un vrai braque, un détraqué génial qu'on a enfermé en priant qu'il ne se débine jamais ».

26

A hauteur d'homme, un brouillard au reflet d'ardoise flottait dans le bureau du chef constable. A croire que le vent du soir avait soufflé jusque-là quelques bouffées du fog qui commençait à couvrir la Tamise.

Une main épaisse battit la nuée. Le visage de William Doffey émergea. Son corps sans forme épousait les épaisseurs de son fauteuil. Il ôta le cigare de ses lèvres et consulta sa montre.

— Vous vous étiez perdu ?

— J'aurais pu. La brume est aussi dense en bas qu'ici.

— J'ai fumé en vous attendant.

— La prochaine fois, fermez vos fenêtres.

— Je suppose que vous n'êtes pas venu uniquement pour faire de l'esprit.

Je m'assis sur la chaise bancale.

— Je veux vous entretenir de Tommy Lone.

— Le petit malfrat qui s'est dénoncé ? s'enquit-il en grattant le pansement qui couvrait sa bosse.

— Exactement.

— Je n'ai pas plus de nouvelles de son procès.

— Ce n'est pas le sujet.

— Le *sujet* attendra, nous avons un malentendu à lever.

— Si vous parlez de l'affaire Millow, je crois au contraire que nous nous sommes très bien compris. J'ai des raisons de penser que l'assassin est un pensionnaire du Bedlam.

— J'ai des vues différentes sur la question.

— C'est tout vu.

— Taisez-vous ! cria-t-il.

Puis il se déplaça à grandes enjambées jusqu'à la cheminée.

— Je vous propose un marché, reprit-il en agaçant une bûche de la pointe du pique-feu. Vous vous consacrez... disons... trois jours à percer la personnalité et la vie de Millow et ensuite vous reprenez l'enquête comme bon vous semble.

Le feu crépita de plus belle. Il ne me montrait que son dos, emmailloté dans le complet qui jugulait tant bien que mal les rondeurs de sa carcasse. Peut-être avait-il compris que cette enquête était désormais vouée à l'enlisement s'il m'en dessaisissait ? Et que lui, William Doffey, chef constable du Département d'investigation criminelle de la plus célèbre police du monde, risquait sa place. Les nuits blanches le guettaient. Comme ma mère qui cauchemardait de nous savoir en échec. A elle la fièvre et les angoisses, à lui les orgies de terrine et la vinasse. Ils étaient les deux prochaines victimes de l'assassin de Cowley Street.

— Ni, trois, ni, deux, ni, un. Rien ! Millow ne me prendra plus une seconde de mon temps tant que je ne serai pas retourné au Bedlam.

— Qu'espérez-vous donc ? Que l'assassin vienne se confesser à vous dans un accès de démence ?

— Lui, non mais j'ai des indics là-bas.

— Voici ma nouvelle proposition : vous cuisinez vos informateurs demain et vendredi, et, dès samedi...

Il s'interrompit, saisit une poignée de charbon dans le seau et le lança dans l'âtre en jurant.

— C'est impossible !

— Qu'est-ce qui est impossible ?

— Votre retour au Bedlam. Avec ce qui est arrivé à Brunning, je ne veux pas courir le risque de vous y envoyer seul.

— Désignez un autre inspecteur.

— Aucun n'acceptera. Et, vu la dangerosité de la mission, il serait inopportun d'utiliser la contrainte. Le commissioner a accepté de considérer l'agression dont a été victime Brunning comme un simple aléa. Un second accident ne me serait pas aussi facilement pardonné.

— Parfait. Il ne vous reste plus qu'à recruter un détective, non pour m'assister au Bedlam, mais pour reprendre l'enquête à zéro.

— Vous savez ce que cela signifie.

— Pour moi, pas grand-chose. Pour vous, ça dépend de la patience du commissioner.

Ses grosses mains noircies se balançaient le long de ses cuisses comme quelque monstrueux et inutile pendule. Tout son corps semblait inutile et monstrueux à cet instant. Il secoua la tête, agitant les fanons de sa trogne défaite.

— Vous ne pouvez pas trahir le Yard de la sorte...

— Quand je vous aurai avoué ce que je vous ai promis, c'est vous qui m'écarterez.

— Il s'agit de vos révélations à propos de ce petit vaurien ?

— Ashby. Le contraire d'un vaurien.

— Ashby ? Je croyais qu'il s'appelait Tommy Lone.

— Son nom est Tommy Ashby, et il est mon meilleur indic. Le petit malin qui a découvert que la lettre anonyme avait été postée de Kennington Road, c'était lui.

Doffey regagna son fauteuil et s'y effondra.

— Et c'est avec lui qu'à la poste de Lambeth, j'ai dépouillé les sacs qui nous ont mis sur la piste du Bedlam.

— Sans ce margoulin, vous n'auriez donc jamais posé les pieds au Bedlam.

— Non.

— Et Brunning n'aurait pas été sauvagement agressé...

— Non plus.

— Sachez alors que votre Ashby ne bénéficiera d'aucune clémence ! Braquer les pensions de famille ou piéger les boîtes aux lettres, c'est de la besogne de maraudeur, pas de collaborateurs du Yard ! Votre Ashby, j'aurais aimé le voir au milieu des enragés du Bedlam.

— Justement !

J'avais crié assez fort pour qu'il se la boucle. Fallait qu'il m'écoute.

— C'est Ashby qui va s'y coller.

— A quoi ?

— A l'asile.

— Vous êtes tombé sur la tête ?

— Vous vouliez l'y voir ou non ? Ashby à mes côtés au Bedlam, c'est le moindre risque pour que cette mission aboutisse.

Doffey se ficha une cigarette dans la bouche et s'y reprit à deux fois pour l'allumer.

— N'insistez pas. La place de votre Ashby, c'est au gnouf et pas à vos côtés dans une mission aussi délicate.

— La pire des sottises, c'est de laisser le meurtrier de Millow cuver son laudanum entre les quatre murs du Bedlam.

Le chef constable jeta son clope dans le feu.

— J'enquêterai moi-même s'il le faut !

— J'ai mieux : priez pour que l'assassin vienne se dénoncer à son tour.

J'étais déjà dans l'escalier, me hâtant, l'esprit encombré. Par où pouvais-je reprendre le fil de la pelote Millow ?... Kemp ? Si le graphologue avait avancé, il me l'aurait fait savoir. Clochette, Kensale, Forrester,

Peacock ? Ils avaient dit ce qu'ils savaient, ou plutôt ce que Millow avait bien voulu qu'ils sachent. Anna Vanolis ? Je devais la rayer de mes contacts et espérer que Doffey ne lui envoie pas un collègue. Des fois qu'elle vienne à raconter qu'elle avait déjà reçu deux flics du Yard, un petit à casquette et figure en coin de rue et un second à bouille de garnement et lunettes de notaire dont elle aurait dû se méfier. A-t-on déjà vu un détective du Yard essuyer son nez morveux sur le revers d'un costume neuf trop large de deux tailles ?

Ni la rapide visite à ma mère, ni le sourire de la gangréneuse ne parvinrent à me tirer de ma gamberge. Sur le chemin d'Aldgate, c'est l'image d'Ashby qui m'obsédait. Ashby sans son costume, rien qu'avec ses binocles, sa morve et un paletot de toile, sur la terre noire de son cachot. A cet instant, était-il en train de parler à un rat ou de se battre pour sauvegarder sa ration du soir ? Les grincements d'un tombereau me tirèrent de mes pensées. Je le regardais s'éloigner, cahotant sur la crête des pavés. Sous la clarté lasse des réverbères, le crépuscule charriait ses ombres, ses bruits, ses odeurs de poussière de charbon et des crottins du jour. Un même décor habillait Saint-Giles la nuit où les brigands nous étaient tombés dessus. *Et moi je te dis que ton costard pue le fric...* Je connaissais le lascar qui avait prononcé ces paroles. Sa voix éraillée et son visage couturé étaient de ceux qu'on n'oublie pas. Où les avais-je vus et entendus ? Au Yard peut-être ? Dans un hôpital ? Au London ? A Saint-Thomas ? Au Bedlam ? Sur un trottoir de l'East End ? Au Cockatoo ?

Lorsque je me couchai, la liste s'était allongée d'autres lieux, tavernes, arrière-salles et culs-de-sac obscurs. En vain. Plus je forçais ma mémoire et plus le souvenir que le malfrat y avait laissé s'estompait.

27

Le vent du nord amenait les nuages plus vite qu'il ne les chassait. Leurs reflets tombaient sur la surface de la Tamise, chahutés par la houle, pourfendus par l'étrave des canots. On ramait sous le pont de Lambeth et moi je buvais du thé.

J'étais passé au Yard où on m'avait appris que Doffey serait absent pour la matinée. La nouvelle m'avait poussé à aller flâner et déjeuner dans une taverne, le long du fleuve, bien décidé à remettre les pieds au Yard le plus tard possible.

J'en étais là de ma distraction, lorsque je le vis se pointer. Doffey en personne ! Un cauchemar de cent kilos en haut-de-forme, manteau grand ouvert sur la bedaine et pantalon de flanelle verte.

Il scruta la salle et fondit sur moi.

— Il fallait que je vous trouve, on vous avait vu prendre la direction du pont de Lambeth...

Il parlait vite, le souffle lui manquait. Il attendait des félicitations, une amabilité, un morceau de banc pour s'installer et se remettre. La contrariété ne m'incitait qu'à la contemplation des flots. Doffey rapporta une pinte, en siffla la moitié et poursuivit :

— C'est le commissioner... Je l'ai rencontré ce matin. Il m'a demandé où en était l'affaire... Je lui ai dit qu'on y travaillait dur, qu'à cause de l'agression de Brunning notre enquête avait pris du retard.

Il s'arrêta pour prendre une gorgée. A côté de moi, on s'enfilait des beignets avec des bruits de bouche ; il surveillait la tablée du coin de l'œil, les genoux appuyés contre la tranche de la table, nerveux, à peine en équilibre, comme ces types qui n'avaient pas la conscience tranquille et qu'on cuisinait, certains qu'ils cracheraient le morceau. Alors il déglutit, enleva son chapeau et approcha sa bouche de mon oreille.

— Mes explications ne l'ont pas déridé, et pour cause ! Devinez ce qu'il m'a mis sous le nez ?

Mes voisins me réveillaient la faim à clapper ainsi, et lui m'énervait à tourner autour du pot.

— Un beignet ?

Sans attendre sa réponse j'allai me ravitailler au comptoir et disposai devant nous un plateau garni. Doffey me remercia d'une courbette, saisit un hareng frit et en engloutit la moitié.

— Foin de mystère, c'était un courrier signé du ministre où il demandait au commissioner de faire son possible pour que le coupable soit arrêté dans les quatre jours. Le commissioner m'a indiqué que le préfet lui avait téléphoné juste avant notre entrevue et lui avait confirmé l'impatience des autorités. (Il baissa la voix.) Rapport à toutes les mauvaises nouvelles que leur infligent les journaux, les Londoniens ont besoin de savoir que notre police et notre justice sont dignes du *plus grand pays du monde,* il leur faut oublier l'Eventreur, la grève des dockers et la prolifération des Irlandais. Je vous le dis comme il me l'a dit. J'avais beau ne pas être réveillé, ce sont des paroles qui donnent du cœur au ventre.

Pour l'heure, sa panse se remplissait d'un second poisson. J'interrompis mon grignotage.

— Quatre jours, et vous perdez votre temps à manger des harengs ?

Il ferma brusquement sa bouche luisante de graisse.

— Vous n'y êtes pas, Hackney. Vous retournez au Bedlam dès demain.

— Avec Ashby ?

— Avec qui vous voulez.

— Ce sera Ashby.

— Qu'il n'aille pas se vanter qu'on l'a sorti du cachot et qu'il va jouer les détectives.

— Il n'y a qu'auprès des flics qu'il ne sait pas tenir sa langue.

— OK. J'avertirai l'hôpital de sa présence. Vous avez quatre jours pour agrafer l'assassin, sinon votre Ashby retourne au trou.

Je liquidai mon beignet et me levai.

— J'oubliais... lâcha-t-il en s'asseyant à ma place. Le charlatan est passé au Yard... Kemp. Il vous cherchait. Il a parlé de la lettre anonyme. Je lui ai affirmé que vous étiez très occupé.

Le regard gris de Kemp étincelait. De deux doigts, le graphologue tira son lorgnon de la poche bâillante de son gilet et s'en chaussa.

— Il me fallait déceler ce qui reliait l'impulsivité du trait, sa rondeur et son manque de tenue. Je n'avais jamais observé de telles caractéristiques sous la plume d'un même scripteur. Ce lien m'est apparu alors que je brûlais des papiers de famille. Deux lettres de mon épouse ont attiré mon attention ; l'une, récente, était couverte d'une écriture pleine de saccades, disloquée par moments, celle d'un sujet agressif et déprimé. Dans la seconde, envoyée peu après notre mariage, le graphisme était déjà énergique, mais bien plus équilibré et rond. Cela m'a ouvert les yeux. *Exalté, affectif et déprimé.* La seule personnalité capable d'exprimer en cinq lignes des états d'âme aussi opposés, c'est une femme !

Derrière les lunettes, sa prunelle déformée l'affublait d'une figure de fou. Kemp déraillait. Le départ de sa Leonie lui était remonté à la tête. Je devais accueillir sa conclusion avec tact, sous peine de le renvoyer à la dépression.

— Fort intéressant.

— Capital, rectifia-t-il. Je sais ce qui vous pose problème. L'affirmation du voisin, il avait vu s'enfuir un homme. N'est-ce pas ?

Il ne me laissa pas le temps de répondre.

— Ce n'est pas à vous que je vais apprendre la fragilité d'un témoignage, surtout celui d'une personne âgée. Car vous m'avez bien précisé qu'il s'agissait d'un vieillard ?

— ... vivant seul et porté sur la bouteille.

Il eut une moue satisfaite et me proposa de trinquer à sa découverte.

— Porto ?

— Thé, dis-je, avant d'ajouter : Les femmes ne tuent pas en assenant de tels coups.

— N'oubliez pas que celle-ci a un grain, glissa-t-il en me servant. Sûrement capable de crises qui décuplent les forces.

— Ce doit être ça.

On trinqua. Il s'envoya son porto en deux lampées. Son thé était amer.

— Et les marges ? demandai-je.

— J'y vois l'expression de son impétuosité. Elle n'a pas le temps de finir le mot qu'elle en est déjà au suivant. S'il y a autre chose, je trouverai.

Je traversai Leicester square, coupai Shaftesbury Avenue et m'enfonçai dans les ruelles sombres de Saint-Giles. Trois minutes plus tard, j'étais au Cockatoo. La salle était si enfumée qu'à condition de ne pas heurter un client saoul ou l'une des tables rondes qui constituaient le mobilier, on pouvait y passer inaperçu. J'évitai ces écueils et choisis un fauteuil qui tournait le dos à la pièce. Le brouhaha mêlant le bruit mat des culs de pintes sur le bois, les chamailleries des joueurs de gin-rummy [1] et les gloussements de la gironde de service ne réussirent qu'à me distraire quelques instants de ma lassitude. Je m'endormis.

C'est Ashby qui me réveilla. Sa main sur mon épaule et sa voix qui prononçait mon nom avec ferveur.

— En me libérant, le gros flic m'a raconté que je partais en mission avec toi.

— Dès demain.

— Paraît même que je joue ma liberté. Elle consiste en quoi cette mission ?

Je lui dis seulement que je devais encore passer à Saint-Thomas. On se glissa dans le flux des loqueteux, cols-blancs, barbiquets, élégantes en capelines, rombières en savates, miséreux tendant la main, marchands

1. Gin-rummy : jeu de cartes.

ambulants, tilburys à portières d'acajou, charrettes et tombereaux regagnant les faubourgs.

Dès qu'on fut en route, j'attaquai par la conclusion de Kemp. « Une femme ? Il est sûr ? Ça change tout ! » Ashby frétillait. Je lui fis part de mes interrogations. Le témoignage d'O'Livough, la nature du crime et le *désordre des marges*. Il tiquait avec moi, dit que femme ou pas, on ouvrirait l'œil, se méfierait de tous les malades. Il voulut savoir leurs noms, leurs manies, leurs caractères, leurs allures, il spéculait sur Millow, traquait mes doutes, sondait mes certitudes. Il fallut que je reprenne le récit des événements, de mes découvertes dans l'appartement de Millow, de mes vaines observations au Bedlam et de mes recherches tout aussi infructueuses dans les chambres des stabilisés. Il se cognait aux passants, perdit ses lunettes, les ramassa, toutes maculées, accrochait les mulets, tamponnait les carrioles, et s'excusait sans perdre son fil.

20 heures sonnèrent à l'église de Lambeth. On avait marché une heure. Ashby se tut et leva les yeux sur la grille de fer forgé de l'hôpital Saint-Thomas.

— C'est là ?

Je confirmai.

— Je ne te convie pas. C'est encore moins drôle que le Cockatoo.

— Il y a pas mal de trucs qui me turlupinent encore...

— Faut que j'y aille si je veux avoir une chance de parler à quelqu'un. A cette heure, les médecins désertent et ma mère s'endort.

— Et après ?

— Après quoi ?

— Après que tu leur as fait la conversation...

— Il sera temps de rentrer manger mes patates bouillies.

— Je te propose mieux : des saucisses et du chou dans une chouette taverne, le Select, c'est en face de l'hosto. Je t'invite.

— Avec quel argent ?

— Le patron est un ami. Rash Kiddy lui a payé ses dettes.

— Faudra qu'on ait les yeux bien ouverts demain, Ashby. Et pour ça, vaut mieux que tu rejoignes tes pénates. Voilà cinq shillings, dis-je en lui collant une pièce dans la main. Des fois que le cocher du prochain fiacre ne soit pas un ami à toi.

— Juste une question...

— Demain.

Il haussa les épaules tandis que je franchissais le portail. Au pas de course, je gagnai l'entrée du bâtiment de brique. En chemin, je rencontrai la jeunette, assise sur un banc, ses béquilles sur les genoux. On se dit deux mots. Pas plus, ce n'était pas elle que j'étais venu voir.

Au-dessus des lits de la rangée gauche, une applique à huile dessinait une lune orangée sur le mur. Le visage bronzé par la lumière, ma mère dormait.

Le vieux à la canne m'apprit qu'elle s'était remise à tousser. Ils l'avaient soûlée de laudanum. Le docteur Margary n'était plus là. Je ne réussis qu'à dégoter la surveillante, occupée dans son bocal à remplir des seringues. Elle s'interrompit, ajusta machinalement sa tresse sur le sommet de son crâne et répondit à ma question. Ma mère avait attrapé froid dans l'allée de cailloux. Parce qu'elle était descendue, l'entêtée, alors qu'on l'avait seulement autorisée à se dégourdir à l'étage. Le docteur avait estimé qu'un jour ou deux suffiraient pour enrayer l'infection. Je n'avais qu'à revenir demain après-midi, il serait là. « Moi, pas » dis-je.

Dans le parc éclairé des lueurs échappées du bâtiment, quelques éclopés et infirmiers prenaient l'air. Au détour d'un bosquet on m'interpella. Ashby !

— J'ai rencontré une amie à toi, on a bavardé, dit-il en désignant un banc.

La jeune fille se leva, appuyée sur ses béquilles et me salua timidement.

— Il faut que je remonte, murmura-t-elle.

Elle disparut. Ashby ne me laissa pas le temps de l'engueuler. Il m'assura qu'il avait voulu m'attendre pour me poser ses questions. Pour passer le temps, il avait fait la causette avec pas mal de monde.

On ne s'adressa plus la parole, jusqu'à être installés dans un fiacre. Il revint à la charge. Ses idées fixes le travaillaient. Il les radotait.

— Qu'est-ce qu'il lui a pris de peindre de la main gauche ? ça s'invente pas de peindre de la main gauche, ou peut-être qu'il savait se servir de ses deux mains. J'avais un copain qui lançait les dés des deux mains. Comment qu'il appelait ça déjà ?

— Ambidextre.

— Exactement. Ambidesque. Peut-être que Millow, lui aussi, c'est un ambidesque... Sauf que la peinture c'est pas les dés, m'est avis que quand on a trouvé sa menotte d'artiste on la garde. Hein Joe ?

Je bougonnai un vague assentiment. Ses élucubrations cessèrent avec l'arrêt de la voiture. On était dans Old Compton Street. Ashby s'éloigna. J'indiquai mon adresse au cocher et m'enfonçai dans le cuir moulu du siège. On avait redémarré depuis quelques instants, quand on frappa à la vitre. Je me redressai, Ashby trottait à côté de la voiture, il braillait, les crissements de l'attelage m'empêchaient de comprendre quoi, je finis par ouvrir la portière. « Le type qui a volé le presse-papiers, tu ne vois toujours pas qui c'est... parce que ce serait bien qu'on le lui reprenne, maintenant que je suis dehors, j'aimerais pas retourner au trou... tu le remets vraiment pas ? »

Juste à ce moment, ça me revint. Je le regardai s'essouffler un moment à côté de la voiture qui reprenait de la vitesse et je lui mentis que *je ne le remettais vraiment pas*. Pas le courage d'affronter sa joie. Il en aurait sauté dans le fiacre et il m'aurait supplié d'aller fêter ça au gin à l'eau dans un bouge grouillant de demi-mondaines et de copains à lui.

C'est de l'entendre qui m'avait ranimé la mémoire. Ashby criait de la sorte au-dessus de Rash Kiddy, le matin de nos retrouvailles dans le bois de Croydon. Dans la fièvre qui avait précédé le combat, un bookmaker au visage rougeaud avait gueulé : « Dave nous met cinq shillings sur Sphinx », puis un parieur avait misé sur Rash Kiddy et un autre avait répliqué : « Et moi je te dis que Sphinx va l'étriper, rajoutes-y vingt pence. » C'est cette même voix rauque qui nous avait lancé : « Et moi je dis que ton costard pue le fric. » Notre voleur avait misé sur Sphinx, les bookmakers du bois de Croydon semblaient bien le connaître. « Dave », ils l'appelaient.

28

Nos chaises étaient entortillées de tulle. Baxter avait revêtu un vrai costume de lord, les jumeaux avaient lâché leur livre et noué des cravates sous leur blouse, les femmes s'étaient coiffées, maquillées, certaines portaient des jupes longues, elles avaient enfilé des gants, s'étaient juchées sur des bottines cirées, des souliers à talons aux couleurs incroyables. Tous gardaient leurs distances, s'ignoraient, chuchotaient par petits groupes, se ratatinaient sur des bancs ou souriaient à l'orchestre qui achevait d'installer ses instruments sur une estrade. Ils secouaient leur gêne, mimaient les ladies, marchaient comme des barbeaux. Quand ils ne savaient plus quoi faire de leurs mains et de leurs pieds, ils venaient s'agglutiner contre une longue table dressée d'une nappe de papier et couverte d'assiettes de scones, de cake, de crevettes embrochées, de canapés aux asperges, de verres remplis de soda, de thé froid, de vin coupé.

Les musiciens se mirent à jouer, et l'assistance reflua vers les pourtours de la pièce. Un surveillant invita une infirmière endimanchée, le couple valsa, puis une autre blouse verte entraîna une malade qui en perdit ses chaussures. Le réfectoire se remplit peu à peu. Ils trottaient, se frottaient, gigotaient, se montraient du doigt, bondissaient seuls, à trois ou par bandes, se mettaient à pouffer, à pleurer, à chanter, à tousser, à gueuler. L'orchestre enchaînait les gigues, les airs folkloriques, les valses, tout était bon. Les infirmiers venaient arracher les timides des banquettes pour les envoyer au milieu de la ribambelle.

Ashby se cramponna pour ne pas être enrôlé, il ouvrait de grands yeux en tétant une cigarette, histoire de se donner une contenance. Au bout d'une heure, la piste s'était clairsemée et les sièges s'étaient garnis de danseurs exténués, cuvant leur trop-plein d'allégresse, de nourriture ou de médicaments. A notre droite, un malade s'affala en pleine polka, des infirmières le relevèrent et l'emmenèrent ; devant, un grand type à grands bras courait après sa cavalière apeurée.

Ashby cracha un brin de tabac.

— Exalté et affectif, c'est cela, non ?

— Franchement, tu vois cet échalas fracasser le crâne de Millow ?

— Je le vois parfaitement minauder, tromper la vigilance de son gardien, et, une fois dans la rue, abandonner cet air inoffensif. Le meurtrier est forcément un comédien.

— Tout histrion qu'il est, il ne peut jouer les gros bras. Les siens sont incapables de tuer quelqu'un à coup de gourdin.

— Fallait le dire plus tôt, ce n'est pas un *dur déprimé* qu'on cherche, c'est un lutteur de foire. Ceux-là n'ont aucune chance !

Ashby désignait une brochette de gringalets se tenant par les coudes et sautillant au milieu des valseurs.

— Pas sûr, objectai-je. Ce métis qui bâille, là, eh

bien il ne pèse pas ses 120 livres, mais je le soupçonne de posséder suffisamment de nerf pour assommer un adversaire de deux fois son poids.

La blouse déboutonnée du mulâtre révélait un corps sec. Emporté par son élan, il lâcha son voisin et heurta une frisée qui dansait avec une femme vêtue d'un caraco rouge en fixant le plafond. Elles s'excusèrent, s'éloignèrent de quelques pas et reprirent leurs entrechats. Deux hommes vinrent alors s'installer à côté de nous. Un grand sans cheveux au crâne plat et un trapu dont l'un des deux yeux était fermé. Le borgne scandait des onomatopées d'une voix métallique et son acolyte annonçait ses répliques d'un balancement de la tête qui semblait lui chasser les mots de la bouche. La femme au caraco lâcha alors la main de la brunette et s'approcha d'eux en tournoyant sur elle-même, bras écartés.

Ashby me poussa du coude.

— Vise la ballerine.

Ses cheveux couleur de paille volaient autour de son visage à l'architecture délicate. Elle freina sa course, s'assit à côté du chauve et se mit à chanter.

L'homme se retourna vivement sur elle et lui intima de se taire. Le borgne apprécia d'une bordée de « han ! », « vandiou ! « hihi ! » « flûte ! » La blonde continua à ronronner, les yeux mi-clos. Le chauve s'était remis à branler du chef, le baveux à découper les sons de ses dents de lapin.

— Les crevures !

— Han ! saperlotte ! tiens ! Vandiou !

— Tas de charognes !

La blonde caressait ses joues, tirant sa peau blême comme pour l'accrocher aux saillies de ses pommettes.

— Tonnerre ! hu ! cridiou ! ouiouille !

— Pourritures ! Très cher que vous me le paierez !

Elle passa la main dans ses cheveux et les coiffa de ses doigts. Emportée par son geste, elle effleura l'épaule du chauve.

— Oh là ! sacré ! gare !

— Ils me le paieront ! salauds ! les charognes...

L'homme au crâne plat et lisse grogna et alla s'affaler une chaise plus loin. Le borgne l'imita. La brunette virevolta autour de sa copine sous le nez du métis. Il les observa un moment, se balançant sur ses talons comme mû par le tourbillon des danseurs ; puis il se laissa tomber sur l'avant et se rattrapa à la blonde. Il esquissa un pas de gigue, la souleva du sol, la reposa avec délicatesse et s'éloigna en bâillant.

Ashby se débarrassa de sa cigarette.

— Je fais la fermeture au Cockatoo, dit-il en se levant.

On marcha en silence jusqu'à ne plus entendre la musique et les cris.

— Il nous manquait des suspects, nous en avons deux tout désignés, ajouta-t-il, assez frappés pour avoir envie de tuer et suffisamment costauds pour trucider Millow d'un coup de bâton. Le chauve et le borgne.

— Trois. Tu oublies le métis.

— Deux balèzes et un nerveux.

— L'assassin ne possède pas que la vigueur, il a été capable de rédiger une lettre, de filer sa victime et de la tuer après lui avoir annoncé son crime.

— A condition de pouvoir quitter l'asile.

— Les furieux ont deux récréations par semaine dans le jardin. Et Addiscombe a reconnu qu'il n'était pas sorcier de s'offrir une petite virée.

Sortant d'un instant de rêverie, Ashby souffla :

— Et les femmes ?

— Quoi les femmes ?

— La conviction de Kemp....

— Ça ne colle pas. Une femme n'a pas assez de force pour fendre le crâne de Millow. Ce n'est pas le seul hiatus, dis-je en ralentissant mon pas en même temps que mon débit. Les marges de la lettre... Kemp sèche toujours... C'est bien notre veine, l'explication de cette bizarrerie achèverait de révéler la personnalité de l'auteur.

— « Exalté, affectif et déprimé », ça ne te suffit pas ?

— Non. Kemp le reconnaît lui-même, le graphisme n'est qu'un tissu de contradictions. Et il s'en tire en avançant que le scripteur est une femme.

— Le scripteur n'est qu'un fou et un fou écrit *follement*.

— Il était tout sauf dérangé quand il a rédigé ce courrier.

— Autant éliminer nos deux costauds et le métis.

— Je les vois mal manier le crayon ou la plume, mais j'aimerais le vérifier. On demandera demain à Addiscombe de nous renseigner à leur sujet.

A la description du borgne, du chauve et du métis, Dunn nous indiqua qu'ils étaient au nombre des furieux. Il n'en savait pas plus. Et Alber Addiscombe ne voulut rien entendre. Il ne nous communiquerait la liste recensant le nom et les pathologies et l'éventuel passé criminel des patients les plus atteints qu'à la réception d'un courrier signé du commissioner du Yard. Il n'était toujours pas question que nous allions traîner à l'étage.

De son bureau, je téléphonai à Doffey pour le mettre au courant. Je dus lui expliquer. Nos observations, nos soupçons. Il tiquait. Comment un malade du premier avait-il pu écrire une lettre et s'échapper pour la poster ? Je lui avouai qu'on n'avait pas toutes les réponses, mais qu'on devait étudier cette piste.

J'insistai pour qu'il ne perde pas une seconde. La demande du commissioner devait arriver à l'hôpital avant que notre mission s'achève. Il tempérait mes ardeurs, jouait les réfléchis. Ce n'était pas si simple, on ne dérangeait pas le chef du Yard comme ça. Ou alors il fallait être sûr de notre coup. Je haussai le ton, menaçai de décamper de l'asile séance tenante et de retourner vadrouiller à Hunstanton. Sûr que dans un an je saurais enfin si Millow était droitier, gaucher, ambidextre, alcoolique, cul-bénit, chaud lapin, joyeux drille, mirliton, neurasthénique ou tout cela à la fois. Mais que son assassin n'en serait pas inquiété pour autant et que, cette fois, le préfet ne le raterait pas. Il promit, à contrecœur, d'intercéder et finit par s'emporter : en cas d'échec il s'emploierait à me faire porter le chapeau.

Nos divagations de ce matin-là dans les couloirs du rez-de-chaussée ne nous amenèrent qu'à une conclusion : il urgeait de fouiller les chambres de l'étage du dessus. Pas toutes, celles occupées par les furieux sachant écrire.

Après le déjeuner, on s'introduisit chez les jumeaux. Ils étaient assis au milieu d'un lit. On attendit qu'ils aient fini leur page et on attaqua. Il nous fallait les noms des lettrés du premier auxquels ils faisaient la lecture. Celui qui tenait le livre répondit d'un ton glacial que nous n'avions qu'à nous renseigner auprès des intéressés. Son frère souscrivit à cet avis et déclara qu'il avait envie de lire. J'agrippai l'un des deux arrogants par le col, envoyai valser le pavé et hurlai ma question. L'homme profita que je desserrai ma prise pour se glisser hors du lit. A quatre pattes il alla récupérer son bouquin dans un coin de la pièce. L'immobilité générale fut aussitôt troublée par la roulade que fit le second pour rejoindre son frère le long de son mur. Prononçant quelques mots apaisants, je me levai dans leur direction. Ils se recroquevillèrent. Je tentai de nouveau de les raisonner. Sans résultat. On sortit en vitesse et on parcourut le couloir en silence. L'attitude des jumeaux déjouait nos prévisions. Nantis de l'identité des lettrés (que je soupçonnais de savoir rédiger et penser), nous projetions d'obtenir leur numéro de chambre chez le Skons, le dernier à avoir quitté le premier étage.

— On y va quand même, suggérai-je.

— Et on lui demande quoi ?

— Au moins la situation des piaules des deux costauds et du métis.

— M'étonnerait qu'ils sachent écrire.

— Ils savent cogner.

— Tu les crois assez stupides pour avoir laissé traîner un gourdin.

— Un gourdin ou autre chose.

C'était l'heure de l'atelier. On dut patienter pour rendre visite au Skons. En nous entendant, il disparut sous son drap. L'odeur nous étranglait. On l'entendait gémir.

— Si tu causes pas, on te lave, annonçai-je. Le déluge !

— Ça sera seulement si tu parles pas, ajouta Ashby.

Ce qu'on veut savoir, c'est comment est agencé le premier étage.

— Tu as pigé, Skons ?

D'un mouvement brusque, je découvris sa tête de naufragé. Il fermait ses yeux avec tant de force que ses paupières en tremblaient.

Je me tournai vers Ashby.

— Va remplir le seau, je le surveille.

— Me forcez pas à y aller, m'sieur.

Le Skons émit une longue plainte.

— Qu'est-ce que vous me voulez ?

Je le lui répétai, il se décida. Vingt minutes d'ânonnements, de murmures et de râles. Quand on le quitta, Ashby me souffla qu'on lui devait bien une bière. J'attendis qu'on soit assis sur un des bancs du jardin pour lui répondre qu'on n'avait pas à se faire remarquer. L'urgence, c'était de mettre de l'ordre dans ce que nous avait appris le Skons. Du moins ce que nous en avions compris. Le premier était la réplique du rez-de-chaussée. Le long couloir était flanqué d'une quarantaine de chambres donnant sur le jardin. Il y en avait moitié moins sur la façade ; ce côté comprenait également un office, un atelier et deux cellules à barreaux rouillés, vestiges des années où les bizarres – Skons en avait été – étaient jetés dans ces cachots et élevés le dimanche au rang de clou de la visite (payante) du Bedlam. Les Londoniens en raffolaient.

L'étage n'avait qu'une issue : l'escalier qui desservait le rez-de chaussée. Les cambuses étaient numérotées de 19 à 60. Les femmes étaient regroupées à l'extrémité du corridor. La chambre la plus proche de l'escalier était celle de la blonde. La porte qui abritait celle du métis était rafistolée en son milieu, séquelle d'une crise qu'avait piquée l'homme aux muscles saillants un jour où il était trop énervé pour bâiller. Le borgne logeait sur la façade, près de l'office des surveillants, son copain au crâne lisse du côté jardin, non loin de lui. Skons l'entendait brailler qu'il avait faim, parfois aussi que « les charognes allaient lui payer ».

Ensuite, l'homme qui détestait l'eau s'était tu.

On programma l'inspection pour le lendemain à l'heure de la promenade.

29

Il faisait encore jour quand j'arrivai à l'hôpital. Ma mère était assise sur sa chaise. Elle se tenait voûtée, autant qu'à l'habitude, la tranche de ses mains posée sur ses cuisses, les pouces tombant dans la parenthèse de ses doigts recroquevillés.

— Il est tôt, dit-elle. Tu as l'air fatigué.

Son regard avait repris de la chaleur.

— Pour la bonne cause : nous avons des suspects.

— L'assassin ?

— Trop tôt pour le savoir. Des types susceptibles d'en tuer un autre avec un gourdin.

— Tu les arrêtes demain ?

— Nous interpellerons le meurtrier s'il est l'un d'eux.

— Ce n'est pas sûr ?

— Demain, on saura.

Le bâtiment était calme. Par la vitre de l'office nous surveillions le défilé des furieux. Les deux femmes ouvraient la marche. Le borgne, le chauve et le métis suivirent. Quand les bruits de pas se furent éloignés, on gagna l'office du premier étage. De ses doigts de tire-laine, Ashby pesa sur la poignée.

— Il y en a un qui dort, chuchota-t-il en pivotant vers moi. Comme un chiard...

Je lui fis signe de me suivre. Chambre 20, celle du borgne. La porte perdait sa peinture citron, elle n'était pas fermée à clé. On entra. Une ouverture carrée, protégée par des barreaux, éclairait la pièce d'un cône de lumière froide. Elle n'était meublée que d'un lit fiché contre le mur. Tandis que je l'inspectais, Ashby ramassait ici un chiffon, là un morceau de carton, plus loin une chaussette à moins que ce fût une mitaine. Il renifla, les draps, le sol, fureta sous le châlit, éprouva la solidité des barreaux de la lucarne et se releva alors que je m'étais résigné depuis longtemps.

— Rien d'intéressant.

On passa à la 27, celle qui jouxtait l'ancienne turne du Skons. Ashby fonça sur le lit, puis sur le second et le troisième. A chaque fois, il éplucha le drap.

— Plein de cheveux, soupira-t-il. Ce n'est pas là que dort le chauve.

A la 29, il répéta son examen.

Pas un pouce de sol, de mur, de literie qu'il n'ait palpé, sondé, ausculté. Jusqu'au pot de chambre. Je le laissai s'échiner. L'impression qu'on perdait notre temps. Il finit par balancer un coup de pied dans une plinthe.

— Pour l'arme du crime, je repasserai ! Et toi ?

— Pas mieux. Faut chercher chez le métis.

Le battant jaune du 33 était rafistolé d'une planche de chêne râpée. A l'intérieur, le décor était moins triste. Les murs étaient couverts de dessins. Hommes, femmes, courant, assis, s'embrassant, chevaux galopant, voitures, montagnes. En face du lit, une tablette était scellée dans la pierre. Un fusain et des feuilles de papier y étaient posés. Sur plusieurs d'entre elles, des bonshommes, bonnes femmes et canassons étaient suggérés du même trait simple. Un artiste, le métis. J'empochai une des esquisses et continuai à fureter. Sans rien trouver.

— C'est maigre, dis-je tandis qu'Ashby refermait derrière nous.

— Faudrait fouiller tout l'étage.

— Il nous reste au moins vingt minutes, on pourrait s'y mettre.

— Au hasard...

On en était là, en pleine indécision, quand un bruit nous parvint. On bâillait, on sifflotait tout près. Le dormeur ! Il s'était réveillé. Ashby effectua un bond de chat, se glissa dans la première chambre, me tira par la manche et referma doucement.

— Un peu plus...

— Chut !

Notre homme était sorti. Il marchait dans le couloir. Ashby me poussa du coude.

— Il va prendre l'escalier.

Le vieux bois des marches craquait. Le surveillant descendait. Sûrement pour rejoindre ses collègues dans le jardin. Ashby décolla son oreille de la porte.

— La voie est libre.

Il explora les lieux, concentrant son ardeur sur le lit. Après quelques instants, il revint à moi, pinçant entre ses doigts quelque chose que je ne distinguai pas. Il me la mit sous le nez : un cheveu long, noir et bouclé.

— La brunette, dit-il. Et elle aussi est vernie, ajouta-t-il en montrant une table de travail fixée, à l'horizontale, dans le mur.

Il alla l'inspecter et m'en ramena des morceaux de feuilles parcourues d'une écriture décousue.

— Tu me fais la lecture ?

— Je n'y vois pas clair.

Je proposai de sortir afin de m'aider de la lumière du corridor pour déchiffrer les pâtés de lettres minuscules ou énormes qu'avait jetés la main de la brunette, mais Ashby préférait continuer à passer les chambres au crible, celle-ci et les autres. On aurait tout le temps d'examiner notre récolte, l'important c'était de ramasser des indices ; on était revenus bredouilles de la pêche au gourdin, celle aux gribouillis s'annonçait bien meilleure maintenant qu'on attaquait le côté des femmes. Peut-être même qu'on donnerait raison à cet énergumène de Kemp, le coup avait été manigancé par une mignonne !

Ashby ne redescendrait de cet étage qu'avec les preuves susceptibles d'envoyer l'assassin de Fergus Millow à la potence.

— Trop tard, ils vont remonter, indiquai-je.

Il me suivit à contrecœur. Aussitôt arrivé au rez-de-chaussée, on s'isola pour étudier les coupures. Les doigts d'Ashby s'agaçaient dans ses cheveux.

— Alors ?

— Ça ressemble au brouillon d'une lettre qu'elle aurait adressée à une parente. Il y a une date, 29 mars, et des morceaux de texte : *Lucy chérie, je vais bien, je trouve le temps long, j'ai hâte que tu viennes*... Aucun intérêt.

— Pas le moindre, confirma Ashby qui avait cessé de triturer sa tignasse pour se ronger les ongles. (Il cracha une rognure et glissa :) Je vais arranger ça.

Il détala vers l'escalier. Je m'élançai derrière lui, quand l'écho d'un piétinement ébranla le couloir. Les furieux étaient de retour ! Je dégringolai les quelques marches et croisai la meute. Ils étaient tous là, le chauve qui marmonnait en fixant le sol, le borgne, le métis qui bâillait, la brunette qui sautillait et sa copine qui coiffait ses mèches blondes. Je n'avais plus qu'à gagner l'office pour m'y préparer un thé et attendre Ashby.

Une heure plus tard il n'était pas réapparu. Je profitai que les surveillants encore en poste soient allés prendre le frais dans le jardin, pour filer à l'opposé. Au petit trot je pris pied au premier. Çà et là, quelques appliques crevaient l'obscurité du couloir de halos jaunâtres. Aucun gardien en vue. Je me lançai. Des chambres filtraient des cris, des chantonnements, des monologues, des roulements de cavalcade et des chocs contre les murs. Je longeai celle des femmes, puis celle du borgne, du chauve et du métis. Le chuintement d'une bouilloire en train de chauffer s'échappait de l'office. Je le dépassai et poussai jusqu'à la fenêtre surplombant le perron. C'était ça ! Ashby l'avait crochetée et avait sauté. Je fis jouer la poignée, sans effet. Une tringle verrouillée sur l'extérieur empêchait la manœuvre.

Je ravalai ma déception et me remis à l'ouvrage. Je tâtonnai dans les coins que la lumière n'atteignait pas, scrutai, guettai le moindre mouvement, appelai « Ashby, Ashby ! » à voix basse. Rien ne se manifesta. Je revins sur mes pas, tentai d'accéder au réfectoire. Bouclé. J'écartai la possibilité qu'il se soit réfugié au sous-sol. Si c'était le cas, il m'aurait déjà rejoint à l'office. J'y revins. Deux surveillants bavardaient. Ils s'étonnèrent de ma présence à cette heure tardive. Je les rassurai d'un bobard : Ashby qui me faisait lanterner. Et à qui il faudrait transmettre que je l'attendais chez lui s'il se pointait. Sur ce, je fis un tour dans le jardin où ne rôdaient que des chats. Une pluie drue étrillait l'obscurité. Le pont de Lambeth fumait sous ses réverbères. Les prostituées de Drury Lane forçaient leurs voix pour qu'on les voie. Elles étaient crottées jusqu'aux genoux, la faute à la boue que les chevaux projetaient sur leur passage. Lorsqu'un fiacre était passé, les lieux retrouvaient leur calme, seulement troublé par le roucoulement d'une dégrafée, la plainte d'un mendiant ou le tapage d'un ivrogne expulsé d'une taverne. C'était l'heure où ces établissements commençaient à rendre à la rue leurs clients les plus assidus. Devant le Cockatoo, une poignée de pochetrons juraient après celui qui venait de les virer. Je tambourinai au carreau, le, moustachu aux dents jaunâtres me reconnut et me laissa entrer. Je demandai après Ashby. Pas vu. J'insistai. Pas vu depuis l'aube ; il partait à son travail, fier comme un communiant.

Je commandai un soda au comptoir. Pas le temps de boire, la croqueuse aux yeux vitreux me mit le grappin dessus, elle avait flairé mon désarroi. Elle me causa d'Ashby, elle le connaissait, un brave, s'inquiéta qu'il lui soit arrivé problème, déclara qu'un mignon de la sorte on n'en faisait plus. Elle m'amadoua de ses mots doux, me cajola de ses égards, me retint de sa main chaude. Un larbin confisqua mon verre, je n'avais plus qu'elle pour me distraire. Elle m'acheva sur son pucier du premier.

J'avais dormi et elle aussi. J'abandonnai cinq shillings sur l'oreiller crasseux, expédiai ma toilette tandis qu'elle se rendormait et m'échappait.

Au Bedlam, rien n'avait bougé. Les deux surveillants roupillaient, assis sur leurs chaises. Le couloir était vide, les chambres bruissaient à peine. Et Ashby n'était pas là. Je remontai au premier, arpentai le corridor, murmurai son nom dans chaque portion obscure. Peine perdue. Pourquoi ne m'avait-il pas écouté ? Brave peut-être, mignon, c'était à voir, mais incorrigible, c'était sûr ! Je n'avais plus qu'à redescendre et à l'attendre, sans trop me montrer. Je m'assis dos contre le mur, dans une partie du couloir qui formait un renflement et se situait hors du champ de vision d'un surveillant qui pouvait sortir de l'office. Pour m'occuper l'esprit, je relus les gribouillages découverts dans la chambre de la brunette. *Lucy chérie, je vais bien, je trouve le temps long, j'ai hâte que tu viennes.* Pas plus la calligraphie que les marges ne rappelait la lettre anonyme. Un boucan me tira de ma réflexion. Un malade tambourinait, puis un autre se mit à crier non loin de moi. Le temps que je me mette sur mes pieds et la porte de l'office s'ouvrit. J'entendis des surveillants pénétrer dans une chambre. Le barouf cessa, mais le braillard continuait ses vocalises. Sûr qu'ils allaient intervenir là aussi et m'apercevoir au passage. Je courus vers l'escalier, escaladai quelques volées de marches et m'installai. La planque n'était pas si mauvaise, j'étais à mi-chemin des deux étages et, en cas d'intrusion par l'un des deux accès j'avais, par le haut ou le bas, le temps de décamper. L'obscurité m'empêchait de poursuivre l'étude de mes brouillons. Je les fourrai dans ma poche et fermai les yeux. Je les rouvris peu après. Pas seulement à cause de l'humidité qui me glaçait le dos. On me tapotait l'épaule.

— Joe...

Ashby !

— C'est moi, Joe.

Sa voix de sacripant, insouciante.

— D'où tu viens ?

— De chez la blonde.

— La copine de la brunette ?

— Dans le mille.

— Tu as dormi dans sa chambre ?

— Pas dormi.

— Tu t'es invité dans son lit !

— Voleur mais pas coureur. Pis j'avais mieux à faire !

Le sacripant était content de lui. Il n'entendit pas ma question.

— Tu m'as attendu tout ce temps ?

— Pour patienter, je me suis offert une virée au Cockatoo, des fois que je t'y trouve. Je n'y ai dégoté qu'une copine à toi.

— Une grande avec un chignon ?

— Et de jolies lèvres.

— Vous ne vous êtes quand même pas... ?

— Jolies et douces.

Il se marra tellement qu'on dut décarrer, direction les jardins, en évitant d'être repérés. On s'assit sur un banc. Il me proposa du pain et un morceau de fromage qu'il sortit d'un chiffon. Je refusai, il croqua et raconta.

— Vu que la paperasse ramassée chez la brunette ne nous avançait pas, mon idée c'était de fouiner chez la blonde. J'arrivais en haut de l'escalier quand j'ai entendu le groupe rappliquer. Va savoir, ce qui m'a traversé la tête à ce moment, c'est qu'il fallait que j'aille au bout de mon idée.

Il jeta des miettes aux oiseaux, les regarda picorer et reprit :

— Je me suis donc précipité dans la première chambre que j'ai croisée et je me suis aussi sec caché sous le lit. Dans la pénombre, il n'y avait aucun risque qu'on m'aperçoive. Je n'ai pas eu longtemps à patienter, la dame a radiné, mais c'était pas la bonne. Elle parlait toute seule et sa voix était celle d'une vieille, pas celle de la blonde. Elle a pas tardé à se coucher, sauf qu'elle était pas d'humeur à dormir, la mémé. Elle jacassait dans son lit, se levait, pliait et repliait ses habits sur le sol, se repieutait, gazouillait de nouveau, se relevait, farfouillait ses frusques et ainsi de suite pendant des heures. Tu n'en aurais pas eu marre, toi ?

— Si.

— Alors j'ai fait ce que tu aurais fait. J'ai quitté ma planque, j'ai attendu qu'elle soit retournée, occupée à arranger ses vêtements pour la trentième fois et je lui ai activé le sommeil d'un coup sur la nuque. C'était le plus raisonnable, non ?

— Parfait. Et après ?

— Je l'ai recouchée et bordée, puis j'ai forcé la serrure, je suis sorti et j'ai replacé le penne. A ce moment, je te promets que je me suis demandé si je devais aller te rejoindre, rapport que tu devais t'inquiéter. J'ai dû sentir que tu te donnais du bon temps avec la grande du Cockatoo, parce qu'après un instant d'hésitation, j'ai foncé ni une ni deux chez la blonde, j'ai écouté à travers la cloison, histoire de vérifier que ma cliente avait pas elle aussi la bougeotte et je me suis lancé.

— Risqué.

— Au pis, elle m'entendait, elle braillait, je l'assommais, la remettais dans son lit et m'enfuyais après avoir refermé la porte. Elle aurait toujours pu clamer qu'un homme s'était introduit chez elle et l'avait agressée, on l'aurait traitée de folle ! Mais y a pas eu de tintouin, elle dormait profond. Je me suis tout de suite intéressé à la tablette, elle était couverte de feuilles. Certaines en désordre, d'autres bien empilées. J'ai ramassé ce que j'ai pu, pis, en passant devant l'intendance je n'ai pas pu résister à l'envie de chiper de quoi nous confectionner un breakfast et j'ai rappliqué. Tu n'es pas fâché ?

— Montre les papiers.

De ses poches il extirpa un fatras de feuilles et un sous-main.

— C'est écrit au crayon...

Il me passa la pile. Je lus à voix haute :

Mon tendre, j'ai encore rêvé de toi, un bonheur, c'était cette nuit...

Ashby se tapa sur les cuisses.

— Une bafouille de jambes en l'air, elle en pinçait pour un lascar !

— Il n'y en a pas qu'une, ce ne sont que des lettres d'amour.

— La coquine ! Tu crois qu'elle en envoyait à tous les mâles de l'asile ?

— Je crois surtout qu'elle ne les envoyait pas.

— Alors pourquoi elle les écrivait?

Je ne répondis pas, j'étudiai.

— Attends un peu.

— Ce n'est pas là-dedans que tu dénicheras le meurtrier de Millow.

— Pas sûr... Regarde cette écriture, elle ne te rappelle rien?

— Tu sais... moi, les écritures...

— Je ne te demande pas de lire mais de regarder. Je peux me tromper, mais certains caractères ressemblent à celles de la prose de l'assassin. Il y a quelque chose dans l'arrondi des *o*, des *c*, des *d*.

— C'est peut-être vrai.

— Je veux l'avis de Kemp.

Tandis qu'il continuait de nourrir les piafs et les pigeons, je finis d'éplucher la liasse et tombai sur le sous-main. Un feuillet de carton de trente centimètres sur quarante dont la femme se servait comme support et comme brouillon. Il était noirci çà et là de bribes de phrases qu'elle travaillait avant de les recopier. Sur le bord droit et dans la partie supérieure du rectangle, quatre lettres attirèrent mon attention.

La syllabe *ut*, puis deux centimètres plus bas un *e* et juste en dessous un *n*.

30

Kemp ajusta son lorgnon, saisit la lettre aux marges folles et la déposa avec précaution sur le rectangle cartonné. Du bout des doigts, il déplaça le courrier anonyme et se pencha jusqu'à toucher le papier du nez. Il soupira et assembla ses mains, doigts pointés vers le plafond.

— Félicitations !

L'ex-flic rangea ses besicles dans leur étui.

— Les caractères échoués sur le sous-main sont, sans aucun doute possible, les dernières lettres des mots inachevés du courrier de votre assassin. Le texte est bien :

Aujourd'hui, avant la nuit
vous serez mort
un coup sur la tête
bing
la punition

Il jubilait :

— L'auteur était bien une femme, enchaîna-t-il. Ah les garces ! Vous la tenez votre *exaltée affective et déprimée* !

Il s'en fut chercher une flasque de whisky.

— Prenez place, un tel succès mérite une récompense.

On s'assit, il versa et je me dépêchai de reposer mon verre.

— Plusieurs interrogations demeurent...

— Cuisinez votre meurtrière et elle vous renseignera.

— Avec ce genre de client, il vaut mieux connaître les réponses avant de poser les questions.

J'attendis que Kemp se soit envoyé une rasade.

— C'est curieux, quand même, qu'elle ait débordé de sa feuille... Assez folle pour ne pas être fichue de caser quarante mots sur une page, mais suffisamment dégourdie pour avoir traqué Millow, s'être échappée de l'asile sans être repérée et avoir échafaudé et mené à bien un plan sacrément osé. Et tout ça, pour tomber à cause de quatre lettres sous un sous-main.

— Elle ne se sera pas aperçue de sa maladresse, ou alors elle était pressée par le temps pour une raison qui nous échappe, suggéra Kemp. Le courrier devait impérativement arriver lundi chez Millow. Quelques mots mal orthographiés ne contrariaient pas son plan.

— Car elle tenait absolument à le prévenir de son crime.

— J'ai hâte de savoir pourquoi, dit Ashby.

Le graphologue fit tourner une lampée de whisky dans sa bouche.

— Une vengeance. Elle voulait qu'il se sache condamné. Les femmes savent être cruelles.

Je remisai définitivement mon verre au pied du fauteuil.

— C'était surtout le meilleur moyen pour qu'il quitte Londres ou qu'il aille se réfugier dans le premier poste de police, objectai-je.

J'en avais assez de cette discussion. Je me retins d'ajouter que l'inexplicable était justement qu'elle avait prévu l'exacte réaction de Millow. A savoir qu'il ne changerait pas ses habitudes et se laisserait assassiner après sa promenade. J'avais mieux à faire qu'exposer ces subtilités à ce buveur de whisky dans un salon qui sentait l'encre et la poussière. Je devais encore prévenir Doffey que le dossier Millow avait enfin une coupable et qu'il s'agissait de l'arrêter avant qu'elle ne s'aperçoive que ses billets doux et son sous-main avaient disparu. Kemp prédit que nous serions assez adroits pour convaincre la meurtrière de révéler ses motivations. Il nous bénit tandis qu'on sortait.

Le docteur Margary avait quitté sa blouse. Sa permanence s'achevait.

— Sauf improbable rechute, Mrs. Hackney quittera l'hôpital dans une semaine.

Sous le casque austère de ses cheveux gris, son expression se détendait des bonnes nouvelles qu'il annonçait. La fièvre de ma mère était tombée. Elle serait autorisée dès le lendemain à humer l'air vivifiant des jardins. La toux qui persistait ne résisterait pas à une bonne semaine du traitement qu'elle devrait poursuivre chez elle.

L'obscurité de la salle commune bruissait de gémissements, de ronflements et du rigaudon des respirations des dormeurs. Ma mère en était. J'aurais aimé lui rapporter les paroles de Margary. J'étais pour partir quand mon attention fut attirée. On papotait à proximité. La gangréneuse, et qui d'autre ? Je dressai l'oreille. Ashby ! Lui m'avait vu, il m'adressa un clin d'œil sans cesser de converser. Je le saluai et m'éclipsai.

31

Mary Chapelton montra quelques signes d'inquiétude en pénétrant dans le bureau du médecin chef. Des surveillants l'y avaient menée sans qu'elle oppose de résistance ni pose de question. Ashby, deux sergents, Addiscombe et moi-même l'y attendions. Elle portait sa blouse jaune boutonnée sur un gilet de grosse toile et une jupe de serge dont le bleu foncé virait au gris. Debout, au centre de la pièce meublée de cuir et d'acajou, elle retrouva son naturel tandis que je lui signifiais les motifs de son interpellation. En m'entendant énoncer la suspicion d'assassinat sur la personne de Fergus Millow, elle arrêta de se caresser les cheveux et me tendit spontanément la peau blanche de ses poignets. Tandis que j'y passais les menottes, j'aurais juré qu'un semblant de soulagement s'était emparé de sa physionomie. Encadrée des sergents, elle se rendit, la démarche indolente, jusqu'à la voiture du Yard.

Alber Addiscombe avait suivi la scène.

— C'est la première fois qu'un de mes malades est responsable d'un tel drame. Etes-vous sûr que c'est elle ?

— Elle n'a pas avoué.

— Ah ! Et si elle nie ?

— Les soupçons existent.

— Vous voyez cette malade tuer un homme, vous ? C'est une gentille fille, vous savez.

— Je n'en sais rien. Soyez dans deux heures à Scotland Yard, on enregistrera votre déposition.

Lorsque Alber Addiscombe s'assit sur une bergère décrépite (elle était dévolue aux indics) dans le bureau de William Doffey, ce dernier fumait. Il avait pris le temps de choisir un cigare parmi la collection qu'il conservait dans le coffret verni. A présent il tirait avec gourmandise sur un de ces havanes gros comme un canon de Webley et qui se vendaient dix pence pièce chez Benson au bout de Saint-James Street.

Bruce Brunning avait casé sa carrure et sa patte folle entre les accoudoirs du fauteuil de taffetas, il m'avait laissé la chaise grinçante. Le médecin chef serra contre lui un registre à couverture de cuir. L'inquiétude brusquait ses gestes.

Le chef constable tira une bouffée et émit un petit rire nerveux. Mary Chapelton avait avoué une heure plus tôt l'assassinat de Fergus Millow, à son domicile du 18, Cowley Street, le lundi 14 mars 1891 à 19 heures. Mobile : une relation amoureuse éconduite plusieurs années auparavant et que son cerveau de folle n'avait pas digérée. Arme du crime : une pièce de bois que les stabilisés utilisaient à l'atelier pour fabriquer le corps des locomotives miniatures. Elle prétendit l'avoir dérobée, mais pour Doffey il restait probable qu'elle ait bénéficié d'une complicité parmi les malades du premier.

Mode opératoire : elle avait quitté l'hôpital par le portail d'entrée pendant la promenade en déjouant la surveillance du gardien. Parvenue au quatrième étage du 18, Cowley Street, elle s'était cachée dans le placard à balais et avait attendu Millow. Lorsque sa victime avait ouvert sa porte, elle l'avait poussé à l'intérieur de l'appartement. Elle avait profité de l'effet de surprise pour lui porter le coup mortel.

Comment savait-elle qu'il rentrerait à cette heure ? Il n'avait pas changé ses habitudes depuis des années.

Pourquoi lui avait-elle envoyé une lettre pour l'avertir de son crime ?

A cette question, elle parut se troubler. Elle me fit répéter et se fendit d'une risette.

— Je voulais l'aider.

— Vous vouliez le tuer oui ou non ?

— Tout le monde mérite d'avoir sa chance.

— Comment expliquez-vous qu'il n'ait pas cherché à fuir ?

— Il ne m'a pas crue.

— Expliquez-vous.

— Les hommes sont des idiots, lui surtout.

— Il savait que ce courrier était de vous ?

— C'est possible.

— C'est même probable, non ? Il devait connaître votre écriture...

— Je ne lui avais jamais écrit.

Elle se détourna et susurra :

— Il a eu sa chance.

Doffey l'invita à se montrer plus coopérative. Ce qui n'eut d'autre effet que de la plonger dans une intense bouderie. Quand elle rouvrit la bouche, il y avait un bon moment que je lui avais demandé quel jour elle avait rédigé sa lettre.

Sa mémoire, sur ce sujet aussi, lui faisait défaut. Je poursuivis :

— Vous êtes-vous rendu compte que vous aviez écrit la fin de certains mots sur le sous-main ?

A l'évocation de ce détail, elle baissa la tête et la secoua d'un balancement désolé. Doffey cogna du poing sur son bureau.

— Allez-vous cesser de vous moquer de nous ?

Alors, pour la première fois, son visage se débarrassa de la candeur qui en dessinait chacune des expressions.

— Non, je ne m'en suis pas aperçue ! s'écria-t-elle. Quelle importance ? Fichez-moi en prison et qu'on en finisse !

Cet éclat fut suivi de longues minutes de flottement. Doffey quitta son fauteuil et attisa les braises jusqu'à ce que le feu crépite à nouveau, Brunning se servit un porto et le sirota sans esquisser la moindre singerie, et moi je pris la liberté de mettre de l'eau à bouillir sur le réchaud de Doffey.

Le chef constable se rassit et claqua ses mains l'une sur l'autre pour en chasser quelques résidus de charbon de bois. Il considéra Mary Chapelton d'un air paternaliste et lui demanda si elle regrettait son geste. Elle répondit « non » sans hésitation, d'une voix radoucie. Mais lorsqu'on se lança à l'interroger sur le parcours et la personnalité de Millow, il ne fut plus possible de lui tirer un mot.

32

Alber Addiscombe s'était pointé alors qu'on emmenait Mary Chapelton.

Tandis que Brunning lui remplit son verre, il me regarda verser mon thé et m'écouta résumer l'interrogatoire précédent. Il prit ensuite une gorgée de liqueur et déglutit avec lenteur.

— Jamais, je ne l'aurais crue capable...

— Vous la connaissez aussi bien ? demandai-je.

— Il y a six ans qu'elle était au Bethlehem. Je la voyais comme tous les malades, au moins une fois par mois, sans compter les rapports que m'adressent les médecins chaque semaine.

— Quelle était la raison de son internement ?

— Mary Chapelton souffrait d'une forme grave d'hystérie. Elle avait effectué plusieurs séjours en hôpital et nous avait été adressée avec l'assentiment de son mari à la suite d'une crise où elle avait blessé son enfant.

— Elle a gardé des contacts avec sa famille ?

— Pas que je sache.

— De quelle brutalité s'était rendue coupable Mary Chapelton ?

— Elle n'avait pas vraiment *brutalisé son enfant*. Elle avait chuté et avait entraîné avec elle une lourde table qui avait brisé le pied de la petite.

Brunning releva le coin de sa bouche en une mimique aigre.

— C'est la version de la harpie, je suppose.

— Confirmée par le père.

— Le médecin qui est intervenu l'a fait hospitaliser, et son état allant en empirant, elle s'est retrouvée chez nous. Devant la gravité du cas, il n'y avait guère moyen d'éviter cette issue.

Je profitai de ce que Brunning avait plongé son groin dans son porto pour reprendre la main.

— Elle recevait des visites ?

— Non.

— Comment se traduit sa maladie ?

— Une contrariété peut déclencher chez elle des comportements violents, avec hurlements, coups portés à quiconque l'approche, automutilation – il lui arrivait de se griffer au sang et de s'arracher les cheveux. Ces troubles s'accompagnent parfois d'autres syndromes classiques de cette pathologie comme des convulsions, la tétanie ou la cécité.

— La cécité, avez-vous dit ?

— Oui. C'est encore plus courant que la tétanie.

— Combien de temps durent ces manifestations ?

— Jusqu'à une heure lorsqu'elle a été admise ici, aujourd'hui elles n'excèdent pas quelques minutes.

— Elles sont fréquentes ?

— Pas plus de trois ou quatre par mois.

— N'a-t-elle pas été victime d'une crise le samedi 12 mars ?

Il tourna les pages.

— Pas le 12, la veille, à 14 heures, très exactement, puis le 15. C'est elle qui... ?

— Quelle en était la cause ?

— Hum... Autant que je m'en souvienne, les rapports ne le précisent pas. A chaque fois, le malaise n'a pas duré, il s'est déclenché après le repas, une fois que Mary Chapelton avait regagné sa chambre. Quand les infirmiers sont entrés, elle était prostrée sur son lit. Elle ne souffrait d'aucune lésion, si ce n'est qu'elle n'y voyait pas. Ces deux jours-là, elle a recouvré progressivement la vue dans l'après-midi.

— Elle n'était pas en train d'écrire ?

— Je n'en ai aucune idée.

— Ce n'est pas dangereux de la laisser seule ?

— Mary Chapelton a passé les trois premières années de son internement au premier étage, attachée sur son lit ou entravée par une camisole la plupart du temps. Depuis que les crises sont moins fortes et plus espacées, elle est libre de ses mouvements. En quatre ans, nous n'avons jamais eu à le regretter.

— Il n'y a que Fergus Millow qui le regrette ! grinça Brunning.

Doffey cligna des yeux.

— Là n'est pas la question. Ce que je voudrais savoir, moi, c'est si Mary Chapelton a pu commettre son forfait sous l'empire de cet état hystérique?

— Bien sûr que non. Elle ne se contrôle plus dans ces moments, alors que ce crime réclamait beaucoup de réflexion et de sang-froid.

— Et un sacré punch, dis-je. Les coups de gourdin devaient être portés avec une force qu'on ne décèle pas chez une femme de la corpulence de Mary Chapelton.

— Je suis en effet étonné qu'elle ait pu, à dessein, se rendre coupable d'une telle violence, approuva le médecin.

Doffey croisa les doigts sur son ventre.

— La vue de Millow l'a peut-être mise dans un état d'excitation qui décuplait son énergie.

Guettant la réaction d'Addiscombe qui ne venait pas, il ajouta du ton dont il faisait la leçon aux recrues :

— Chez de telles femmes, l'apparence de normalité masque une agressivité latente qui ne demande qu'à se libérer. A la moindre émotion c'est l'explosion.

— Est-elle droitière ou gauchère? intervins-je.

Addiscombe avoua l'ignorer et promit de se renseigner. J'enchaînai :

— Comment expliquez-vous que son arrestation n'ait provoqué chez elle aucune de toutes les réactions que vous avez décrites? demandai-je.

— Dès que j'ai connu votre intention, j'ai ordonné qu'on lui administre une dose importante de calmants. Ils pouvaient avoir produit leur effet lorsque nous l'avons interrogée dans mon bureau. Pour l'avoir bien observée à ce moment-là, elle ne m'a pas paru réellement contrariée.

— Rien d'étonnant, s'écria Brunning qui venait de saisir la bouteille de porto.

— Comment cela, rien d'étonnant? s'étonna Doffey.

— Vous oubliez que c'est une folle!

Brunning ricana et remplit son verre avec ardeur. Doffey feint de s'amuser de la repartie.

— Ce que veut dire notre collègue, c'est que nous ne sommes guère habitués à traiter cette espèce de criminelle. D'ordinaire nos clients sont des êtres à la nature mauvaise dont les actes répondent à une certaine logique. Dans le cas de Mary Chapelton, nous avons le tort de chercher des explications rationnelles à un forfait motivé par des pulsions qui échappent à l'entendement.

Satisfait de son effet, le chef constable liquida son porto et clappa. Addiscombe dodelina de la tête avec une mollesse qui pouvait signifier qu'il était perplexe ou épaté. Qu'en tout cas il était vain d'ajouter quelque chose.

33

Par la vitre de l'omnibus, Ashby reluquait les dames gantées et poudrées marchant au bras de messieurs portant chapeaux à revers et cannes à pommeau. Ces équipages croisaient sans les voir les premières ombres du soir, guenilleux promenant leur allure de rongeur, le cou rentré dans des fanchons de toile.

— Dis, Joe...

La voiture venait de redémarrer de l'arrêt de West Strand. Ashby avait décollé son nez du rond de buée qui s'était formé sur le carreau.

— Qu'on ait arrêté l'assassin de Millow, c'est bien, articula-t-il en grignotant l'extrémité noirâtre de ses ongles.

— C'est bien, ouais.

— T'as pas l'air jouasse.

— Toi non plus.

— J'ai bien entendu ce que tu m'as raconté, les explications d'Addiscombe... Mais y a encore des questions que je me pose : ce qui vous tracassait tant avec le graphologue...

— Les marges ?

— Oui, et les lettres qui se baladaient sur le sous-main.

— Je n'en ai rien pipé à Doffey qui bichait trop pour s'attarder sur ces subtilités, mais à toi je vais le dire. Quand elle perdait ses nerfs, Mary devenait aveugle. Son hystérie ne lui détraquait pas que les nerfs, mais la vue aussi.

Ashby postillonna une rognure.

— Bigleuse ?

— Ecoute : le vendredi 11, soit trois jours avant le meurtre, elle commence à rédiger la lettre anonyme, peut-être parce qu'elle doit la remettre le jour même à un complice qui lui la postera le lendemain afin qu'elle arrive lundi chez Millow. Une contrariété la prend – va savoir laquelle – et elle entre en transe. Elle finit par se calmer, mais la vue ne lui revient pas ou pas complètement. Elle veut coûte que coûte finir son texte sur cette feuille qu'elle distingue à peine. Et voilà comment quatre caractères échouent sur le sous-main.

L'omnibus ralentit derrière un haquet tiré par une mule, notre cocher insulta l'autre. Ashby restait concentré sur son sujet.

— C'est drôle, cette histoire, lâcha-t-il tandis que le conducteur fouettait les chevaux pour dépasser le traînard. On n'y rencontre que des fantaisistes et des mabouls, alors que j'avais dans l'idée que le plan réclamait une sacrée dose de méninges.

— Les mabouls ont des méninges.

— Ah ?

— Ce qui me surprend, c'est qu'elle se soit laissée

aller à ce courrier après avoir préparé l'assassinat avec autant de minutie.

— Une fantaisie de maboul ?

— Une pulsion plutôt. Quand elle rentre du déjeuner ce vendredi, la colère l'envahit et elle se jette sur la feuille. Tu as vu son écriture à côté de celle de ces poèmes ? Rien à voir. La Mary qui rédige ces huit lignes c'est l'hystérique, celle qui ne se contrôle plus. Au lieu de crier, elle écrit.

Ashby plissa le front.

— *Au lieu de crier, elle écrit*, répéta-t-il en détachant chaque syllabe.

— Tu ne comprends pas ? C'est de la hargne ou du remords, ce courrier. De la hargne, si elle a voulu faire mijoter Millow dans sa trouille avant de le tuer, du remords, si elle a voulu lui offrir la possibilité de s'en sortir. « Tout le monde mérite d'avoir sa chance », a-t-elle déclaré tout à l'heure.

Il inclina la tête en signe d'assentiment, se leva et descendit à ma suite sur York Street. Tandis qu'on prenait la direction de l'hôpital, il reprit :

— D'après toi, pourquoi elle l'a tué, son peintre ?

— Elle a parlé d'une liaison.

— Pas folle, le crime passionnel ça attendrit toujours.

— Sauf que celui-là n'a rien de passionnel. Quand on se passionne, on ne calcule pas comme elle l'a fait.

— Moi, je l'oublierais et je chercherais le mobile du côté de Millow.

— Tu chercherais quoi ?

— Qui il est, ce qu'il a fabriqué de sa vie. Il a dû vraiment lui pourrir l'existence, à la Mary, pour la mettre dans cet état.

— Ça se pourrait.

— Alors, c'est Millow qu'il faut faire parler ; enfin, façon de causer.

— J'ai l'impression d'entendre Doffey.

— Il a peut-être pas que des idées à la gomme...

— Si je m'étais fié à lui, la Mary serait encore en train d'écrire des poèmes.

— Un assassin sans mobile, ça fait pas sérieux.

— Je ne mettrai plus les pieds à Hunstanton.

— Même si Doffey le demande ?

— Il ne le demandera plus, il a Chapelton.

On était arrivés devant le portail. Je lui souhaitai une bonne soirée.

— Je continue avec toi, j'ai une idée qui me trotte...

— Quoi ?

— Pourquoi qu'on y retournerait pas tous les deux ?

— J'aime pas la mer, répondis-je.

Il se laissa distancer, puis se pressa pour me rattraper dans l'allée qui traversait le jardin.

— T'auras qu'à pas regarder.

— Il n'y a pas que ça. Doffey serait trop content.

— Peut-être qu'il va réfléchir lui aussi et qu'il va t'obliger.

— Je crois pas.

— Que tu dis...

— Doffey ne réfléchit jamais, dis-je en m'engageant dans le couloir qui menait à l'escalier. Il a son coupable et il va recevoir ses félicitations, ça lui suffira.

— J'irai, moi, si tu veux.

— A la pension ?

Il ôta ses lunettes et se cura le fond d'une oreille avec l'extrémité d'une brindille.

— Ou alors à Londres, dans son quartier, dit-il, la

voix secouée par son geste. C'était quand même pas un esprit, ce gars-là !

Ma mère parut soulagée d'apprendre l'arrestation. Quand je partis, Ashby était installé sur la chaise de contreplaqué du grand-père. Il racontait des histoires et l'estropiée pouffait.

34

Mary Chapelton pleurait. Son vêtement était maculé de terre et déchiré, ses joues griffées jusqu'au sang. Assise, menottée sur une chaise, face au portrait d'Adolphus Williamson, elle tentait de tirer sur sa blouse pour cacher ses jambes écorchées.

Des prostituées avec lesquelles elle partageait sa cellule lui étaient tombées dessus. Mary Chapelton avait piqué une crise. Dans sa rage, elle avait frappé un de ses agresseurs. Nez et maxillaire cassés. Le gardien avait dû appeler du renfort pour séparer les furies. Doffey avait rappliqué.

Il attaqua. Comment avait-elle connu Millow ? Comment s'était-elle tenue au courant de son emploi du temps ?

Mary Chapelton commença par articuler qu'elle avait faim et sommeil, implora qu'on lui administre son laudanum. Doffey lui promit qu'elle serait exaucée si elle collaborait. De sa main valide, Brunning dégustait d'odorantes bouchées de rôties. Il accompagnait sa mastication de bruits de succion et de soupirs de délectation. Doffey se leva, s'approcha de la femme, répéta ses questions en haussant le ton, un doigt levé. Elle le laissait parler, marmonnait qu'elle devait manger et dormir. Lui, revenait à la charge, piétinant devant elle sans une attention pour le feu qui crevait, interrompait Brunning dès que le lourdaud ramenait sa fraise. A force de murmurer, elle faisait tourner les sons dans sa bouche sans qu'ils en sortent. Sa main libre lâcha la ratine. Le tissu découvrit les éraflures, les bleus et les salissures de terre sur le devant de ses jambes et le dessus de ses pieds. Imperceptiblement, tandis que Doffey continuait à la harceler, elle glissa sur sa chaise au point que seule sa nuque finit par reposer sur le dossier.

— C'est votre intérêt ! martelait Doffey. Comprenez-vous ? Vous êtes coriace, mais j'en ai vu d'autres !

Il essuya un postillon au bord de sa lèvre, s'avança d'un pas.

— Mais... Elle dort !

Mary Chapelton avait les yeux fermés, sa tête s'était affaissée sur le côté. Elle ronflait. Brunning bondit de son siège.

— Elle se paie nos bobines !

Il emplit une tasse d'un fond de bouilloire et le lança au visage de la dormeuse. On ne l'entendit pas protester, Brunning riait trop fort. Il utilisa sa pogne valide pour l'empoigner par le col.

— Tu vas nous le dire pourquoi que tu l'as refroidi, l'artiste ?

Elle se débattit, se figea et se mit à hurler en trépignant. Puis ce fut à Brunning de gueuler, elle avait planté ses dents dans son avant-bras écharpé. Il se dégagea, se recula jusqu'à la cheminée et saisit un rondin. Elle se précipita sur Doffey, trop lent à esquiver et qui reçut un violent coup de pied sur le genou. Il s'effondra contre son bureau. Aux cris de l'hystérique s'ajoutèrent ceux de Brunning qui s'élança. L'impact de la bûche fit un bruit creux. Il ramena le silence. Brunning s'était tu et Mary Chapelton gisait sur le dos, ses poignets entravés reposaient sur le pan de sa blouse qui escaladait sa hanche et balayait le parquet. Son nez saignait. Il était devenu aussi large que celui de Brunning.

Mary Chapelton fut évacuée vers le London Hospital. Dans l'après-midi, Doffey me fit appeler. Il se tenait debout près de la cheminée, toisant le feu qui crevait. Il grommela : « où étiez-vous bon sang ? » et sans attendre ma réponse enchaîna sur Mary Chapelton. Elle avait repris connaissance une heure plus tôt. Les médecins du London avaient diagnostiqué des fractures du nez et des pommettes. Les flics du poste d'Aldgate se relayaient pour la garder. Avec l'autorisation des chirurgiens, il avait décidé qu'on attendrait deux jours pour l'entendre à nouveau. Quand il en eut fini de son laïus, il émietta une bûche calcinée de la pointe du tison puis se tourna vers moi.

— Vous avez bien travaillé, déclara-t-il d'un ton à réciter les oraisons.

— C'est Ashby qui a découvert le sous-main dans la chambre de Mary Chapelton.

— L'indic ?

— Oui.

— Pourquoi pas vous ?

— Lui, il y voit la nuit.

En temps normal il m'aurait demandé si je me fichais de lui. Il se contenta de toussoter.

— Cette garce a avoué, mais elle n'expliquera rien. Pas plus sa soi-disant liaison avec Millow que les raisons qui l'ont conduite à le prévenir. Elle prépare le numéro de foldingue qu'elle nous jouera au procès pour qu'on la renvoie à l'asile.

— Il nous reste à interroger les surveillants et les autres furieux.

— Ils sont... interrogeables ?

— Il faut au moins entendre sa voisine de chambre, la petite brune avec laquelle elle copinait. Elle lui a peut-être fait des confidences.

— Je préviens Addiscombe qu'on ira chercher ce beau monde demain matin.

Il réduisit une grosse braise en charpie et ajouta :

— Addiscombe a envoyé un télégramme : Chapelton est gauchère, sauf dans ses crises où elle se sert des deux mains pour distribuer ses coups.

A Saint-Thomas, ma mère me demanda des nouvelles de Mary Chapelton, remarqua que je n'étais pas assez couvert et me causa de la jeunette qui passait ses journées dans les couloirs et dans le jardin, et encore plus depuis deux jours que son grand-père n'était pas venu. Le vieil homme était fatigué.

35

Sur la fiche que nous avait remise Addiscombe, il était porté que Jane Gunteway souffrait d'un dérangement généralisé des facultés mentales depuis la mort de sa sœur Lucy. Elle griffonnait des odes à sa mémoire à longueur de journée.

Depuis trois ans qu'elle était internée, son état ne s'était jamais amélioré.

A 8 heures, les flics du Yard l'avaient trouvée adossée au mur de sa chambre. Ses bras étaient repliés contre sa poitrine, son menton reposait dans le creux de l'une de ses mains et ses doigts enserraient sa joue comme si elle réfléchissait, mais elle ne réfléchissait pas.

— Attendez, elle me répond, avait-elle articulé quand le sergent lui avait demandé de le suivre.

Il avait aussi raconté qu'elle s'était mise à fredonner en lui emboîtant le pas.

Nous l'attendions sous la voûte de l'entrée. Doffey fumait et Brunning tuait son impatience à coup de blagues salaces. La malade aux cheveux noirs et bouclés chantonnait encore lorsqu'elle passa devant nous. Elle était moins gracieuse que Mary Chapelton. Elle faisait des grands pas pour sa taille, posant le talon avant la plante du pied à la manière des militaires. Ses traits étaient ceux d'une femme de trente-cinq ans, mais elle pouvait avoir moins. Son regard folâtrait, rebondissait sur les décors et les gens. Cette légèreté se cantonnait aux yeux. Sous leur éclat sombre, la face de Jane Gunteway était d'une étrange platitude. Nez écrasé cerné de pommettes larges auquel s'accrochait l'arrondi de ses joues.

Elle fut amenée à 9 heures précises dans l'aile vouée aux interrogatoires dans la salle des inspecteurs. En son centre, ce réduit bas de plafond baignait de la clarté tombant à la verticale d'un lustre sculpté de têtes de diables et de gargouilles. Les côtés n'en recevaient qu'une lie blafarde.

On y disposa nos chaises. Un greffier s'assit à nos côtés et Jane Gunteway échoua de guingois dans un fauteuil à pieds de fer placé sous la suspension. Elle écouta Doffey lui signifier que nous devions l'interroger sur ses rapports avec Mary Chapelton. Jane Gunteway l'ignora, Brunning insista et Doffey s'en mêla. La brunette n'écoutait pas, elle gigotait. Je me levai, m'approchai d'elle et lui demandai :

— Que vous disait-elle ?

— Qui ça ?

— Lucy ?

— Vous la connaissez ?

— Je sais que vous lui écrivez.

— Elle ne parle qu'à moi.

Brunning et Doffey croisaient des mines étonnées. Elle continua à évoquer sa sœur en propos confus. J'attendis qu'elle marque une pause, la laissai distraire son attention puis soufflai le nom de Mary Chapelton. D'un doigt, elle débarrassa sa lèvre d'un cheveu égaré.

— Vous connaissez Mary ? répéta-t-elle. Moi, je la connais.

Elle prononça quelques paroles inaudibles, écouta patiemment mes questions et prit une longue inspiration. Oui, c'était sa seule amie de l'étage. Oui, les autres étaient des pestes. Oui, il lui était arrivé à elle et à Mary de se battre avec des pensionnaires. Non, ce n'est pas elles qui provoquaient. Non, elles n'avaient jamais employé d'arme, à part de la terre jetée dans les yeux. Oui, une malade s'était moquée des sentiments de Mary pour un homme. Non, elle ne donnerait pas son nom. Bien sûr qu'elle le connaissait. Oui, Mary était gentille. Oui, toujours. Non, elle ne devenait pas méchante quand elle avait ses crises, c'est sa maladie qui était méchante. Oui, Mary lui consacrait des poèmes. Non, elle ne lui avait jamais confié si elle envoyait des lettres à l'extérieur. Pas plus qu'elle lui avait jamais causé d'un Millow. Non, elle ne lui avait jamais raconté avoir quitté l'enceinte de l'asile. Oui, Mary en était capable car elle était plus maligne que les gardiens. Non, ce n'est pas d'un membre du personnel qu'elle était amoureuse. Non et non elle ne cafterait pas de qui.

Sa mine renfrognée sortit du faisceau de la lumière. Doffey décréta que l'interrogatoire était terminé. Il jugea inutile de lui préciser que Mary Chapelton était inculpée d'assassinat.

A 10 h 30, on accueillit le premier surveillant. Il avait été embauché un mois plus tôt. Sur le peu qu'il avait pu observer, il estimait Mary Chapelton intelligente, instruite et déterminée. Dans ce repaire d'irrécupérables, elle détonnait. Il ne la savait pas amoureuse et encore moins de qui. La chose avait pu lui échapper. On l'avait essentiellement affecté aux gardes de nuit. Et la nuit, Mary Chapelton dormait ou écrivait.

Celui qui lui succéda sur le siège de bois se fourra une pincée de tabac à priser dans une narine et claironna qu'il n'aimait pas les flics. D'une voix lasse, Doffey rappela la gravité du délit et l'obligation qu'avaient les témoins de collaborer. Tandis que le surveillant épelait son nom, le secrétaire du Département d'investigation criminelle fit irruption. Il parla à l'oreille de Doffey qui – feignant la contrariété – déclara que le devoir l'appelait pour quelques minutes à l'étage du dessus.

Le surveillant travaillait au Bedlam depuis dix-huit ans. Il répondait peu aux questions et en posait beaucoup. Pour quelles raisons nous acharnions-nous sur Mary Chapelton ? Evidemment qu'elle pouvait être violente, comme tout le monde, et après ? Comment aurait-elle pu trucider un gus à plus d'un demi-mile de l'asile ? Et pourquoi avions-nous entendu Jane Gunteway ? La soupçonnions-nous elle aussi d'avoir zigouillé un bonhomme ? Brunning commençait à s'énerver. Le greffier ne suivait plus. Sur ces entrefaites, le secrétaire radina. Je devais me rendre séance tenante dans le bureau de Mr. Doffey. Brunning poursuivait seul l'interrogatoire. Ordre du chef constable lui-même.

Doffey fixait d'un air absent la flamme qui courait sur la bûche. Il s'approcha de la fenêtre, bougea les lèvres sans qu'aucun son en sorte et sembla s'apercevoir de ma présence. Il s'installa dans son fauteuil, le dos décollé du dossier, dans une posture de grande raideur qu'il n'adoptait que devant le commissioner, le préfet ou les femmes à son goût. Son col était déboutonné, le nœud de sa cravate bouffait et la langue de velours passait par-dessus son gilet. Il ouvrit ses mains sur l'acajou, l'une à côté du plumier, la seconde contre la terrine dont il n'avait pas ôté le couvercle. Sa physionomie n'accusait aucune tension particulière, n'était cette fixité dans son regard qu'il projetait par-dessus ma tête.

— Vous êtes assis ? demanda-t-il comme s'il n'avait pas vu que je m'étais carré contre le dossier de taffetas. Une missive nous est arrivée ce matin.

Il égrenait les mots avec retenue.

— Elle a été déposée dans la boîte du Yard.

Il saisit une enveloppe kraft posée sur son sous-main et la fit tourner entre ses doigts. Ses yeux cherchèrent enfin les miens.

— Il y est dit que Mary Chapelton est innocente du meurtre de Millow !

— Ça vous étonne ? Nous récolterons des dizaines de courriers qui prendront sa défense ou l'accuseront de tous les maux de la terre.

— Nous ne recevrons pas d'autre courrier comme celui-ci.

Il avait parlé d'une voix sans timbre en détachant chacune de ses paroles. Il s'affaissa dans son siège. Sa tête se balança de droite et de gauche, avec la pesanteur du désespoir et il murmura une confuse litanie où je saisis seulement qu'il traitait notre correspondant d'être démoniaque. Je l'interrompis :

— Vous le connaissez ?

— Qui ça ?

— L'auteur.

— Evidemment que je le connais ! Vous aussi vous le connaissez, tout le monde le connaît !

— C'est qui ?
— Fergus Millow.

36

Le temps que je réalise, Doffey répéta :

— Fergus Millow lui-même...

Il se dégagea des capitons et arpenta la pièce d'un pas brutal.

Je crois avoir bredouillé « vous êtes sûr ? » et lui se redressa. Mon effarement le requinquait.

— J'ai comparé avec l'écriture et la signature qui figurent sur des correspondances que nous avons récupérées chez son bailleur, affirma-t-il. Pas besoin de déranger votre ami Kemp : elles sont rigoureusement identiques !

Je m'efforçai de faire fonctionner mon cerveau ou, du moins, ce que la stupeur en avait épargné, pour trouver une explication rationnelle à cet épisode que j'aurais qualifié de prodige, si ce n'est qu'il scellait l'insuccès d'une enquête de trois semaines.

— Puis-je voir le document en question ?

Il le tira de l'enveloppe et me le tendit. Le papier était de piètre qualité, la feuille avait été pliée en deux, elle était grossièrement coupée dans le sens de la largeur sur sa partie supérieure. Le texte avait été rédigé à la plume à l'encre bleu nuit. Le tracé en était régulier, le trait à peine tremblé.

Je lus à haute voix :

Vous vous êtes trompé de coupable
Vous persécutez une loque
Laissez-la finir sa vie tranquille et se soigner
Oubliez cette affaire
Et oubliez-moi.

C'était signé *Fergus Millow*.

— Impossible ! décrétai-je pour me secouer de ma stupeur.

Doffey brandit une autre missive.

— Courrier adressé par Fergus Millow au propriétaire de son logement. Vérifiez...

Je rapprochai les documents. Les calligraphies étaient les mêmes

— Très fort, dis-je. C'est l'œuvre d'un faussaire de génie ou d'un génie tout court.

Il frappa son bureau de ses deux paumes de main à la fois.

— Ce n'est pas lui qui est génial, c'est nous qui sommes idiots !

— Nous l'avons sous-estimé, accordez-moi deux ou trois jours.

— Une semaine n'y changerait rien. Quel que soit le temps que vous mettiez à retourner le problème, vous en arriverez à la conclusion que nous nous sommes fourvoyés depuis le début. Et à cause de vous, Hackney ! A cause de votre entêtement à vouloir prendre le problème à l'envers. La lettre anonyme, c'était votre idée fixe ! Fameuse inspiration !

Il rougissait, postillonnait, ouvrait les bras, les refermait, se tapait sur le front, soupirait par le nez.

— C'était la seule piste.

— Vous voyez où elle vous a conduit votre piste? Chez les fous, exactement là où Millow voulait vous amener. Vous et votre stratège Tommy Ashby!

— Nous avons identifié l'auteur...

— Une entourloupe de plus, oui ! Ça ne m'étonnerait pas que Millow ait demandé à cette pauvre folle de rédiger cette bafouille dans le seul but de vous égarer. Et il y a réussi !

— Ça établit au moins une chose : ils entretenaient d'étroites relations.

— Elle a bien de la chance ; moi, votre Millow je ne sais pas qui c'est. Ou plutôt si, j'en connais des tas. Vous les décrivez vous-même dans vos rapports : un droitier, un gaucher, tantôt peintre du désespoir, tantôt peintre d'océans de bonheur, un homme à femmes, un père tranquille, un ivrogne pilier d'arrière-salle, un modèle de sobriété, un mort et maintenant un ressuscité ! Cela fait beaucoup pour un seul homme !

Même quand il avait raison, Doffey m'agaçait.

— Voulez-vous que je vous dise, Hackney? Fergus Millow n'existe pas. C'est un mythe, une invention, un alibi !

Je ne réagis pas, il se leva et se posta devant l'âtre dans une attitude recueillie. Il finit par saisir le soufflet et activa les braises. Il allait mieux, et pas seulement parce que le feu reprenait. Ses dernières affirmations l'apaisaient. Elever Millow au rang de *mythe* le dispensait de chercher une explication rationnelle aux derniers événements. Sa théorie triomphait, la lettre anonyme n'avait été qu'une chimère, Millow devait être l'objet principal de notre attention. Il méritait, depuis qu'il s'était fichu de nous de la sorte, d'être suspecté, voire inculpé. Doffey en oubliait juste qu'il était la victime et non le coupable. Pour un peu, le locataire du quatrième étage du 18, Cowley Street était mort pour rien. Surtout pas pour qu'on se soucie de son assassin.

Il y avait aussi chez Doffey ce plaisir à voir le chaos, l'impensable, l'indicible en toutes situations qui commençaient à le dépasser. C'était sa manière de signifier que l'affaire était extraordinaire et qu'elle méritait un flic extraordinaire : lui. Le seul du Yard et du Royaume entier, pensait-il dans son cerveau de chef constable confit dans l'orgueil, le brandy et la galantine de canard, à pouvoir pénétrer les sphères de *l'impensable* et de *l'indicible*.

Il reposa le soufflet et tourna un demi-sourire vers moi.

— Je vous sens perdu, dit-il. Il y a de quoi.

— Que fait-on maintenant ?

— On cherche Millow.

— Le plan, c'est quoi ?

— Je vais faire reproduire les photos de Millow par Suntherlind, le photographe, et envoyer des inspecteurs prospecter dans le secteur de Cowley Street. Ils les présenteront chez les gens, les commerçants, aux cochers de fiacres et d'omnibus. On entendra parler de Millow.

— Ensuite ?

— Ensuite... Laissez-moi quelques heures que j'y réfléchisse.

— Et Mary Chapelton ?

— Brunning reprendra son audition dès qu'elle sera en état. Faut qu'elle nous dise ce qu'elle sait de Millow.

— On lui parle de sa lettre ?

Le rougeoiement de la flambée accusait ses cernes et jaunissait ses dents. Plus il souriait, plus il était laid.

— Pas un mot, poursuivit-il. Ni à elle, ni à Brunning, ni à personne.

37

Je dévalai les escaliers et traversai le hall suffisamment vite pour dissuader les baveux alentour de me demander des nouvelles de l'enquête ou de m'adresser seulement la parole. Il y avait urgence. Doffey avait déclaré la guerre à un mythe. Et il réfléchissait.

Je sautai dans un cab et ordonnai au cocher de rallier Peckham Rye au plus vite. A peine installé, je commençai par relire la lettre de Millow,

Vous vous êtes trompé de coupable
Vous persécutez une loque
Laissez-la finir sa vie tranquille et se soigner
Oubliez cette affaire
Et oubliez-moi.

Plus qu'à la première lecture, c'est la pondération du ton qui me frappa. Le propos était fort. Pas violent, encore moins arrogant. Le Fergus Millow qui avait pondu ces lignes (c'était surtout celui de Doffey, le mien pelait dans la fosse commune du cimetière de

Norwood) y montrait de l'humanité et une palpable sincérité. Bref, trop d'équilibre pour un malade de l'asile. J'entendais d'ici Doffey me rétorquer qu'il n'y avait pas que des fous au Bedlam. Médecins et surveillants – les seuls auxquels on ne s'était pas vraiment intéressé – méritaient de figurer sur la liste des suspects. Cette aimable supputation ne cadrait pas avec l'inconséquence que supposait la décision d'expédier ce pli depuis la pillar box la plus proche de l'asile. Dans son emballement à voir en ce courrier la matérialisation de mon fiasco, Doffey en avait négligé ce qu'il chamboulait de nos certitudes. Des miennes en tout cas. L'auteur volait au secours de Mary Chapelton. Mais pas seulement. Il nous intimait de cesser notre enquête. Cette dernière ligne ne le posait plus en victime mais en *assassin*. Une révélation capitale que Doffey aurait dû relever pour la bonne raison qu'elle accréditait sa théorie : c'est bien Millow qu'il fallait traquer. L'idée que je me faisais de mon métier en souffrait. J'étais flic comme j'avais été voyou. Pas pour me préoccuper des victimes, si mystérieuses ou méritantes soient-elles.

Collant le nez à la vitre, je dissipai mon agacement d'une attention au paysage. Aux pavés de Londres succédaient ceux des faubourgs, les bâtiments enguirlandés de cordes à linge cédèrent le décor aux maisons basses et fumantes. Dans la côte de Walworth, le cheval marqua le pas. J'en profitai pour parcourir de nouveau la prose de Millow... *Etrangeté...* Brinquebalé que j'étais dans cette voiture sans suspension, le terme avait mis quelques secondes avant de se caler dans ma caboche. A la seconde lecture, le mot s'imposa à moi. *Etrangeté...*

Jusque-là l'assassin avait pris plaisir à peaufiner le scénario de son crime. S'il avait seulement voulu menacer Millow, il aurait détruit le courrier anonyme avant de quitter l'appartement. En l'y abandonnant, il nous le destinait autant qu'à sa victime. Dans le document porté au Yard, il renonçait à son goût pour la défiance et se posait en juste, en sage n'aspirant qu'à retourner à l'anonymat. Ultime provocation ou supplique authentique d'un Fergus Millow aussi paisible que son apparence l'indiquait ?

J'écartai cette dernière éventualité. Ce Millow-là faisait une victime présentable, sauf que, trucidé qu'il avait été, il ne pouvait être l'auteur de la lettre au Yard. Restait l'hypothèse de la provocation. Millow ou un type ayant pris ce nom nous signifiait qu'il avait gagné la partie et se retirait du jeu. Comment avait-il pu être assez naïf ou suffisant pour penser que ces cinq lignes allaient suffire à nous infléchir ? L'*étrangeté* résidait là. Millow n'était pas naïf et son arrogance cohabitait mal avec le ton implorant qui transpirait de la dernière ligne. Un assassin qui prévenait sa victime de son crime ne pouvait trois semaines plus tard nous demander de l'oublier. Ma conviction était forgée : le Millow assassin n'était pas celui qui avait signé la prose destinée au Yard. Et aucun des deux n'était le Millow locataire du 18, Cowley Street.

Le cocher me parla. Pas le moment. Mon imagination galopait. Trois Millow. Des triplés ! Mêmes têtes, mêmes écritures et caractères opposés. Un discret maladif logeant au 18, Cowley Street, un belliqueux diabolique devenu assassin et un bon vivant n'aimant ni les histoires ni l'injustice et que cette estimable nature avait conduit à innocenter Mary Chapelton.

Voilà qui expliquait les dissemblances rapportées dans les portraits que les témoins du Pixie, du Paradise, de la pension L'Amiral avaient dressés de *leur* Millow.

Qui était qui ? Le bon vivant avait ses habitudes chez Anna Vanolis, secouait Clochette au Paradise et croquait, de la main droite, des carrés de mer beaux comme des lagons. Le belliqueux s'enivrait au Pixie, s'y montrait peu galant avec les dames et violent avec le personnel, le maladif rasait les murs de Cowley Street et peignait, de la main gauche, de désespérants quadrilatères de grès. Et un beau jour, cette fratrie s'était mise à s'entretuer. Le belliqueux avait zigouillé le maladif. Coup de semonce dans la boîte aux lettres le matin et coup de gourdin sur le crâne en soirée. La calligraphie du courrier parvenu le matin à Doffey désignait le maladif comme auteur, mais le ton désignait plutôt le bon vivant...

La tête du cocher s'encadrant dans les montants de la portière me tira de ma réflexion.

— Peckham Rye, vous y êtes. Je ne vais pas plus loin. Pas envie d'embourber ma voiture, aboya le bougre qui ajouta que ça faisait trois fois qu'il me le serinait et que la course se montait à deux shillings huit pence.

Je lui dis de m'attendre et descendis.

Une pluie serrée mangeait le peu de lumière. J'enjambai une ornière remplie d'eau et levai le nez. Un gosse embarqué dans une brouette poussée par une fillette me salua. Ses oripeaux étaient trempés, son nez coulait.

— La maison de Mrs. Jaffray ?

Le morveux m'indiqua de marcher trois yards sur la route, me décrivit une masure de torchis et repartit à son jeu.

Je crapahutai au milieu des poules et des flaques. Arrivé à la bicoque, je frappai.

— C'est qui ?

— Joe Hackney, Scotland Yard.

— Qui ça ?

Je répétai. Elle ouvrit. Ses cheveux gris retombaient en lanières folles sur ses joues, la laine épaisse de son chandail peluchait. Elle me parut plus vieille que chez Millow. Elle murmurait qu'elle se souvenait de moi, s'étonna que je sois venu jusqu'à chez elle et me demanda ce que je voulais.

— Vous poser encore quelques questions sur Fergus Millow.

— Je vous préviens, ici c'est petit et il n'y a que des chaises.

J'entrai derrière elle dans une pièce meublée d'un buffet. Deux fenêtres à croisillons ajouraient le mur d'en face. L'odeur de suif peinait à étouffer les autres, celle de la pierre humide, des tissus lavés à l'eau des mares, et de cet air que la campagne charge aux fins fonds des sous-bois de relents de pourritures et infiltre jusqu'à l'intérieur des maisons. Dans une demi-pénombre, Mrs. Jaffray marchait à pas minuscules sans lever les pieds et ses sabots de bois raclaient la surface durcie de la terre battue. Elle prit place près d'un poêle à charbon et m'invita à l'imiter.

— Bien sûr que je vous remets, fit-elle comme si elle pouvait en douter encore.

Elle décrocha les mains des pans flottants de son chandail et ouvrit le gaz du lumignon.

— Vous n'avez pas une tête de policier, soufflat-elle en m'examinant. C'est quoi cette cicatrice sur votre joue ?

— Ce n'est pas le sujet, répondis-je lorsque je me fus accommodé de la raideur de mon dossier.

Elle plongea machinalement la main dans le barda d'une boîte à couture posée à côté de la lampe et battit des paupières dans une attitude offensée.

— Que voulez-vous que je vous dise encore ?

Je sortis le courrier.

— Reconnaissez-vous l'écriture de votre ancien patron ?

— Parce que vous croyez que je sais lire ?

— Je ne vous demande pas de me faire la lecture.

Elle plissa les yeux et parcourut rapidement le document.

— L'encre est la même...

— Est-ce rédigé de sa main ?

— C'est ma foi bien possible.

— Il faut que vous en soyez sûre.

Elle se leva et se déplaça jusqu'au buffet. Je l'entendis fouiller parmi la vaisselle. Elle revint s'asseoir, chargée d'un confiturier qu'elle posa sur ses genoux. Elle en tira divers papiers avant de mettre la main sur une feuille qu'elle me tendit aussitôt.

— Voilà ce qu'il m'a envoyé après que j'ai répondu à son annonce. Le pasteur de Peckham m'avait aidée.

Le billet était rédigé à l'encre bleu nuit. Il était daté de Londres du 5 février 1883 et portait la signature de Fergus Millow. Le trait était identique à celui qui figurait au bas de ma pièce à conviction. Le locataire du 18, Cowley Street signifiait à sa correspondante qu'il acceptait de l'embaucher chaque matin à compter du lundi suivant. Le graphisme des caractères était tortueux, pataud, enfantin. Une réplique de celui de la lettre postée de l'asile et arrivée au Yard.

Mon espoir s'envolait. Le locataire de Cowley Street en était bien l'auteur.

— Vous avez l'air ennuyé, glissa Mrs. Jaffray.

— Votre patron... il ne vous a jamais paru bizarre ?

— Bizarre ?

— N'avez-vous jamais été surprise par son comportement ?

— Il me traitait très bien.

— Pas de sautes d'humeur ?

— Non.

Je me levai, étirai mon dos et me rassis avec précaution.

— Vous ne l'avez jamais vu en colère, ni abattu ?

— Il était calme. Certains matins, peut-être, il était plus sombre.

— C'est-à-dire ?

Elle saisit des petits ciseaux dans sa boîte et les actionna machinalement.

— C'était dans sa nature, ce n'était pas un gai.

— Vous aviez donc toujours le même homme devant vous, prononçai-je en même temps que je mesurais la stupidité de ma réflexion.

Elle coupa, d'un mouvement sec, un fil imaginaire devant elle.

— Evidemment !

38

D'un soufflet, Doffey chassa une cendre de la surface de son bureau.

— C'est à cette heure-là que vous rentrez ?

Le clope qu'il serrait entre ses lèvres bougeait au rythme de ses paroles.

— Vous étiez où ?

— Chez Mrs. Jaffray.

— C'est qui celle-là ?

— La domestique. L'écriture est bien celle du Millow qui l'employait. Regardez.

Je plaçai les deux lettres signées Fergus Millow devant lui. Il les étudia rapidement et soupira.

— Vous en doutiez ?

Je me logeai dans le fauteuil de taffetas et enchaînai sans prêter attention à sa remarque :

— Pour tout vous avouer, je voulais m'assurer qu'un seul Millow logeait au 18, Cowley Street.

— Quelle drôle d'idée !

— J'en étais venu à penser qu'on était en présence de trois Millow, des triplés...

— Vous parlez sérieusement ?

— Un premier, austère et réservé, habitant 18, Cowley Street, auteur de tableaux mortifères, un deuxième plus aimable vivant de temps à autre à la pension L'Amiral à Hunstanton où il peignait des marines hautes en couleur, et un troisième après lequel nous courons depuis trois semaines. Celui-ci, je n'avais pas idée d'où il habitait, mais j'imaginais qu'il avait tué l'austère après lui avoir écrit. L'aimable, lui, nous avait envoyé le courrier disculpant Mary Chapelton.

— Ce n'est pas stupide.

Il aspira une longue bouffée. Il était renversé contre le cuir de son siège, les pouces crochés au revers de son gilet, les sourcils arqués par la réflexion qu'il s'imposait.

— Ça se tient, votre histoire... Elle expliquerait pas mal de choses.

— Elle n'explique rien.

— Qu'est-ce que vous racontez ?

— N'entendez-vous pas que ma solution bute sur une réalité ? (Je pointai les courriers sur son bureau.) Ces deux documents sont l'œuvre du même auteur. Cet homme est celui qui employait Mrs. Jaffray, et les apparences indiquent que c'est également lui qui gisait dans son salon avec le crâne fendu, le matin du 15.

— Les apparences seulement !

Après quelques instants d'un silence pesant, il reprit en mâchonnant sa cigarette :

— Vous comptez faire quoi maintenant ?

— Dîner. Je n'ai rien mangé depuis ce matin.

— Vous vous moquez de moi, Hackney ? (Sa cigarette traçait des huit nerveux.) Croyez-vous qu'à cet instant le problème soit que Joe Hackney ait le ventre vide, alors que toutes les conditions sont réunies pour que nous devenions la risée des flics du Royaume ? Ça ne vous coupe pas l'appétit d'avoir reçu, ici, déposée par l'assassin lui-même, une lettre écrite de la main de sa victime et signée de son nom ! Moi non plus, je n'ai rien avalé depuis ce matin, je n'arrive plus à respirer, à peine à fumer ! Quand je pense à ce cauchemar, parce que c'en est un, Hackney, l'air ne passe plus !

Il se frappa la poitrine, souffla un nuage de fumée par le nez et reprit d'une voix assourdie par la colère :

— Quelles sornettes allez-vous encore être capable de me servir ? Que Fergus Millow se l'est envoyée à lui-même cette bafouille, que du coup il ne pouvait s'en émouvoir et qu'il est resté chez lui à attendre la mort !

Il inspira lourdement, décolla ses mains de sa panse et fit glisser ses coudes si loin sur le bureau que son buste s'y échoua.

— Nous allons redevenir sérieux ! s'emporta-t-il. Vos fantaisies, vos vadrouilles au Bedlam et vos combines avec votre indic, c'est terminé. Ter-mi-né, vous m'avez entendu ? Je vous demande désormais d'activer vos méninges avec méthode et persévérance. Vous commencerez par étudier cette hypothèse des trois frères.

— C'est tout étudié.

— Comment cela ?

— Je vous répète que ces deux documents (je désignai les feuilles sur son bureau) ont été rédigés par un seul homme qui se trouve être à la fois le Millow enterré à Norwood et celui, du même nom, qui s'est déplacé pour nous porter cette missive.

— C'est bien la preuve qu'il vit et que la victime et lui font deux. Avec l'assassin j'ai mes trois Millow et le mystère est levé.

Il ramassa ses coudes, tira deux courtes bouffées de sa cigarette et en secoua la cendre dans le cendrier. Après quelques instants, la peau blanche qui dévalait ses pommettes et épousait en angles mous le modelé de sa mâchoire s'étira d'une grimace satisfaite.

— Il nous reste à démontrer que le courrier de ce matin n'est pas l'œuvre de la victime.

— C'est tout démontré. Un mort n'écrit pas.

— Je ne vois qu'une explication. La vôtre : nos trois Millow sont des triplés.

Ceci prononcé avec suffisance, il écrasa son clope, ouvrit un tiroir et extirpa la terrine.

Puis il m'invita à mettre le feu sous la bouilloire et se servit un cognac.

— Des triplés peuvent avoir la même écriture. Non?

— Ils peuvent.

Il s'envoya une rasade de liqueur. On but en silence, son thé était fade. Sorti de l'alcool et de la galantine, il n'y connaissait rien.

Il liquida son verre, s'immobilisa, le buste droit, semblant attendre que le cognac l'imprègne d'une énergie nouvelle, et comme si ce miracle s'était réalisé il déclara :

— Etablissons-le sans tarder !

— J'allais le dire.

— Un expert pourrait nous aider.

Il décoiffa la terrine et suspendit son geste.

— Un graphologue ! Voilà le spécialiste qu'il nous faut.

Il me considérait, le couvercle à la main, guettant un encouragement. Il n'en vint pas, mais rien ne pouvait l'arrêter.

— Vous en connaissez un qui pourrait nous renseigner à... (il extirpa sa montre) 21 heures.

— 21 h 5 même, précisai-je en consultant la mienne.

Doffey posa le couvercle et piqua une lichette de

galantine de la pointe d'un couteau. Il l'avala, m'en proposa une tranche (que j'acceptai) et en reprit un morceau. Plus il mastiquait et plus il souriait. Il se dépêcha de déglutir et s'exclama :

— Kemp ! Il ne vous refusera pas ça.

— Ça peut attendre demain.

— On a assez attendu.

Kemp nous accueillit d'un double signe de croix. Après avoir comparé les documents, le graphologue releva dans le graphisme du courrier remis au Yard une nervosité qu'il ne décelait pas dans la lettre d'embauche. Il affirma que les deux textes étaient l'œuvre de la même main, qu'aucun faussaire n'était capable de copier une écriture avec une telle précision et qu'aucun lien de parenté ne saurait être avancé pour expliquer une aussi parfaite analogie.

Doffey ne desserra pas les dents jusqu'à ce qu'on fût dans la rue. Lorsqu'il parla, ce fut pour m'entraîner dans un tripot des bords de la Tamise. On se chargea de quelques piches de rhum à l'eau, d'un godet de limonade et on s'assit au bout d'une longue table bancale, éclairée de fanaux rouillés. Nos voisins étaient des types à barbes folles et dents pourries, portant casquettes, causant fort et buvant dru. Des radasses tournaient autour de nous et nous frôlaient, mais personne n'avait assez éclusé pour leur trouver plus de charme qu'à sa chopine. A la première pinte, Doffey s'égaya des gaillardises d'un docker tatoué qui lui tapait dans le dos ; à la deuxième, il accepta les roucoulades d'une frangine à guêpière et seins mous, montées sur ses genoux ; à la troisième il débarqua la frangine et terrassa le tatoué au bras de fer, à la quatrième il goûta ma limonade et la recracha ; à la cinquième il crut voir Millow apparaître au milieu de la fumée des pipes ; il l'insulta, lui cria que son compte était bon jusqu'à réaliser qu'il avait la berlue. Alors, il s'effondra, rotant et chialant, une joue sur l'épaule du tatoué, une main agrippée à l'anse de sa chope et l'autre à celle de la frangine, une sacrée qui en savait tellement des hommes qu'elle ne cessait de lui promettre l'amour, le bonheur, le paradis pour trois shillings. Et même son cul pour un de plus.

39

A Brunning, les surveillants rapportèrent que Mary Chapelton était une bonne fille, portée sur l'écriture et les hommes. Ils la soupçonnaient d'avoir eu des liaisons avec l'un des leurs, Robbie Stooper, avec un malade nommé McNee, puis avec un furieux dénommé Suzar Elikann.

McNee avait quitté l'asile, Stooper et Elikann s'y trouvaient encore. Jane Gunteway qu'ils avaient interrogée à nouveau sur ces révélations les avait réfutées. Elle avait été reconduite au Bedlam.

Brunning se proposa d'abandonner la piste Gunteway et de se consacrer à Mary Chapelton. Doffey branla du chef.

Il n'était pas rasé, ses cernes s'étiraient en sillons violacés jusqu'aux pommettes, mais il avait passé un col propre. Il était arrivé au Yard avant moi et n'avait fait aucune allusion à la soirée de la veille, ni à nos soucis, ni à rien.

Il quitta la salle des inspecteurs, pas moins accablé qu'il n'y était entré. Il sortit de son mutisme au milieu de l'escalier qui menait au premier. La main accrochée à la rampe et les pieds posés l'un au-dessus de l'autre sur les degrés qu'ils étaient en train de gravir, il se retourna vers moi d'une brusque volte.

— Le commissioner a appelé ce matin, prononça-t-il du bout des lèvres. Il voulait me féliciter... Vous vous rendez compte, me féliciter.

— Bonne nouvelle, glissai-je, mais montez donc.

Il se hissa sur la marche supérieure et dit :

— Il était au courant des aveux de Mary Chapelton.

— Il sait qu'elle refuse de motiver son acte ?

— Détail.

— Vous ne lui avez pas parlé de la lettre d'hier matin ?

— Ni le temps ni l'envie. Il m'a demandé quand il pourrait convoquer la presse.

Il ne bronchait pas. Je le poussai. Il tira sur un balustre et avala une marche.

— J'ai réussi à obtenir un délai de cinq jours en prétendant que notre succès serait plus éclatant encore si nous avions connaissance du mobile. J'avais réclamé une semaine...

L'escalier craqua sous la traction qu'il imposa à la barre de cuivre.

— Je n'attends rien de la Chapelton, nous ne pouvons compter que sur nous. Je vais délaisser le bureau le temps qu'il faudra.

Il s'était positionné sur le palier, les doigts pianotant sur l'extrémité de la rampe à l'endroit où le bois avait conservé son vernis. Les pieds tournés vers mon cagibi, il tordait son buste vers moi.

— Nous allons faire équipe... je sais, ça ne nous est jamais arrivé. Vous êtes un bon détective, Hackney, peut-être le meilleur pif du Yard, mais sur cette histoire, vous vous êtes égaré. Je ne vais pas vous apprendre votre boulot, je vais canaliser votre flair. C'est fini de vous éparpiller, vous comprenez ?

Je le rejoignis. Il se recula.

— On est dans le pétrin, murmura-t-il.

— Fallait lui expliquer.

— Lui dire que vous aviez perdu votre temps au Bedlam ?

D'un revers de main, il essuya machinalement son front encore sec. Trop tôt. Il n'avait pas encore assez picolé. La trouille qui lui retournait les sangs n'avait pas commencé à essorer son gros corps. C'était ça, Doffey. Cent kilos de galantine et de lâcheté. Jamais il n'aurait couru le risque de me défendre. La vérité, c'est que les compliments du commissioner, il les attendait tellement qu'il n'avait pas pu les refuser quand ils lui étaient tombés dessus. Depuis toutes ces années qu'il n'en avait plus eu. Ça le consolait encore mieux que le rhum à l'eau ou que les câlineries de la radasse. Alors il se tenait prêt à recueillir les honneurs, à s'activer, occuper la scène, se montrer au four et au moulin. William Doffey chef constable à poigne et limier d'exception. Des fois qu'une huile ou un journaleux aurait eu l'idée de relever les mérites d'un de ses équipiers. Il n'aurait pas supporté. Il serait dit que William Doffey avait percé à lui seul le mystère du meurtre de Fergus Millow, *la victime-assassin*. Peut-être même qu'il était de la trempe dont on fait les commissioners.

Je lui passai devant. Il parlait encore.

— J'ai reconsidéré le problème sous toutes ses coutures. Il nous faut percer l'énigme des Millow, qu'ils soient frères ou fantômes, victime ou tueur. Nous nous sommes éloignés de la vérité parce que nous l'avons pris pour un meurtrier ordinaire.

— Vous peut-être. Le courrier anonyme montrait le contraire.

Je poussai ma porte. Derrière moi, le couinement des lattes sous ses semelles couvrait à moitié sa voix.

— Oubliez cette lettre, c'est un attrape-nigaud, vous ne comprenez pas ?

— Non.

— Mary Chapelton n'a pas tué Millow.

— Ce que je sais, c'est qu'elle lui a écrit.

J'allumai la lampe. Il tenait les mains dans son dos, dans une posture de promeneur immobile.

— Nous allons retourner à Cowley Street et cuisiner tous les voisins qui seront là. Je veux savoir qui est Fergus Millow... et combien il y en a.

— Il y a besoin d'être deux ?

— Il y a besoin de boucler cette enquête en cinq jours. Vous connaissez le dossier et je suis votre chef.

— Et Brunning ? dis-je en coiffant ma casquette.

— Chapelton est sorti de l'hôpital, il va s'y remettre. Le commissioner ne comprendrait pas qu'on s'en désintéresse.

40

Dans Cowley Street, le vent roulait les pétales des jonquilles. Les rayons du soleil couvraient la façade du 18 d'une lumière timide.

Le chef constable frappa chez O'Livough. Nous eûmes droit aux chaises raides et lui aux questions de Doffey. Le locataire du rez-de chaussée se désola que le meurtrier n'ait pas encore été arrêté et confia qu'il guettait chaque jour des nouvelles du crime dans le *Standard*. Il nous proposa du bordeaux qu'on refusa, s'assit et nous redébita son histoire. Il avait dû croiser Fergus Millow à vingt reprises en huit ans, avait dû lui adresser la parole une douzaine de fois et entendre trois fois le son de sa voix.

— Était-il toujours le même ? s'enquit Doffey.

— Le son de sa voix ?

— Oui, n'avez-vous jamais noté qu'il ait évolué. Plus grave, plus aigu ?

— Ma foi p'tit, je n'ai pas prêté attention, mais il me semble bien qu'il causait toujours de la même façon.

Il s'étonna de la question, mais Doffey enchaîna. Le physique, la longueur des cheveux, la corpulence, la démarche, l'habillement, les bagues aux doigts... O'Livough fut plus catégorique. Millow n'était pas souvent visible mais il était toujours Millow. Il insista pour nous servir son bordeaux et Doffey finit par accepter. Après avoir rempli un godet, le vieux se fendit de quelques remarques sur la personnalité de la victime, un solitaire, un timide, un inquiet, toujours propre sur lui, sans travail, mais pas oisif et dont la vie semblait bien réglée.

— Le premier jour où je l'avais rencontré ici, j'avais trouvé saugrenu qu'un type de cet âge vienne habiter dans cet immeuble, conclut-il.

— Qu'est-ce qu'il a, cet immeuble ?

— C'est un nid à grands-pères... Des grands-pères, des pimbêches et des coucheuses.

— Vous avez l'air bien renseigné.

— Une vraie basse-cour, heureusement qu'il y a les portes.

Il s'esclaffa. Deux de ses dents du bas, plantées à l'horizontale, jaillissaient de sa bouche à chaque soubresaut de son rire. Doffey descendit son godet en trois lampées.

— Certains locataires se sont-ils déjà plaints de lui ?

— Pff ! Même les pigeons ne se dérangeaient pas quand il passait.

— Vous avez déclaré à Mr. Hackney que Fergus Millow disparaissait, les beaux jours venus.

— C'est ça que j'ai dit.

— Et le Millow qui réapparaissait était bien celui qui était parti trois semaines plus tôt ?

— Si t'as envie d'entendre que c'en était un autre, p'tit, bouche-toi les oreilles p'tit, parce que j'vais te répéter le contraire.

Doffey se ficha une cigarette entre les lèvres, l'alluma et parla sans la retirer.

— Et quand il s'éclipsait dans la journée ?

— Le même, p'tit ! T'es un têtu, toi !

Doffey s'emplit les poumons d'une longue bouffée, la souffla et éventa la fumée qui lui bouchait la vue.

— Quand il réapparaissait, il était dans un état normal ?

— De quoi tu parles, p'tit ?

— Il était triste, joyeux, il avait bu ?

— Rien de tout ça.

— Abattu ?

O'Livough aspira une gorgée de vin et s'en lava la bouche.

— Je dirais inquiet.

— Sûr ?

— Sûr.

— Plus inquiet que lorsqu'il partait ?

— Pareil.

O'Livough murmura que ce Millow était « un sacré client » et Doffey tapota l'accoudoir du sofa pour réclamer le silence.

— Rien ne vous échappe...

— Je suis aux premières loges !

— Justement, lors de la première visite de Mr. Hackney, vous avez déclaré avoir aperçu un individu s'enfuir vers 19 h 15, le jour du crime, c'est-à-dire juste après qu'il venait de se commettre.

— C'était ct'heure-là p'tit, j'allais me coucher.

— Vous confirmez également que l'individu était plutôt assez grand, brun et vêtu d'une chemise ample.

— C'est ce qu'il m'a semblé.

— Vous n'en êtes pas certain ?

— A peu près.

— Vous êtes certain qu'il ne pouvait s'agir d'une femme ?

— J'ai jamais confondu les copines et les copains, p'tit.

— Tenait-il une arme, une matraque ?

— J'ai point zieuté ses mains.

— Pourriez-vous le reconnaître ?

— Je ne l'ai vu que de dos.

— Avait-il une allure spéciale ?

— Bah... Il marchait tout ce qu'il y a de vite. Je n'ai pas pris la peine de le reluquer davantage.

Doffey écrasa sa cigarette dans le cendrier du guéridon et soupira.

— Une dernière question, intervins-je. De votre fenêtre, comment distinguiez-vous que Millow était inquiet lorsqu'il partait en promenade ?

Le vieux leva les yeux au ciel.

— J'sais point, moi... A sa démarche, à des p'tits détails...

— Cessez votre baratin, O'Livough, Millow vous a tellement intrigué que vous êtes allé écouter à sa porte.

— Pas à la sienne, jamais !

— Parce que les autres oui, surtout celles où ça couche. C'est plus drôle que les pigeons.

Tête basse, il gargouilla sa défense.

— Millow, vous ne l'avez peut-être pas espionné, mais vous l'avez suivi. Des fois qu'il aille rejoindre une femme. Les histoires de jambes en l'air, c'est votre truc, hein O'Livough ? Puis quand vous étiez derrière lui, vous l'avez vu lorgner à la ronde, peut-être même qu'il vous avait repéré...

O'Livough saisit son verre et s'envoya le fond de bordeaux. Doffey tapa de sa semelle de cuir contre le parquet.

— Raconte O'Livough, ou je vais perdre patience!

Il raconta.

Un jour de semaine, trois ans plus tôt, il avait emboîté le pas à Millow. Il était midi, le temps était clair, le peintre portait un manteau de serge gris à ceinture, des gants de la même couleur et était coiffé d'un feutre noir à bord droit.

Ils n'avaient pas parcouru cinquante mètres que le peintre avait commencé à se retourner. Au croisement de Great College Street, il s'était arrêté et avait attendu. O'Livough avait été contraint de lui passer devant; il avait marché jusqu'à la première boutique et s'était positionné devant la vitrine de manière à embrasser le carrefour, la totalité de l'impasse et une belle portion de Great College Street. Millow était invisible! Vingt secondes avaient pu s'écouler depuis qu'il l'avait doublé et il avait disparu. Il était revenu au croisement, avait scruté aussi loin qu'il put Cowley Street et Great College Street. Millow l'avait semé! Vexé et inquiet à l'idée que celui qu'il suivait eût pu l'épier à son tour, il avait déambulé un long moment dans le quartier avant de rentrer. Et de fourbir sa riposte. Il pisterait Millow lors de sa seconde sortie de la journée. L'obscurité le servirait et il prendrait la précaution de commencer sa filature, non pas au pied de l'immeuble mais depuis le porche du 16, Cowley Street où il se dissimulerait.

Il avait mis son plan à exécution un mois après sa première tentative. Avec succès. Millow avait eu beau se tenir sur ses gardes, il n'avait pas repéré O'Livough. Maigre consolation. Vêtu de son manteau gris et de son chapeau noir, le locataire du quatrième étage avait flâné autour du pâté de maisons, éconduisant avec courtoisie quémandeurs et vendeurs de cresson, évitant les rues à prostituées, s'arrêtant pour regarder les chats se battre, bref s'était adonné pendant trois quarts d'heure à ces promenades de pères de famille, de rentiers ou de promeneurs de chiens qui égayaient d'ombres aimables les rues de Londres après le passage de l'allumeur de réverbères.

— Vous êtes bien sûr d'avoir eu affaire à la même personne ? s'étrangla Doffey.

— Tu me prends pour qui, p'tit ? Faut-y que je te rabâche que j'ai perdu mes dents, point mes yeux...

41

Doffey voulut prospecter le reste du bâtiment. Moi non. Je pris l'air parmi les pigeons, puis arpentai l'impasse jusqu'au carrefour. Un mystère se levait. Vu le nombre de renfoncements et de voûtes cochères qui découpaient l'alignement de maisons et d'immeubles sur Cowley Street et Great College Street, Millow n'avait besoin que de quelques secondes pour se soustraire à la vue d'O'Livough.

Doffey réapparut, les mains enfoncées si profond dans ses poches qu'il en marchait voûté. Il posa sur moi des yeux vidés de toute chaleur. Il avait frappé aux autres portes. Quatre s'étaient ouvertes. On lui avait répondu que Millow avait été un voisin secret et qu'ils ne voulaient pas d'ennuis avec la police. Au deuxième, le samaritain l'avait laissé sur le palier et lui avait crié qu'on lui fiche la paix avec cette histoire. Doffey s'était retenu d'enfoncer le battant, chaque minute comptait.

— Cet O'Livough est répugnant, dit-il tandis qu'on se dirigeait vers l'intersection, mais son vice nous permet de vérifier qu'il y avait au moins deux Millow, l'un qui se savait menacé et un second qui menait une vie régulière, débarrassée de toute contrariété.

Doffey ajouta : « Plusieurs Millow, on y revient toujours », avant d'adopter un ton qui se voulait convaincant.

— Ça n'est pas loin d'épouser votre théorie. O'Livough ne nous indique ni plus ni moins qu'il s'agirait de jumeaux. C'est cela, répéta-t-il soudain guilleret, des jumeaux !

— Habitant tous les deux 18, Cowley Street ?

— Chacun d'eux en sortait quand O'Livough les a suivis.

Il se détourna de mon air sceptique et ajouta :

— C'est l'inquiet qui a été tué et son jumeau a porté le courrier au Yard.

— Je vous rappelle que l'écriture est celle du mort.

— Erreur. La lettre a été écrite par l'employeur de Mrs. Jaffray, pas nécessairement par la victime. Les deux hommes se ressemblant à s'y méprendre – les yeux d'aigle d'O'Livough eux-mêmes ont été abusés –, elle aura cru voir le cadavre de son patron alors qu'il s'agissait de celui de son jumeau.

— Ce qui revient à admettre que les deux frères logeaient au 18, Cowley Street, insistai-je.

— Pourquoi pas ?

— Il n'y avait qu'un lit.

— Et un canapé, si j'en crois votre rapport...

— La présence d'un second locataire dans cet appartement n'aurait pas échappé à Mrs. Jaffray.

— Il pouvait décamper avant qu'elle se pointe.

— Compliqué. Il leur aurait été plus simple de n'embaucher personne et de tenir leur appartement eux-mêmes.

Après quelques instants, son expression s'éclaira.

— L'un des deux pouvait très bien vivre ailleurs et ne venir voir son frère que l'après-midi.

Doffey était suspendu à mon avis. Je le lui fourguai.

— Imaginez le manège. A 14 heures, un Millow arrive ; aux alentours de 18 h 30, son frère ou son sosie quitte les lieux pour sa promenade, il en revient à 19 heures, et, un peu plus tard, le premier s'en va à son tour. Et je ne vous parle pas des jours où le premier Millow décampe vers midi pour réapparaître vers 13 heures. Croyez-vous qu'O'Livough n'aurait pas remarqué ce manège ?

Doffey marmonna, il se remit en route sur les pavés blanchis de fientes. Après quelques enjambées qu'il effectua avec la lenteur de celui qui mesure, il extirpa les mains de ses poches et frappa la paume de l'une avec le dos de l'autre.

— J'ai trouvé ! Le midi c'est un Millow qui sort. Il est le véritable locataire de Cowley Street. Vers 13 heures c'est son jumeau qui rentre. A 18 heures, celui-ci repart et cède les lieux à son frère vers 19 heures. Un Millow en chassait un autre...

Son regard luisait. Il garda le silence, le temps de solliciter de nouveau la lave brûlante de ses méninges.

— Nous nous sommes trompés, articula-t-il au bout d'une longue minute. Fergus Millow n'a pas été tué alors qu'il revenait de sa promenade, il l'a été alors qu'il s'apprêtait à quitter l'appartement qu'il occupait depuis le début de l'après-midi. La première personne susceptible de découvrir le meurtre est son frère, alors qu'il rentrait à 19 heures. Et qui ne l'a pas à proprement parler *découvert* puisqu'il venait de le commettre ! Voilà qui démontre que la victime n'est pas le *vrai* Millow, patron de Mrs. Jaffray et locataire de Cowley Street, mais son jumeau ou son sosie, lequel venait prendre sa place chaque après-midi. Du coup, le *vrai* Fergus Millow est toujours en vie et c'est lui qui s'est fendu de la lettre innocentant Mary Chapelton.

Doffey me contempla avec un ravissement de gosse. Il s'épatait lui-même. Ses déductions méritaient qu'on les vérifie, pas qu'on en conteste la hardiesse. Je hochai la tête, exprimant le mélange d'intérêt et de perplexité qu'elles m'inspiraient. Il n'y vit que la réaction du subordonné qui s'incline devant l'art du maître et prit sa contenance la plus fate.

— Gardons-nous de crier victoire. Le coupable n'est pas encore derrière les barreaux.

D'un geste auguste, il interpella une voiture.

— L'assassin est donc le *vrai* Fergus Millow, dit-il en prenant position sur le marchepied. Et le mobile me semble évident : chantage. Le vrai Millow exerce une activité qu'il veut cacher. La présence de son double – j'opterais pour le jumeau plutôt que le sosie – chaque après-midi à son domicile lui permet de donner le change et de se faire passer pour un artiste casanier et solitaire. Jusqu'au jour où le *faux* Millow le menace de révéler l'imposture. L'autre se sera débarrassé du maître chanteur. Classique.

La secousse du fiacre qui démarrait le plaqua contre

le siège. Il appuya sa tête contre le dossier de cuir, déboutonna son manteau et disposa ses mains sur ses cuisses. Il respirait à longues goulées. Un bienheureux. Sûr qu'il imaginait déjà la deuxième salve des félicitations du commissioner puis celles du préfet et du ministre. La promotion qui pointait. *Commissioner William Doffey.*

Il attendrait encore un peu.

— Pourquoi aurait-il écrit la lettre de menace ?

Il tourna la tête et m'enveloppa d'une expression faussement lasse. Il en redemandait. Il se régalait à jongler avec la logique, à défier l'entendement. Le mien, au moins.

— Pourquoi pas ? Leurs rapports devaient à ce point s'être détériorés qu'il signifiait ainsi à son frère de quitter les lieux. Vous aurez noté qu'ils se croisaient sans se rencontrer dans l'appartement. Leurs heures de départ et d'arrivée étaient calculées pour qu'ils ne soient jamais vus ensemble. Qu'un des locataires de l'immeuble les surprenne côte à côte et la supercherie était éventée. Le vrai Millow aurait été bon pour le tribunal. Pour communiquer, ils devaient se fixer des rendez-vous, de préférence dans des lieux retirés et déserts. Ou bien s'envoyer des lettres.

Il parlait avec le phrasé calme et régulier de ces curés qui récitent les évangiles comme s'ils les avaient écrits. Il n'imaginait pas, il relatait. A croire que le *vrai* et *faux* Millow venaient de lui balancer l'histoire dans un élan commun de repentance.

— J'entends bien, soufflai-je, osant à peine contrarier cet état de grâce. Sauf qu'il s'agissait d'un courrier anonyme.

Doffey eut un hoquet malicieux.

— Il pensait déjà à nous et nous abandonnait une première fausse piste, aidé en cela par Mary Chapelton.

— Possible.

— Il savait que son destinataire, le faux Millow, en reconnaîtrait le commanditaire.

— C'était dangereux de mêler un tiers à son plan. Un complice aussi peu fiable que Mary Chapelton, qui plus est.

— Elle est hystérique mais pas si folle, et il devait la connaître suffisamment pour le savoir. Vu les talents de la Chapelton, je pense qu'ils ont dû être amants.

— Ça crée des liens, dis-je, mais à ce point... Se vouaient-ils une confiance aussi aveugle pour se confier mutuellement leur sort ! Lui, pouvait la laisser croupir en prison, et elle, le dénoncer.

— Il faut reconnaître qu'ils ont chacun tenu leur rôle. Elle en le couvrant, Millow en nous portant la lettre qui l'innocente.

— Ça ne lui ressemble pas.

— Au contraire, c'est génial. Rendez-vous compte, Hackney : la victime qui ressuscite pour demander au Yard de relâcher son suspect. Plus d'un flic ne s'en serait pas remis !

— Ce n'est pas le procédé qui m'étonne, c'est la prose... Les derniers mots : *Et oubliez-moi*... Ça dénote une inconscience ou un culot sans bornes.

— Ce type est un génie, je vous dis. Et comme tous les génies, il croit qu'il gagnera toujours. Ses termes témoignent surtout d'une mégalomanie à la mesure du monstre qu'il est, comme ses tableaux révélaient sa nature sanguinaire, dit-il en ouvrant la portière.

— Mouais...

Il paya le cocher, lui céda un beau pourboire et revint à moi :

— Vous n'avez pas l'air convaincu.

— Je réfléchis.

— Cessez de finasser. Chapelton et Millow nous fourniront les éclaircissements qui nous manquent. En attendant, nous allons nous récompenser d'un cigare et d'un bon feu.

Sur ce, il traversa le hall d'un pas fringant. Un planton l'intercepta et l'avertit que Brunning voulait le voir.

— Qu'il monte.

Doffey s'engagea dans l'escalier. Je le pris par la manche.

— J'ai une nouvelle explication pour le courrier.

— Cessez de vous biler, je vous dis.

Il grimpait les marches trois par trois, beaucoup plus vite que moi. Je le rattrapai dans son bureau. Il s'occupait déjà du feu dans la cheminée. Je m'installai sur le siège de taffetas et attendis qu'il en fasse autant sur son fauteuil de cuir.

— Je partage votre conclusion sur la lettre de menace, commençai-je, histoire de capter son attention : son commanditaire a voulu brouiller les pistes.

— Pour une fois, faites-moi confiance, prononça-t-il, la bouche rempli d'un gros havane.

— L'assassin a voulu nous égarer, mais pas en nous envoyant au Bedlam. C'était prendre le risque qu'on remonte à Mary Chapelton et qu'elle nous mène à lui. Il pensait nous duper en lui faisant rédiger la lettre anonyme, puis en nous laissant croire que le faux Fergus Millow en était le destinataire.

Doffey secoua la cendre de son cigare avec nonchalance :

— Que racontez-vous ?

— Je raconte que la victime n'a jamais reçu le courrier de menace. Voilà pourquoi il n'en a pas tenu compte !

Le chef constable, qui tirait une bouffée, se dépêcha d'évacuer la fumée.

— Expliquez-moi cela.

— Très simple. Le facteur effectue sa première tournée à 9 h 30 sur Cowley Street, et à cette heure le vrai Fergus Millow est encore dans la place. C'est donc lui, l'assassin, qui réceptionne la prose de Mary Chapelton ainsi que celle de Kensale. Il range le vélin de ce dernier dans le tiroir et jette l'enveloppe ainsi que celle de Chapelton et la lettre qu'elle contient dans la cheminée afin de détruire toute trace d'oblitération. Puis il quitte l'appartement sans se rendre compte que les braises du feu n'ont pas suffisamment consumé le cachet du courrier anonyme.

— L'erreur qui change tout.

— C'est d'ailleurs curieux qu'il ait négligé ce détail.

— Combien de flics auraient pensé à fouiller les cendres ? lança-t-il dans un sourire. Excellent travail, Hackney. Je savais qu'on formerait un duo efficace.

J'étais pour lui renvoyer que, malgré la beauté de la chose, on ne m'y prendrait plus, lorsqu'on frappa à la porte. Brunning. Il n'eut pas le temps d'ouvrir la bouche que Doffey lui déballa la nouvelle. Les parties de cache-cache des frères jumeaux, le chantage, la lettre de menace reçue par l'assassin, le zigouillage du frère avant qu'il quitte l'appartement et l'enveloppe épargnée par le feu. Boudiné dans un gilet satiné du même gris argenté que ses cheveux, Brunning se dégrafa et siffla d'admiration.

— Fergus Millow a trouvé son maître !

— Ne nous enflammons pas, dit Doffey. Nous ne sommes pas au bout de nos peines.

Il lissa sa cravate et demanda :

— Et cette Mary Chapelton, elle se décide à nous aider ?

— Euh... ça n'en prend pas le chemin.

Il commença par raconter que la prisonnière n'avait pas desserré les dents, une vraie tête de mule. Il n'avait pas chômé pour autant. Les photos de Millow avaient eu du succès. Les inspecteurs lui avaient rabattu une quinzaine d'individus. Un marchand de fruits et légumes de la City et une prostituée avaient reconnu un de leurs clients, trois femmes certifiaient qu'il s'agissait là de la bobine de leur mari, partis un matin et jamais rentrés, un hôtelier de Cannon Street assurait que cet homme avait dormi chez lui trois semaines et demie plus tôt, une veuve croyait revoir son défunt mari, un pochetron jurait qu'il s'était battu avec cet énergumène dans un coffee shop du quartier Saint-Paul. Le restant se composait de chasseurs de primes qui affirmaient avoir vu Millow pas plus tard qu'hier dans des tavernes, des omnibus ou sur des champs de courses. De rapides interrogatoires avaient permis de renvoyer chez eux onze des témoins. Les quatre autres attendaient en bas.

42

Le marchand de fruits et légumes tenait commerce sur Long Acre ainsi que sur le marché de Covent Garden. C'est là qu'il servait régulièrement un homme d'une cinquantaine d'années ressemblant trait pour trait au cliché. Il fut décidé que deux sergents du commissariat du district fileraient le suspect et l'arrêteraient, de préférence chez lui, au cas où il amènerait sa face d'auguste devant l'étal du commerçant.

La prostituée avait dépassé la soixantaine. Elle ne savait plus quand elle avait rencontré le gus en question, mais était « à peu près sûre » de l'avoir connu pour la bonne raison qu'en quarante-cinq ans de métier la moitié des mâles de Londres avait défilé dans sa piaule à deux shillings dans Carrick Street. Doffey lui demanda de nous faire signe quand il reviendrait.

Henry Hines était un homme de modeste stature, à l'allure raide et aux sourcils plantés si haut au-dessus de ses yeux qu'ils en avaient définitivement moulé son visage d'une expression obséquieuse. Il exploitait le Savoy, un hôtel sur Nothumberland Avenue et postillonnait quand il parlait. La faute à une bouche trop petite et à des incisives trop longues. Même pour dire « Je suis formel, cet homme a dormi dans mon établissement il y a trois semaines et demie », sa voix sifflait. D'une serviette qu'il avait tenue serrée sur ses genoux depuis qu'il avait pris place sur le fauteuil de taffetas, il sortit un livret cartonné. Il l'ouvrit et le poussa sur le bureau. Doffey chaussa ses lunettes à double foyer, lut et ôta ses besicles d'un geste théâtral.

— Il est effectivement mentionné qu'un Edward Taylor a occupé la chambre 5 dans la nuit du samedi 12 au dimanche 13 mars. Il en a pris possession à 14 heures.

— Avez-vous vérifié l'identité de votre client avant de l'inscrire ?

— Non. Je ne pouvais pas prévoir qu'il aurait des comptes à rendre à la police. Au juste, que lui reprochez-vous ?

— Il est mêlé à un assassinat. Mais là n'est pas la question. Qu'est-ce qui nous prouve que votre Edward Taylor est bien notre homme ?

— Je ne me serais pas déplacé ici pour vous raconter des balivernes, monsieur. J'ai une réputation, mon personnel est irréprochable, les chambres du deuxième ont vue sur le fleuve, les draps sont changés tous les deux jours et même quotidiennement moyennant un supplément.

Doffey essuya un postillon tombé sur la page du cahier, le referma et maugréa quelques mots signifiant que ces bavardages ne l'avançaient guère. L'hôtelier attrapa le registre et se leva d'un bond en direction de la porte.

Brunning le rattrapa.

— Vous n'avez pas tout dit, Mr. Hines.

— Peut-être, mais j'en ai assez entendu.

Sans lâcher le témoin, Brunning déclara que l'hôtelier avait prétendu être en possession d'effets oubliés dans sa chambre par son client. Doffey jeta ses lunettes sur son sous-main.

— Quels effets ?

— Un mouchoir marqué des initiales F.M. ainsi qu'un morceau de lacet. C'est bien cela, Mr. Hines ?

L'hôtelier se dégagea de l'étreinte de Brunning et opina du chef.

— Faites voir, intima Doffey.

Brunning sourit bêtement.

— C'est que... il ne les a pas apportés avec lui.

— C'est une plaisanterie, Mr. Hines ?

— Je croyais que ma parole suffirait.

— Croyez-vous que dans une instruction criminelle, on se fie à la parole des gens ?

— C'en est assez ! On veut aider et on se retrouve accusé ! Vous vous passerez de mon concours.

Et il partit en claquant la porte.

Brunning s'écroula sur une chaise en ricanant. Il redevint sérieux quand il s'aperçut que Doffey ne partageait pas son humeur.

— Pour qui se prend-il ? s'écria le chef constable. Il mériterait qu'on le convoque.

— On pourrait même l'inculper de complicité et dissimulation de preuve, suggéra Brunning.

— Il faudrait surtout filer chercher ce mouchoir et ce bout de lacet, intervins-je.

Doffey sourcilla.

— Parce que vous pensez que ce n'est pas une invention ?

— Ça mérite d'être vérifié. Si Millow a séjourné à l'hôtel deux jours avant le meurtre, c'est capital.

— Nous enverrons demain quelqu'un au Savoy. En attendant finissons-en avec ces témoins.

— Bon-onjour messieurs.

Le type qui se tenait devant nous avait refusé la chaise que je lui avais proposée. Ses habits sentaient le vin. Il était haut de six pieds et demi, avait des épaules trop larges et des bras trop longs. Ses grosses mains trituraient un minuscule bonnet de marin. Ses dents étaient aussi jaunes que ses yeux et la peau variqueuse de son visage bleuissait autour de son nez.

Il aurait pu incarner la déchéance et il respirait la bonhomie. C'est à ça que je le reconnus autant qu'à son bégaiement. Cette manière qu'il avait d'observer les gens sans les brusquer.

— Je vais me répé-péter. La tête de la photo je l'ai vue au Sto-ormy.

Depuis trois semaines, le bègue racontait à tous ses copains de beuverie qu'il avait refilé des infos de première bourre à un flic exhibant la photo d'un zigue à bacchantes au sujet d'une chicanerie que le moustachu avait provoquée douze ans plus tôt au Stormy. Si bien qu'un des soûlauds du King's, le tripot voisin, débarquant au Pixie le matin même, lui avait raconté qu'un enquêteur du Yard avait payé sa tournée pour encourager les buveurs du King's à se souvenir d'un croquant précisément pourvu d'une moustache dont il trimbalait le portrait. Et le bègue, qui avait peut-être dans l'idée de se faire aimer de la police ou de dégoter matière à épater la galerie du Pixie, avait rappliqué au Yard.

— Parfaitement au Sto-ormy, dans Ba-alham.

Il opina du chef tandis que je résumais l'histoire telle

qu'il l'avait exposée au Pixie : l'allure de maître d'école, la bouteille de gin, les efforts des entraîneuses pour le dérider, la piche de vin blanc puis son coup de colère.

— Il avait gi-gi il avait giflé une fille, je me suis le-e-vé et je lui ai dit de se ca-almer. Normalement les gens étaient rai-so-so raisonnables et ils s'excu-cu-saient, mais lui il m'a répondu de me mê-êler de mes oignons, alors je l'ai harponné par le co-olbac et, et...

— Et quoi ? s'agaça Doffey en écrasant sa cigarette.

— Il m'a flanqué une rou-rou une rouste !

— Une trempe ?

— Parfaite-te-ment.

— A mains nues ?

— Comme je vou-ous le dis. Il s'est dégaga-dégagé, il a esqui-quivé mon direct, puis m'en a flanqué un qui m'a coupé le souffle et il est pa-parti. C'est là que le barman m'a conseillé de plus remettre les pi-eds dans son bouge, rapport qu'il valait mieux que je retombe plus sur son cli-i-ent. J'ai pas demandé mon reste.

— Pourquoi ne m'avez-vous pas donné ces détails au Pixie ?

Il mordit dans son bonnet.

— C'est-à-dire que vou-ous ne me l'avez pas de-man-andé... et aussi à cause de mes co-opains qui passent déjà leur temps à se mo-oquer de moi. J'leur ai dit que j'avais plus remis les pieds au Sto-ormy parce que la bi-bine était plus chau-aude que les filles...

Doffey glissa une cigarette entre ses dents et fuma jusqu'à ce que les pas du bègue eurent fini d'ébranler le parquet de l'étage. Après quoi, il demanda qu'on le laisse seul quelques minutes.

Je filai dans ma carrée, soulagé de me retrouver au calme. L'enquête avait négocié un tel virage qu'il me fallait digérer. On n'avançait plus, on fonçait.

Je m'avachis dans mon fauteuil et posai les pieds sur ma table. Ces dernières heures défilèrent dans ma tête, déconcertantes autant que Doffey avait pu l'être. La lettre de Fergus Millow l'avait miné, il s'était écroulé à la taverne, s'était inquiété puis regonflé des compliments du commissioner et s'était montré efficace dès la visite chez O'Livough. Il en avait balayé mon hypothèse des triplés en proposant celle, beaucoup plus plausible, des jumeaux. Il avait poursuivi en imaginant que le faux Fergus Millow prenait la place de son frère à 13 heures au retour de la promenade du matin, qu'il la lui abandonnait à nouveau à 18 heures, et que le *vrai* l'avait tué ce lundi alors qu'il s'apprêtait à regagner ses pénates. Cette hypothèse mettait au jour la partie la plus ingénieuse du plan de Millow : celle qui nous conduisait à *confondre l'assassin et sa victime.*

Même Brunning se mettait à avoir raison : Fergus Millow avait trouvé son maître. C'était Doffey et je ne m'y faisais pas.

*

Le chef constable détacha sa cendre d'une tape de l'index, s'éloigna du bureau et étala ses jambes. Face à lui, Brunning était étreint par les accoudoirs de taffetas, et moi j'étais assis sur une chaise à côté de la cheminée où les braises achevaient de s'éteindre. D'une voix assurée, il affirma que les derniers témoignages n'auraient rien de décisif, mais qu'ils corroboraient nos précédentes observations. Il y avait bien un Millow alcoolique à ses heures, machiavélique, solitaire, peu attiré par les femmes et chez qui la violence était une seconde nature. Il existait un *faux* Fergus Millow, jumeau du premier, doté d'une personnalité opposée. Cet homme occupait, l'après-midi, le logement de son frère au 18, Cowley Street afin de fournir un alibi au *vrai* Fergus Millow, qui pendant ce temps se livrait à des activités que Doffey n'hésita pas à qualifier « de mystérieuses et criminelles ». Était-ce celles qui l'occupaient déjà dans l'arrière-salle du Stormy ? Toujours est-il qu'un beau jour le *faux* Fergus n'avait plus marché dans la combine. Avait-il fait chanter son frère ? A la réflexion (partagée par Brunning) il n'en était plus sûr. Connaissant le caractère irascible de son frère, le *faux* Fergus ne s'y serait pas risqué. Plus vraisemblablement avait-il signifié qu'il souhaitait mettre un terme à leur marché. Jugeant qu'il en savait trop, le *vrai* Millow n'avait pas hésité à le supprimer, montant, pour arriver à ses fins, un scénario diabolique.

Brunning plissa le front d'un air convaincu. Doffey sortit une bouteille de brandy, en remplit deux verres, puis alluma le feu sous la bouilloire. Tandis qu'ils trinquaient, je me versai une tasse de thé. On but en silence. Doffey se renversa dans son fauteuil.

— Nous saurons demain lequel des deux frères a séjourné au Savoy.

Brunning écarta le verre de sa bouche et se gratta la nuque.

— Les initiales F.M. sur le mouchoir laissent penser...

— C'est la victime qui a séjourné au Savoy, ça ne souffre pas le moindre doute, coupa Doffey. Pour la bonne raison qu'il n'habitait pas Londres ! Il lui fallait bien trouver un endroit où dormir.

— L'étonnant, c'est que personne d'autre n'ait signalé sa présence. Il a dû pourtant en fréquenter des hôtels et des meublés, depuis le temps qu'il passe ses après-midi chez son frère.

Doffey leva son verre et considéra avec gratitude le liquide ambré qui y tanguait. Il baissa ensuite les yeux sur Brunning.

— Comment pouvez-vous imaginer que le vrai Fergus Millow, qui avait choisi d'habiter un immeuble peuplé de vieux, dans un quartier reculé, qui rasait les murs, ne faisait pas ses courses dans le quartier et qui avait recruté une domestique à l'autre bout de la ville, ait permis à son jumeau de se montrer dans un ou plusieurs établissements de la ville ? Je vous affirme, moi, que le faux Millow n'avait eu droit qu'à occuper des logis minables tenus par des gredins à qui il ne viendrait pas à l'idée de lire les journaux et encore moins de radiner ici pour aider la police.

Il pointa un doigt en direction de Brunning.

— Je vais même vous dire mieux : la présence du jumeau au Savoy dans la nuit du samedi au dimanche précédant le crime est la preuve du conflit qui l'oppose à son frère. Peut-être le faux Fergus Millow n'accepte-t-il plus de vivre dans la clandestinité, ou alors veut-il monnayer sa collaboration ou simplement la stopper ? Toujours est-il qu'en passant la nuit au Savoy, il désobéit et signifie à son frère qu'il est déterminé à parvenir à ses fins.

Le bruit de ma tasse que je venais de poser sur le rebord de la cheminée l'interrompit. Il marqua une pause et reprit :

— Je crois que c'est précisément parce que son frère s'est offert la liberté d'une nuit au Savoy que Fergus

Millow a décidé de le supprimer. Sûrement que cette initiative le compromettait. Il a activé son plan au milieu de la semaine précédant le meurtre, lorsqu'il a appris l'intention de son jumeau.

Il but encore puis s'adressa à moi :

— Qu'en pensez-vous, Hackney? Je ne vous entends plus.

Je résistai à la tentation de lui avouer que je n'y comprenais plus grand-chose.

— Hum... Je me demandais ce qu'allait ficher Millow à Hunstanton.

— J'y ai réfléchi également. Figurez-vous que j'en suis arrivé à la conclusion que Fergus Millow n'a jamais mis les pieds à Hunstanton.

Brunning fit « oh! » et Doffey agita la tête quelques instants, semblant lui-même ébranlé de sa révélation.

— C'est le faux Millow qui prenait pension chez les Vanolis et qui bringuait au Paradise avec son copain Forrester. C'est encore lui qui plantait son chevalet devant la mer.

— Et qui peignait? s'étonna Brunning.

— A Hunstanton, oui. A Londres, c'est le vrai Fergus Millow qui commettait ces horreurs. Les deux frères n'avaient pas le même tempérament ni la même inspiration. J'ai étudié les photos que vous aviez versées au dossier, dit-il en s'adressant à moi. Le faux Millow était droitier et son frère était gaucher... comme l'assassin.

Doffey termina son verre et sortit la terrine. Il s'en tartina un toast, puis deux autres qu'il nous offrit. Brunning engloutit le sien en deux bouchées et se leva pour s'en préparer un second.

— Quel besoin avait-il d'envoyer son frère sur la Wash? demanda-t-il en se rasseyant.

— Fergus Millow avait besoin de cette couverture.

Doffey poursuivit d'une voix de confesse :

— Voulez-vous que je vous avoue mon intuition ? En s'inventant une existence à Hunstanton, Fergus Millow faisait mieux que se couvrir, il se constituait des alibis. Les plus consistants et irréfutables des alibis. Des fois que ses agissements de l'après-midi lui aient valu de devoir s'expliquer devant un flic ou un juge...

Brunning reporta de quelques instants le plaisir de croquer dans son toast.

— Un professionnel du crime ?

— Le terme est faible pour quelqu'un qui a tué son frère avec un tel sang-froid. J'ai bien peur que ce ne soit pas là sa première victime.

Brunning engloutit sa tartine puis soupira.

— Un monstre !

— Mieux que cela, rectifia Doffey. Un monstre commet des erreurs, alors qu'il faut reconnaître à Millow la capacité de bâtir des plans au long cours et de ne rien laisser au hasard. Pour son alibi d'Hunstanton par exemple, je parierais qu'il enjoignait à son frère de se montrer le plus possible en public. Hackney, souvenez-vous de ce que vous avait confié Kensale, le patron de la galerie.

Il s'interrompit pour consulter une liasse de documents.

— « Millow ne refusait jamais une invitation à un vernissage. Ce n'était pas un mondain, il était simple, causant, agréable avec tout le monde. » J'ai relu vos rapports, Hackney, et il m'a sauté aux yeux qu'à Hunstanton le faux Millow ne parlait jamais de lui. Il jouait un rôle, celui du peintre, ami de tous, mais de personne en particulier.

— Et Forrester ? objectai-je.

— J'allais y venir. Il fallait bien un témoin de sa présence et de sa... normalité. Avec Forrester, il peignait des tableaux remplis de gaieté et s'amusait. Comment un jury aurait-il pu croire qu'un tel bougre s'adonnait aux activités les plus crapuleuses ?

Brunning acheva de se curer une dent d'un coin d'ongle.

— Il ne nous reste plus qu'à mettre la main dessus.

Doffey épousseta sa veste de quelques miettes et conclut :

— Ce n'est qu'une question d'heures.

C'était ça le curieux de l'énigme. On en savait beaucoup sur Fergus Millow, on connaissait sa personnalité, son écriture, sa tête, son appartement, sa complice, l'heure et le lieu du meurtre, on avait percé son plan dans les moindres détails, on avait une idée du mobile et de l'arme du crime. Mais je me sentais, moi, incapable de le démasquer. Malgré les témoignages et la lettre portée au Yard, j'avais encore du mal à concevoir que Fergus Millow n'était plus le mort mais le tueur. Un scrupule de petit flic, sûrement.

Doffey, lui, ne doutait pas. Il lui arrivait de gamberger, jamais de douter et surtout pas de lui-même. Présentement, il continuait à démêler l'intrigue avec brio et retournait mes objections pour étayer ses explications. Jusqu'où le mènerait cette verve ? « Jusqu'à Fergus Millow », m'aurait-il répondu avec dans la voix cette certitude que lui avaient donnée ces dernières heures.

Ce qui revenait à affirmer que nous étions partis de *Fergus Millow* pour arriver à *Fergus Millow*... Cette impression de tourner en rond m'empêchait de partager pleinement l'optimisme de Doffey. Un homme pouvait-il avoir conçu un plan aussi incroyable ? Pouvait-il avoir réussi à nous faire confondre la victime et l'assassin ? La complexité de la solution avancée par Doffey était-elle le fruit de sa science de flic ou l'expression de notre incapacité à résoudre l'équation Millow ?

*

Au moment où j'aperçus Ashby dans la salle commune, je sus que je ne lui demanderais pas son avis. Il était vêtu d'une chemise à col et boutons, ses cheveux coiffés sur le devant portaient sur la nuque le désordre de ses doigts qui y avaient fourragé, sa bouche se pinçait avec tant de fermeté qu'elle semblait retenir je ne sais quelle émotion et lui rabotait l'arrondi des joues. Il était penché sur l'avant, les pieds croisés, avalés par des godillots bruns luisant par endroits d'un cirage plus brun encore et dont l'odeur flottait par-dessus celle de l'éther. Je me fis la réflexion qu'il paraissait minuscule sur la chaise de contreplaqué. Ses paroles se mêlèrent aux grincements et aux râles, comme si les objets et les malades les prononçaient avec lui. Le grand-père était mort la veille au soir. Son cœur qui n'en pouvait plus. Le train des macchabées l'avait déjà balancé à la Tamise [1]. Ashby gardait le regard accroché à sa main qu'il avait jetée sur le drap par-dessus celle de la jeunette. L'infirmière lui avait

1. Le nombre de fosses communes étant insuffisant à Londres, les morts dont les enterrements n'étaient pas pris en charge par les familles étaient chargés sur un train, puis jetés dans la Tamise.

administré une dose de tranquillisant. Ashby la veillerait toute la nuit. « Pauvre petite », dit ma mère quand je fus près d'elle.

43

Le chef inspecteur Osborne habitait à deux rues du Savoy. Ce vendredi matin, il avait consacré une heure à honorer la mission dont le Département d'investigation criminelle du Yard l'avait investi.

A l'hôtel, il s'était fait remettre le morceau de lacet noir et le mouchoir de coton blanc tissé des initiales F et M au fil de soie noire ramassés dans la chambre 5. Celle qu'avait occupée un individu dont le gérant Henry Hines avait affirmé qu'il possédait un faciès en tout point identique à celui de l'homme figurant sur la photo qu'on lui avait présentée.

Les indices furent acheminés au Yard où Doffey, Brunning et moi-même prîmes livraison du colis vers 11 heures. L'inspecteur grimaçant l'ouvrit, commenta le déballage de chaque pièce et s'en fut d'une démarche alerte retrouver Mary Chapelton.

Une heure plus tard, le chef constable et moi attendions devant la fosse commune du cimetière de Norwood que le gardien des lieux, un petit vieux à la barbe blanche aussi mal taillée que les ifs des allées, ait déterré la dépouille de Fergus Milow.

Quand il eut fini, on l'aida à porter l'enveloppe de jute jusqu'à un abri de pierre dressé à côté de l'entrée contre le mur d'enceinte. Au milieu d'un fatras de râteaux, d'arrosoirs et de morceaux de grès, le sac fut ouvert. L'odeur nous étrangla. Le barbu lui-même dut se détourner. Doffey et moi sortîmes en toussant et crachant. On revint, un mouchoir sur le nez. Le gardien avait dégagé le cadavre. Millow nous attendait, allongé de tout son long dans ce qui restait de son costume brun à boutons argentés. Son visage s'était décharné, énucléé. Les tissus déchirés laissaient voir le gris pâle de l'os, la moustache comme les cheveux s'était réduite en une poudre sombre. Sur ses doigts sans ongles, cartilages et osselets avaient troué la peau. Je m'accroupis au-dessus des jambes, débarrassai les mocassins de leur argile ocre et les inspectai. Le cuir avait supporté les trois semaines sous terre. Les chaussures étaient fermées chacune d'un double nœud. Par petites saccades, je commençai à ôter les lacets. Les rabats s'écartèrent, dévoilant le renflement du cou-de-pied. Les chaussettes qui les couvraient n'avaient plus de couleur et curieusement le tissu semblait reprendre vie comme si le sang s'était mis à bouillonner de la jambe jusqu'aux arpions. D'un geste sec, je finis d'extraire le lien des passants. Les souliers s'ouvrirent, la chaussette se craquela, se fendilla et, soudain, se déchira, libérant un grouillement de minuscules vers qui se déversèrent de chaque côté des chevilles en un dégueulis blanchâtre.

Derrière moi, Doffey eut un haut-le-cœur et s'extirpa de la cabane à reculons. Appuyé sur le manche d'une pelle, le barbu renifla.

— Faudrait voir à pas me l'esquinter !

Le gardien m'aida à remballer le corps et à le ramener jusqu'à la fosse commune.

Je retrouvai Doffey, à l'extérieur du cimetière, le chapeau à la main, appuyé de l'autre contre la portière de la voiture. Sa cravate dénouée pendait sur son manteau de chaque côté de son cou. Il ôta le mouchoir qu'il avait gardé noué autour du nez.

— Alors ?

J'étalai mon butin sur le marchepied du fiacre. Les deux lacets étaient entiers et aussi peu usés que s'ils étaient neufs. Doffey eut une moue désabusée.

— Ce n'est pas l'homme du Savoy.

A notre retour, Brunning, assis sur un banc, ordonnait une pile de feuilles placée au centre de la table.

Doffey s'empressa de lui dresser le compte rendu de notre escapade au cimetière. Après avoir conclu son rapport des seuls mots qu'il avait prononcés dans la voiture (« quelque chose m'échappe ») il s'inquiéta de l'avancement du dossier Chapelton. Brunning se tira de son rangement et se mordit les joues. De dépit. Une heure plus tôt, Mary Chapelton s'était à nouveau vantée d'avoir occis Fergus Millow. Lorsque Brunning lui avait gueulé que Fergus Millow n'était pas mort, mais qu'il était un assassin et qu'elle était sa complice, elle s'était mise à chanter. Elle s'était irrémédiablement tue lorsque l'inspecteur au nez si large avait cité les noms de ses prétendus amants.

— La garce, la traînée, la salope ! s'écria Brunning.

Le chef constable compatit. A court de mots, Brunning annonça qu'il allait désormais employer la manière forte. D'un froncement des sourcils, Doffey figea sur sa figure l'empreinte de la solennité.

— Je ne suis pas certain que ce soit bien utile. Vous l'aurez à l'usure.

Brunning abattit son poing sur le tas de papiers.

— A l'usure ou pas, elle crachera le morceau.

— Du calme! Est-ce que je perds mes nerfs, moi? Avec cette histoire de lacets, je pourrais. Il en faudra plus pour m'abattre. Millow est bien capable d'avoir échangé ces chaussures avec celles de son frère pour nous embrouiller. Je le saurai.

Brunning paraissait épaté.

— Je ne vois pas comment m'y prendre.

— Montrez-lui la photo de Millow, déclara Doffey. Dites-lui que nous savons tout de son plan, que l'étau se referme autour de lui. Elle finira par craquer.

— Avec ce genre de carne, ça peut prendre du temps.

— Entre deux interrogatoires, retournez au Bedlam. Les langues doivent se délier, là-bas. Voyez les surveillants, ses amants s'il en reste.

— L'asile attendra. Je la mets au pain sec et demain je lui fais rendre gorge!

Doffey voulut que je le suive. Il avait à me parler.

— Quelque chose d'important, dit-il sans se départir de l'air d'inutile gravité qu'il s'était donné devant Brunning.

Il quitta son fauteuil, s'agenouilla devant la cheminée et enflamma le lit de petit bois sur lequel reposait un rondin de pin. Il contempla la flamme puis s'approcha du fauteuil de taffetas où j'étais assis. Son expression avait perdu de son apprêt. Il m'annonça en préambule que sa position n'avait pas varié concernant notre présence au Bedlam.

— Aucun des pensionnaires, fou ou non, de l'asile ne collaborera. Brunning a déjà maté des durs, des forts en thème, des sportifs, des artistes, et des mourants, mais les dingues, c'est au-dessus de ses forces. Millow n'est pas fou. Il a utilisé Mary Chapelton en sachant qu'elle ne le trahirait pas. Dieu sait quel pacte ces deux-là ont pu passer !

Il me toisait avec une condescendance qui me dispensait de répondre.

— Oubliez le Bedlam. C'est Millow lui-même que nous devons frapper avec nos armes. Venez...

On redescendit dans une pièce qui jouxtait la salle des inspecteurs. C'était une grande alcôve, éclairée de deux appliques à gaz et garnie de coffres dans lesquels les officiers remisaient planisphères, croquis des quartiers de Londres et des bâtiments publics, annuaires, horaires de train et autres éléments logistiques. De l'un d'eux, Doffey sortit une feuille cartonnée d'au moins six pieds de large et cinq pieds de haut qu'il suspendit au mur.

— Vous vouliez connaître mon arme, la voici.

Au premier coup d'œil, j'avais distingué qu'il s'agissait d'une carte de Londres. Doffey ramassa une réglette dans le bahut et la pointa vers le centre du rectangle.

— Ce plan de la ville nous a été livré, sur ma commande, il y a deux mois. C'est le plus détaillé jamais exécuté. Même les égouts y figurent ! C'est lui qui va nous servir à débusquer Fergus Millow.

Je m'efforçai de paraître captivé.

— La première opération de porte-à-porte de nos inspecteurs nous a apporté des éléments très intéressants : un des deux Millow a dormi au Savoy deux jours avant le meurtre. A mon avis : la victime, ce dont le meurtrier a profité pour nous égarer un peu plus. A la réflexion, je le crois capable d'être allé placer dans la chambre un morceau de lacet et un mouchoir marqué des initiales F et M.

Il reprit son souffle et dit d'un ton plus fielleux encore :

— Je veux que Millow se sache épié, dénoncé, cerné, traqué...

— Je ne comprends pas.

— Nos hommes vont poursuivre le travail commencé avant-hier. Regardez.

Je m'approchai. Il posa l'extrémité de sa baguette sur la rive droite, quelques centimètres au-dessus de la plus grande des boucles de la Tamise.

— Cowley Street est ici.

Il encadra le point qu'il venait de désigner.

— Et voici le secteur que nous avons déjà prospecté, deux miles carrés. Nous allons l'élargir. Quatre miles carrés ! Huit détectives vont ratisser cette zone, s'exclama-t-il en décrivant un cercle autour du périmètre qu'il venait de désigner. Ils sonneront aux portes, montreront la photo, des églises aux claques, accosteront les gens dans la rue... Si ça ne suffit pas, nous étendrons la recherche, quinze hommes, huit miles carrés, vingt hommes, douze mille miles carrés...

La pointe de la règle virevoltait de West Ham à Notting Hill et de Merton à Greenwich.

— Tout Londres s'il le faut !

Il fit un pas de côté.

— Qu'en dites-vous ?

— Pourquoi ne placardons-nous pas simplement son portrait ?

— J'y ai pensé mais je crains la psychose collective. Le souvenir de Jack l'Eventreur n'est pas si loin.

— Et la psychose de Millow ? Quand il apprendra qu'il est pourchassé à ce point, il sautera dans le premier bateau pour le continent.

— Je n'y crois pas pour deux raisons. Primo, il se croit plus fort que nous. Deuxio : n'oubliez pas qu'il est en affaire sur Londres, et il n'abandonnera pas du jour au lendemain un business pour lequel il n'a pas hésité à sacrifier son frère jumeau. S'il avait eu à quitter Londres, il l'aurait déjà fait.

— L'opération commence quand ?

— Demain.

Il me demanda mon avis, me confia son impatience de voir Millow tomber. Des adversaires de cette taille, il n'en avait pas eu souvent. Il aurait pu s'épancher pendant des heures, d'ailleurs c'est ce qu'il projetait ; il connaissait sur Great George Street un pub ouvert jusqu'au soir, et sans filles celui-là. Il m'invita. Promis : il ne boirait pas, juste de la bière, ils en servaient de la fameuse, et aussi des gaufres à la crème de marron et de noix, je lui en dirais des nouvelles. Je le déçus. Je lui expliquai que je devais rendre visite à ma mère à Saint-Thomas. Doffey retrouva le sourire quand je lui appris qu'elle s'intéressait à l'enquête, que nos progrès la requinquaient mieux que les médicaments. Que n'avais-je pas raconté là ?! Il se proposa d'aller lui expliquer l'opération Millow par le menu pour la retaper complètement. Je refusai. Fallait ménager son cœur, trop de bonnes nouvelles d'un coup, et par le chef constable en plus, il n'aurait pas supporté.

Il insista, monta dans l'omnibus avec moi. Je

l'aiguillai sur Brunning. C'est à lui qu'il urgeait de détailler l'opération Millow. Ses artères ne craignaient rien. Doffey n'en avait cure, c'est tout de suite qu'il voulait se bercer du guet-apens terrible qu'il allait tendre à Millow. Brunning, il n'y avait que la Chapelton qui pourrait lui rambiner l'humeur. Pour ça, faudrait au moins qu'elle lui refile un tuyau, ou – Doffey se marrait rien que d'en parler – qu'elle le bricole à la gâterie ; vu, s'il avait bien compris, qu'elle était plus fortiche en la matière que pour répondre aux questions de l'inspecteur.

Il descendit une station avant moi. Il m'attendrait dans son café et me paierait une gaufre, une limonade et une deuxième si ça me tentait.

Ma mère se promenait dans le couloir du premier. Sa respiration sifflait, mais sa voix sonnait clair. Elle me causa un peu d'elle et surtout d'Ashby qui n'avait pas décarré de sa chaise depuis la veille. Je la raccompagnai jusqu'à son lit et saluai la jeune femme. Ashby avait dégagé ses pieds nus de ses chaussures. Il roupillait sur son contreplaqué, les besicles de guingois, une main échouée sur le drap, à l'endroit où il l'avait posée la veille. Un gueulement plus fort, à l'extrémité de la salle le réveilla. Il se redressa, s'étonna de me voir ici, demanda à la jeunette si elle avait mangé, si elle avait eu assez, si elle allait bien ; il me posa les mêmes questions, il n'avait que celles-là. Ça se voyait à la manière qu'il avait de nous scruter, que c'est cela qui l'inquiétait, savoir si tous les autres ne s'étaient pas mis à mal aller pendant qu'il avait dormi.

La jeune fille lui avait gardé les biscuits de son repas, il les refusa, lui ordonna de les manger, jura qu'il n'avait pas faim, un peu soif et encore, que c'était d'avoir dormi au-dessus des relents de cirage qui lui avait desséché la gorge.

Je réussis à lui faire renfiler ses godillots et à l'entraîner jusqu'au Select, la taverne en face de l'hôpital. Pendant qu'il grignotait, je le mis au courant des certitudes et du plan de Doffey. Il ne commenta pas et insista pour que je partage son dîner. Il m'avoua qu'il n'avait pas plus le cœur à manger qu'à avoir des avis. Il se força à finir sa tranche de rôti et repartit.

44

En six jours et cinq nuits de cachot et d'hôpital, Mary Chapelton avait perdu ses enjouements de folle. Il lui était venu la mine hagarde et le teint gris des condamnés. Depuis le matin de la veille, elle n'avait avalé qu'un quignon de pain et bu une demi-écuelle d'eau à peine propre.

A 8 heures, on l'avait réveillée d'une bourrade et traînée devant Brunning dans l'aile de la salle des inspecteurs. On l'avait contrainte à rester debout, les yeux grands ouverts sous la lumière du lustre à têtes de diables et de gargouilles. A la première claque de Brunning, elle avait vacillé. A la seconde, elle s'était évanouie.

On l'avait ramenée, paquet de cheveux, de chair et de jupons, dans sa cellule.

En apprenant l'épisode, Doffey en avait lâché sa badine. Nous avions investi l'alcôve du rez-de-chaussée après qu'il m'eut assené – dès mon arrivée au Yard – qu'il avait la veille au soir ingurgité une dizaine de gaufres, bu ses trois pintes et même le godet de limonade qu'il m'avait commandé en se disant « ça le fera venir ». Pour toute excuse, j'avançai l'interminable discussion que m'avait imposée la surveillante en chef et qui m'aurait ramené vers lui à une heure où la traque de Millow m'imposait plus de dormir que de m'empiffrer de pâtisseries.

Nous avions ensuite assisté au départ, portrait de Millow en main et Weblay à la ceinture, des huit sergents et détectives.

Depuis, pour tuer le temps, Doffey dissertait.

A cette heure, les hommes avaient investi un périmètre compris dans un rayon de sept cents yards autour d'un épicentre constitué par Grey Coat Place dans le quartier de Westminster. Chacun d'eux avait reçu une carte d'état-major délimitant son secteur de prospection, une gamelle alourdie d'une ration de porridge et d'une tourte aux navets, ainsi qu'une gourde remplie de stout. Ils avaient jusqu'à la nuit pour s'acquitter de leur mission. Sauf, d'évidence, si Millow était localisé avant.

Doffey avait conclu cette entrée en matière d'un rire léger. Après quoi, il avait posé la pointe de sa règle sur le plan. Promenant celle-ci sur la zone de recherche, il m'avait énuméré le nom de chaque rue, chaque place et chaque square qu'elle rencontrait. Il s'était ensuite cru obligé de me citer les lieux qu'ils avaient qualifiés de stratégiques. Pubs, commerces, hôtels et salles de jeu. D'un ton plus sec, il m'avait précisé que ses enquêteurs avaient l'obligation d'y mener une double investigation. La première avant midi, la seconde, après.

Brunning avait alors débarqué.

Doffey ramassa son bout de bois. Il se redressa, le visage empourpré. Il sermonna Brunning, lui rappela qu'il l'avait dissuadé la veille de recourir à la force. L'inspecteur en alpaga argua que sa méthode donnait d'ordinaire des résultats quand toutes les autres avaient échoué.

Doffey tapa du pied.

— Qui vous parle d'échec ? L'assassin est identifié, harcelé, bientôt cerné et sa principale complice est entre nos mains ! Nous nous devons de continuer à faire preuve de tact et de précision.

Prononçant ces paroles, il se tourna machinalement vers son plan et le tapota de la main. Ce contact l'apaisa. D'une voix plus calme, il intima à son inspecteur de prodiguer à la suspecte, et sans attendre, les soins que son état réclamait. Puis, comme Brunning acquiesçait, il lui ordonna d'aller se changer les idées au Bedlam. Mais plus question d'immersion. Il observerait les malades de loin et se consacrerait aux amants de Mary Chapelton.

A midi, Doffey me prit aux sentiments. La traque de Millow réclamait qu'on dorme, mais aussi qu'on se nourrisse. Je fus bon pour déjeuner avec lui dans un pub proche du Yard. Et pire : pour l'écouter pérorer.

Depuis ses divinations, il ne doutait de rien. Pliant son gros corps autant qu'il le pouvait au-dessus de son assiette et serrant sa fourchette dans son poing, il mangeait une purée verte de hachis de bœuf et de cresson, s'arrêtant à peine de jacasser pour enfourner la mixture. Les imprudences de Brunning, l'efficacité du tandem qu'on formait tous les deux, l'imminence de la capture, la reconnaissance à venir du commissioner et pourquoi pas du préfet, tout y passait. A intervalles réguliers, je levais le menton de mes côtelettes et feignais de m'intéresser à ses boniments. Il marqua une pause, le temps d'empoigner sa chope, de se rincer le gosier d'une lampée d'ale et de s'enquérir de mon opinion. Je crois qu'il était question de l'opération Millow, le sujet qui le préoccupait avant que la soif lui coupe le sifflet. Un avis, j'en avais un. A le voir, assis face à moi, engoncé dans sa veste sans forme, sa cravate traînant dans la bouillie et sa bouche aux dents verdâtres s'ouvrant pour débiter ses prétentions avec le même empressement qu'elle avalait, j'en étais à me demander si mon devoir n'était pas de le ramener à la lucidité. Ses intuitions nous avaient ouvert des perspectives, sans en fermer aucune à l'assassin de Cowley Street. Son culot à porter (ou à faire porter par un de ses complices) la lettre au Yard, aurait dû nous le rappeler. Puis il y avait l'énigme du Savoy. Les apparences tendaient à prouver que ce n'était pas la victime qui y avait dormi. Doffey n'entendait pas plus que ce fût l'assassin et préférait y voir une autre de ses manœuvres. Grisé qu'il était, il se refusait à amender sa solution, ne concevant plus Millow qu'en proie retorse et acculée, Chapelton en comparse encombrante et le Bedlam en un champ de ruines humaines, accessoire à l'affaire qui nous préoccupait. En conséquence, il revenait à l'opération Millow de forcer la vérité. Et à l'asile et à ses occupants de divertir Brunning.

L'intérêt qu'il y avait à connaître la nature des liens unissant Chapelton et Millow méritait mieux. Voici ce qu'en termes choisis je déclarai à Doffey. Il en convint, m'assurant, la bouche pleine, qu'il comptait sur Brunning pour sonder ce qui pouvait l'être de la conscience des fous et de ceux qui nettoyaient leurs déjections. Sur ce, il finit son plat, commanda un dessert et repartit sur son monologue.

Était-ce la divergence que j'avais exprimée ? Il engloutit un morceau du cake qu'on venait de nous servir et s'ingénia à me convaincre de l'infaillibilité de son entreprise. La « toile d'araignée » (c'était son expression) qu'il était en train de tisser autour de l'assassin provoquerait inéluctablement sa perte. Les lèvres semées de miettes, il décrivit « le travail de fourmi » (une autre expression à lui) de ses hommes, prédit qu'une journée, au plus deux leur suffiraient pour dégoter LE témoin, celui qui chaque après-midi voyait Millow quitter sa cache le regard bas, le feutre enfoncé et le col relevé, et disserta sur les instincts et les exactions du monstre. Prononçant ce flot de paroles, il lorgnait d'un œil fébrile par-dessus mon épaule en direction de la rue. J'aurais parié qu'il guettait l'entrée de Fergus Millow venu expier ses fautes, ou au moins celle de l'un de ses inspecteurs, sentant l'odeur des pavés, la sueur et le porridge, accourant lui annoncer que Millow était localisé, encerclé et que c'était à lui, Doffey, de passer les menottes à l'assassin et d'entendre ses premiers mots de prisonnier.

La porte finit par s'ouvrir et Doffey par tressaillir. Je me retournai, un homme venait bien d'apparaître, mais pas un des enquêteurs à gamelle et encore moins Millow. C'était Brunning. Il contournait les tables en roulant des épaules, ses bras trop courts éloignés du corps. Arrivé devant nous, il tira sur ses manches, le temps de reprendre son souffle. Il revenait du Bedlam, il avait faim et un moral trop vacillant pour sauter un repas.

A l'asile, le blondinet nommé Robbie Stooper avait rougi lorsqu'il lui avait demandé s'il avait eu une liaison avec Mary Chapelton, mais il avait nié. Le surveillant maudit celui qui avait bien pu proférer pareille accusation. Il en bafouillait encore lorsqu'il lui confia qu'il avait, malgré sa jeunesse, la charge d'une famille composée d'une femme sans revenu et de quatre enfants, et que ce genre d'écart commis auprès d'une malade était considéré comme une faute et passible de renvoi. Brunning avait compris que, même sous la torture, Stooper n'avouerait pas, et il ne l'avait pas torturé. Au contraire, il l'avait amadoué, l'amenant à parler de Mary Chapelton.

Ayant appuyé cette dernière affirmation d'une discrète grimace, Brunning se rendit au comptoir d'où il rapporta une chope et une écuelle emplie de tartines d'œufs brouillés. Il s'attabla avec nous, en ingéra trois de suite et reprit son récit. Le blondinet lui avait avoué que la Mary avait une sacrée réputation à l'asile. Celle de n'être fofolle et artiste que lorsqu'elle n'était pas en chasse.

— En chasse ? s'étonna Doffey.

Brunning s'esclaffa.

— En chasse à l'homme !

Doffey l'obligea à trinquer à sa bonne humeur et le pressa d'envoyer la suite. On prêtait à Mary Chapelton des aventures avec d'autres malades, « parfois à tort » avait estimé Stooper qui avait en revanche confirmé son histoire récente avec Suzar Elikann et celle, plus ancienne, avec un stabilisé du nom de McNee.

— J'interrogerai Elikann dès que j'aurai l'autorisation d'Addiscombe, quant à McNee, il a quitté le Bedlam y a trois mois. Guéri, soi-disant...

Doffey prit en vitesse une gorgée d'ale.

— Et Millow ?

Brunning descendit la moitié de sa bière.

— C'est là où je voulais en venir, figurez-vous. J'ai donc sorti la photo et je lui ai ordonné de me déballer tout ce qu'il savait sur ce type qui se faisait appeler Millow. Si elle lui en avait déjà parlé, s'il avait eu vent de ses relations avec Chapelton, s'il pointait sa fiole à l'asile... Il m'a pris la photo des mains, il l'a longuement étudiée. Ça se voyait vraiment qu'il se creusait la cervelle, faut dire que j'avais haussé le ton...

Doffey en reposa brutalement sa chope.

— Et alors ?

Brunning tira de nouveau sur sa manche.

— Ça ne lui a rien rappelé.

45

Il était 18 h 30. Dans la salle des inspecteurs, un gardien nous entretenait, Doffey, Brunning et moi, de la santé de Mary Chapelton. Elle avait repris connaissance, avait mangé, vomi, s'était mise à claquer des dents. On avait appelé un médecin. Sur son ordre on avait coiffé la malade d'un bonnet de laine, on l'avait allongée sur une paillasse et couverte d'un plaid. Elle avait encore perdu connaissance, était de nouveau revenue à elle, avait réussi à avaler un bol de soupe de gruau sans le rendre, et s'était endormie après avoir susurré à l'oreille du garde qu'« elle ne répondrait plus jamais à une seule question du flic au gros tarin ».

Brunning n'eut pas le temps de ruminer sa vexation. Le premier des enquêteurs rappliqua. Sa gamelle de fer-blanc battait ses flancs, ses demi-bottes et le bas de son pantalon étaient maculés de boue. Il prit place sur un banc, appuyant l'arrière de son crâne et son dos au mur, les jambes étendues devant lui et les pieds reposant sur les talons. Son corps respirait la lassitude, son regard, la fierté de la mission accomplie. Quatre des habitants et boutiquiers à qui il avait montré le portrait de Fergus Millow l'avaient reconnu avec certitude. Au « Colour Tool » sur Vauxhall Bridge Road à dix yards de Cowley Street, l'homme de la photo avait acheté, six semaines auparavant, deux tubes de peinture à l'huile, l'un gris, l'autre noir ; un mois plus tôt, un laveur de vitres accosté sur Victoria Street avait déjà croisé cet homme et pas qu'une fois mais il ne se souvenait plus où ni quand, le patron d'un salon de thé donnant sur Saint-James Park lui avait servi un thé ordinaire trois ou quatre semaines plus tôt et un loueur de bateaux officiant au pied du pont de Westminster l'avait aperçu sur un banc surplombant la berge, il y avait de cela deux mois, à 12 h 30, à l'heure où il partait lui-même chaque jour boire son café. Il se souvenait que l'homme était encore à sa place, lorsqu'il était revenu une heure plus tard. Il avait encore contemplé l'eau, avant de se diriger sans se presser vers la rive droite.

On n'avait pas fini de le remercier qu'un autre se pointa, puis un autre encore et les cinq derniers. La trogne poussiéreuse et les cheveux poissés par la bruine du soir, ils s'envoyèrent les péripéties de leur journée, minauderies d'une aguicheuse, gros mots d'un ivrogne, délires d'une bignole. On rit avec eux, Brunning releva son nez d'un doigt pour se faire une bobine de cochon et tous se gondolèrent davantage.

Doffey rayonnait. Une ambiance pareille, Millow n'y survivrait pas. Ils auraient bien rigolé encore, mais il fallait qu'ils racontent, les joyeux prospecteurs avec leurs têtes de ramoneurs. On les entendit un par un. Quatre heures, soixante pages de notes. On se relayait. Quand le dernier eut débarrassé le plancher, nous étions d'accord. De la trentaine de témoignages, deux méritaient qu'on convoque au plus vite leurs auteurs.

Un jour de la fin du mois de février, à 13 heures, un retraité qui arrosait les plantes de son jardin sur Wood Street avait, par mégarde, aspergé un homme, sosie du cliché. Il avait même entendu le son de sa voix. L'arrosé avait accepté les excuses du maladroit et s'était, sans plus d'éclats, remis en route en direction de Cowley Street.

Le samedi 12 mars vers 16 heures, une mercière de Great Peter Street avait vendu une paire de lacets noirs à un client dont les traits épousaient ceux du portrait. Le moustachu en question avait aussitôt remplacé ses vieux lacets. La mercière avait eu le temps d'apercevoir que l'un d'eux était cassé.

Le dernier flic parti, Doffey quitta la salle, l'œil allumé. Lorsqu'un peu plus tard, je me décidai à aller frapper à son bureau, c'est Brunning qui m'ouvrit. Doffey gisait dans son fauteuil. Les mains en oreiller derrière la nuque, il surveillait l'ascension de la fumée de son cigare vers le plafond.

— Il y avait bien une explication, souffla-t-il sans changer de posture.

Brunning s'agita.

— Facile ! Le faux Millow, c'est-à-dire la victime, avait simplement remplacé le lacet qui s'était rompu.

— C'était déjà lui qui se dirigeait vers Cowley Street quand il s'est fait arroser, commentai-je. A 13 heures, il était allé relever son frère.

— Le puzzle se complète, renchérit Doffey.

— Celui de la victime.

Doffey se redressa.

— Que voulez-vous dire ?

— Aucun des témoignages intéressants ne concerne le *vrai* Millow.

— Notre connaissance de l'emploi du temps de l'un nous renseigne sur l'autre.

— J'avais cru comprendre qu'il s'agissait d'acculer l'assassin...

— Vous avez raison. Et il ne perd rien pour attendre ! Dès demain, j'étends l'opération Millow. Douze hommes vont s'y coller. Nous verrons bien qui est le plus fort !

A Saint-Thomas, tout le monde était à son poste : ma mère, Ashby, la jeunette et même Margary. Il avait programmé le départ de Mrs. Hackney pour le lendemain. Je me renseignai également au sujet de la jeunette. Il dit que son état était préoccupant et encore plus depuis la mort du grand-père qui n'était plus là pour lui remonter le moral. Heureusement, un type avec une drôle d'allure venu d'on ne sait où avait pris le relais. Un miracle.

*

Mary Chapelton avait réussi à trouver le sommeil à l'aube du dimanche. Pendant la nuit, une crise l'avait éjectée de sa paillasse. Le garde, aidé du planton de l'entrée, avait mis une demi-heure à la maîtriser. Un médecin avait proscrit tout interrogatoire pendant une semaine au moins. Doffey m'apporta ces informations du ton nerveux que lui valait sa préoccupation du moment : la deuxième phase de l'opération Millow.

Tandis que je descendais Parliament Street, je m'efforçai d'oublier Millow, pour me concentrer sur la tâche qui m'attendait. Sortir ma mère de Saint-Thomas et la ramener à la maison. Le retour au ténement lui vaudrait un coup de sang. Elle pesterait contre la saleté de l'évier, le poêle débordant de cendres et, ultime avatar du laisser-aller, l'odeur de rassis qu'un lessivage des sols et du plafond ne suffirait pas à dissiper. Ensuite, viendraient les questions. Pas sur ma vie. Pour elle, il s'agissait d'un errement sans intérêt. Sur mon travail, parce qu'à ses yeux, mon état de flic au Yard me rachetait. Je ne traînais plus les rues que par conscience professionnelle. Elle en parlait aux voisines dans les escaliers. Il y avait cinq jours que je ne l'avais pas tenue au courant de l'enquête. Elle en aurait risqué de s'agacer, au pire de rechuter.

Peu après m'être engagé sur le pont de Westminster, une impression étrange me saisit. Exactement celle que j'avais éprouvée quinze jours plus tôt sur la déclivité que formait la chaussée au centre de l'ouvrage. Il me souvenait m'être dit que *j'avais déjà vécu* cette scène, rapportant cette sensation à la quasi-pénombre qui noyait les lieux, ainsi qu'à la vision du fiacre tiré par des chevaux au pelage bai qui avait surgi à cet instant.

En cette fin de matinée, la générosité de la lumière et l'absence de trafic m'obligeaient à écarter cette explication. Sur ma gauche, rien ne bouchait la perspective formée par la rambarde et prolongée par les arbres bordant la rue. Devant moi, le fleuve sillonné de cargos et des derniers bateaux rentrant de la pêche s'étirait jusqu'au pont de Lambeth, puis s'incurvait sur la droite. Dominant le flot, la silhouette massive de Saint-Thomas tranchait sur la pâleur du ciel. J'avais commencé à tourner la tête pour poursuivre mon inspection, mais je revins à l'hôpital. Ce n'était ni l'attelage, ni la rambarde, ni la rangée d'arbres... C'était, lui, le Saint-Thomas que j'avais déjà vu. Pas sous l'angle qu'il présentait aux visiteurs arrivant par la grille principale, mais bien sous celui qu'il offrait lorsqu'on le contemplait depuis Westminster Bridge.

Je traversai le pont et marchai vers l'entrée. Au moment où je pénétrai dans l'enceinte de l'hôpital, un long nuage offusqua la lumière du jour. Une averse se mit à tomber. Je me réfugiai sous un saule, plus pressé de contempler le tour ténébreux qu'avait pris le décor que de me préserver de la pluie. Alors, mû par une intuition soudaine, je quittai mon abri, retournai sur le pont, en traversai la chaussée à reculons, l'œil rivé à la bâtisse. Les tableaux ! Les tableaux de Millow ! C'était Saint-Thomas qu'il peignait dans sa mansarde ! Cowley Street était située juste de l'autre côté du fleuve, ce qui lui offrait un point de vue imprenable. Je me repus du spectacle puis abaissai la visière de ma casquette et pressai le pas jusqu'à l'hôpital. Le hall était rempli de malades guettant la fin de l'ondée. Je me frayai un chemin jusqu'au couloir aux mandarins. Dans la pièce jouxtant le bureau de Margary, quelques souffreteux attendaient. Au mur, la nature morte gîtait. Je m'approchai et en rectifiai la position. Margary apparut alors que je me reculais pour apprécier la correction. Il s'effaça pour laisser sortir son patient et m'adressa un sourire intrigué.

— J'essayais de remettre la corbeille d'aplomb.

— C'est beaucoup mieux, en effet.

Un des souffreteux se leva et se posta devant la porte du cabinet, prêt à entrer.

— La ficelle du clou est trop longue, ajouta le médecin.

— On avait l'impression que les fruits allaient verser.

Le souffreteux toussa. Je fis signe à Margary de s'occuper de son client et m'éclipsai avant qu'il ne lui prenne l'idée de me remercier.

Ma mère se tenait prête. Elle salua quelques malades et l'infirmière à tresses. J'empoignai son sac et on descendit. Dans le fiacre, l'eau qui ruisselait sur les vitres nous claquemurait. De la rue ne nous remontaient que les odeurs exhalées par la pluie. Pour occuper ses yeux, ma mère scrutait ses ongles trop longs, les franges de son fichu, l'usure du cuir de la banquette. Exactement comme elle l'aurait fait dans une voiture l'emmenant livrer ses chemises par-delà la Tamise, rattrapant par ses simples gestes le cours de sa vie.

Dans mon esprit, le sentiment de joie avait cédé la place aux interrogations. Fergus Millow avait-il choisi ce modèle parce qu'il l'avait en ligne de mire depuis sa lucarne, ou bien avait-il décidé d'habiter Cowley Street précisément parce qu'il lui permettait d'embrasser les quatre étages et les six cents yards de large de Saint-Thomas ? Dans ce cas, j'aurais payé cher pour savoir quel intérêt artistique il pouvait trouver à cette muraille de briques et de grès. A moins que ce ne soit au contraire l'austérité des bâtiments qui l'ait inspiré, il y aurait vu une allégorie de la désespérance.

La voix de ma mère s'inquiétant du niveau de remplissage du garde-manger interrompit ma rêverie. Je la rassurai tandis que le fiacre cahotait sur les pavés d'Aldgate. Lorsqu'il nous déposa, je n'avais pas mes réponses. Une certitude seulement. Millow était la proie d'un terrible tourment. Cette affliction avait fait de lui un peintre reclus, sûrement un être malheureux, voire un assassin hors du commun.

On déjeuna de pâté de poulet et de gâteaux de riz. Elle eut droit à une bière. Un vrai repas de fête. Elle voulut que je lui cause de mon peintre. Je lui assurai que douze flics étaient partis arrêter l'assassin de Millow. Où ça ? Dans Londres, on connaissait le quartier où il se cachait. Je devrais être au Yard à leur retour ; et, auparavant, perquisitionner une fois de plus l'appartement du mort. Elle dit qu'elle avait de quoi s'occuper en m'attendant, avec toute cette couture qu'elle avait en retard.

Un cab me déposa devant le 18, Cowley Street, au milieu des pigeons d'O'Livough. Derrière un carreau du rez-de-chaussée, un coin de rideau se tira ; la figure maigre du vieux apparut l'espace d'un instant. Je montai au quatrième. Au moment d'entrer, je portai la main à mon revolver. Des fois que Fergus Millow soit venu m'attendre. *Un être malheureux, voire un assassin hors du commun...* Personne. Je souris de mes folles espérances. L'appartement roupillait sous la poussière. Dans la mansarde, l'odeur de renfermé étouffait celle de la peinture. Je sortis le tableau de la huche d'osier, me postai contre le vasistas et comparai. Pas de doute, l'œuvre représentait Saint-Thomas tel qu'il apparaissait depuis ce quatrième étage. Millow avait seulement choisi d'en accentuer le caractère triste en l'entourant d'un de ces clairs-obscurs qui précèdent les violents orages. Et il avait éclaboussé les fenêtres de traces de sang.

Je tournai le dos au chevalet et projetai mon regard sur l'hôpital. Une lumière opaline tombée d'un ciel moussu accentuait l'uniformité des teintes, la banalité des lignes. Vu de la mansarde, Saint-Thomas n'était qu'une succession de gros cubes sans intérêt particulier, loin de l'antre que figurait Millow. « Un parti pris de peintre » avait justifié Kensale en évoquant la propension qu'avait Millow à barbouiller des marines éclatantes. Je concevais qu'un artiste puisse choisir de voir la Wash comme un carré de Paradis, pas qu'il prenne le parti de broyer du désespoir. Encore moins celui d'être malheureux ou assassin.

Derrière sa lucarne, Fergus Millow ne prenait aucun parti. Il révélait une fascination pour Saint-Thomas ou ce qu'il incarnait de déchéance. Je repris l'examen de la toile, la détaillai, m'en imprégnai, tentai de me glisser dans la peau de Millow. Mon doigt courut sur le grain de la toile, s'arrêta sur une des gouttes de sang.

Elle formait une cloque, plus épaisse que le gris soutenu qui l'entourait. Aucune n'était visible sur la pierre. Celle-ci était rouge, d'autres tiraient sur le brun, s'effaçaient derrière l'opacité des vitres. Millow les avait figurées à l'intérieur du bâtiment, comme s'il avait tenu à associer la souffrance des hommes à l'atmosphère lugubre de sa création.

46

— Les gars de Bethnal ont coincé vos voleurs !

Doffey me souriait, dos à l'âtre, le tison à la main. Il posa l'instrument, attrapa la besace d'Ashby sous son bureau et me la remit.

Une patrouille avait pincé le gercé et le balafré à l'aube alors qu'ils venaient de détrousser leur troisième victime de la nuit. Les policiers avaient vite établi le lien avec notre agression, grâce au sabre. Les deux lascars n'avaient pas été longs à balancer le nom et l'adresse de celui qui les envoyait : Alexander Scott.

A midi, les flics l'avaient cueilli dans un pub de Belgravia et embarqué sans plus de ménagement qu'ils n'en avaient mis à confisquer les deux malles remplies des butins en souffrance. La besace et le presse-papiers s'y trouvaient. Lors de son interrogatoire, Scott avait reconnu avoir fait suivre Ashby et intimé à ses deux sbires de dépouiller « par esprit de vengeance » celui qu'il avait dû dédommager de trois victoires et de deux coqs morts à la régulière sous les coups d'ergot de ses champions. Les trois gredins goûtaient depuis à l'humidité des cachots de Newgate.

Dès qu'il eut fini son laïus, Doffey se rembrunit. Le récit de ma découverte ne lui tira qu'un balancement de tête. Ses pensées étaient ailleurs. Dans une heure le premier enquêteur devait être de retour. Il le fut.

A 9 heures, les douze avaient livré leur rapport. Dans la salle des inspecteurs, Doffey parcourut le cahier où nous avions, à tour de rôle, relevé les dépositions des policiers. Son visage paraissait engourdi, comme celui d'un dormeur prématurément réveillé. Un bougnat, un boulanger et un papetier prétendaient avoir eu l'homme de la photo pour chaland. On ferait vérifier. Le reste des dépositions ne présentait pas d'intérêt. Doffey annonça qu'il attendrait le lendemain pour décider des suites à donner à l'opération Millow.

Sur ce, je filai au Cockatoo. Ashby venait de terminer son service à la cuisine, il était attablé, loin du bar, dans un coin, derrière une pinte. Il m'écouta, gloussa d'avoir retrouvé sa besace (la seule qu'il ait jamais possédée), puis il ramena du comptoir une assiette de sardines frites et une piche de limonade qu'il me vanta comme la meilleure de Londres. Il s'envoya la moitié des poissons avec un appétit qui faisait plaisir à voir. Ensuite, il en vint à Scott. Tant de ressentiment contre sa personne l'interloquait, il pestait contre le bookmaker, se cherchait des torts, le plaignait d'avoir à affronter l'enfer de la prison. Il noya ses interrogations dans une lampée de stout, se débarbouilla d'un grand trait du revers de la main et remarqua que son sac n'avait pas été vidé.

— J'ai déjà vérifié : des paperasses et une photo de Millow, dis-je, lui cédant une copie du portrait réalisé par Mark Suntherlind.

Il l'empocha et scruta l'intérieur de la gueule de cuir.

— Il y a autre chose... Un courrier. Ce n'est ni un client, ni un fournisseur. Ça commence par « Chère »...

— Depuis quand tu sais lire ?

— Lire, je sais pas. Mais écrire, je commence. C'est la jeunette qui m'apprend... pour que je lui envoie des billets doux. J'arrive à rédiger la date, puis aussi *Chère* et son prénom Christin avec deux *i*... Alors *Chère*, je sais à quoi ça ressemble.

D'une main leste, il sortit une lettre et me la tendit. *Le 6 mars 1890. Chère Anna...* Ashby avait raison. C'était une lettre d'amour. Elle était signée Fergus Millow et c'était bien son écriture ! Il s'était entiché de la femme du militaire.

Ashby me supplia de poursuivre la lecture. Dans un style simple, Millow lui annonçait son arrivée à la pension et lui promettait des galipettes. Avec une liberté qui indiquait que le béguin était partagé. Voilà pourquoi Millow avait déserté le Paradise après 1888. Il avait délaissé le savoir-faire de Clochette, pour la sincérité de la vieille belle. Un émotif ou un grippe-sou... Voilà aussi pourquoi Anna Vanolis avait paru si affectée lors de ma visite. Voilà aussi pourquoi j'avais hâte de retourner lui dire deux mots.

47

Le boulanger de Westbourne Place, le papetier de Belgravia, et le détaillant en coke et bois de chauffage de Wapole Street furent formels. Ils avaient respectivement vendu du pain, des fusains et huit livres de boulets de chauffage à l'homme qu'ils avaient reconnu sur le cliché. Le charbonnier avait assuré la livraison. Sur le double de la facture figurait la date : 5 décembre 1890 à 18 heures, l'adresse : 18, Cowley Street et le nom du client : Millow, mais il n'avait pas inscrit le prénom.

Doffey remercia l'inspecteur qui venait de nous renseigner. Quand la porte fut refermée, il posa les avant-bras sur son bureau et partit d'un rire forcé.

— L'assassin de Cowley Street n'est pas un esprit ! Il a besoin de charbon pour se chauffer !

Brunning s'esclaffa à son tour.

— Et pas qu'un peu, huit livres !

J'attendis qu'ils se calment.

— Rien n'indique que le client du charbonnier soit l'assassin...

— C'est lui qui habitait Cowley Street, répliqua Doffey.

— A 18 heures, l'assassin n'est pas rentré, c'est donc son frère qu'a vu le bougnat dans l'appartement.

Les traits de Doffey se crispèrent.

— C'est tout ce que vous avez à dire ?

— Je peux vous répéter que Fergus Millow avait pris l'hôpital Saint-Thomas comme modèle pour ses tableaux.

— Croyez-vous que c'est ce qui va nous mettre sur sa piste ?

— Pas moins que le charbonnier.

— Trêve de défaitisme ! J'ai la conviction que le piège est en train de se refermer sur Millow. Il va nous manquer quelques jours.

— Je pense bien ! s'exclama Brunning. Il n'aurait pas passé la semaine ! Faudrait que le commissioner comprenne...

Doffey bomba le torse.

— Je compte bien lui demander un peu de patience.

La rencontre entre le commissioner et William Doffey eut lieu dans l'après-midi.

Un coude planté sur son bureau, un côté de son visage reposant sur le plat de sa main, Doffey m'en servit une version empreinte d'une subjectivité palpable. Il était déçu. La réalité, c'est que le commissioner avait campé sur sa position. Il avait regretté de ne pas pouvoir disposer d'un mobile, mais livrerait le lendemain notre coupable à la justice et à la presse. Doffey lui avait pourtant répété que Mary Chapelton avait avoué avoir écrit la lettre anonyme et commis le meurtre, mais qu'elle protégeait un complice qui avait joué un rôle clé, au point que nous n'excluions pas qu'il soit l'assassin lui-même. Devançant la question de son supérieur, Doffey avait argué qu'il devait ce soupçon à son « instinct de flic ». Son interlocuteur n'en avait pas paru ébranlé et avait demandé si l'opération Millow avait confirmé ce que son intuition lui soufflait. A ce moment, Doffey avait commencé à mentir. Il avait affirmé que les deux journées d'investigation avaient accrédité l'existence d'un *autre* Millow, et qu'était née alors l'hypothèse des jumeaux. Il avait révélé qu'un courrier signé Fergus Millow défendant Mary Chapelton avait été porté au Yard. Le commissioner en avait ri. « Quand la presse aura ébruité l'affaire, vous en recevrez encore, et des plus farfelues signées du Bon Dieu ou de Jack l'Eventreur ! » s'était-il écrié.

Je laissai Doffey descendre son verre de brandy, puis interrompis son picorage de galantine :

— Lui avez-vous appris que la signature de Millow avait été authentifiée par un graphologue ?

— Par Kemp ? s'étrangla-t-il. Vous n'y pensez pas, il se serait encore davantage fichu de moi.

Il porta une cigarette à sa bouche et l'alluma dans un recueillement qui incitait à le laisser seul. Brunning sortit. Je m'approchai du bureau.

— Millow était l'amant d'Anna Vanolis.

Doffey s'enfuma.

— La patronne de la pension ?

Je lui envoyai les détails. A un mensonge près : c'est moi qui avais ramené la paperasse et Ashby avait repéré le *Chère* tandis que je l'étudiais devant lui.

— Je vous l'avais dit que la vérité viendrait d'Hunstanton !

— Elle est surtout venue d'Ashby.

Il s'éventa de la main, sans que je sache s'il chassait la fumée ou mes paroles.

— Il me la faut ! J'espère pour elle qu'elle parlera ; si elle résiste, je la colle dans les pattes de Brunning.

Puis il écrasa sa cigarette et décréta que je prendrais le premier train à la gare de Liverpool et la ramènerais par celui de l'après-midi.

48

Brunning n'eut pas le loisir de faire la connaissance d'Anna Vanolis. Durant la moitié du voyage, elle causa spontanément de Millow. Elle avait été son hôte, sa maîtresse. Pire : elle l'avait aimé, et toutes rancies que fussent les chairs du peintre dans son costume à boutons argentés sous les ifs du cimetière de Norwood, elle l'aimait encore.

Je l'avais cueillie alors qu'elle venait de flanquer le vieux birbe au lit pour sa sieste. Elle n'avait pas nié quand je lui avais révélé mon soupçon, ni vraiment protesté quand je lui avais annoncé que je l'embarquais. Comme si la perspective d'évoquer la mémoire de Millow, voire de contribuer à venger sa mort, balayait les scrupules qu'elle aurait pu avoir à déserter la pension et à abandonner le major. A son réveil, le vieil homme serait pris en charge par une infirmière qu'elle avait missionnée elle-même à la faveur d'une halte au dispensaire local. Sur le chemin de la gare, elle m'assura de sa volonté de témoigner autant que sa mémoire le lui permettrait, puis elle m'interrogea : pourquoi l'assassin n'avait-il pas été arrêté ? Millow avait-il été tué par un voleur ?...

J'attendis qu'on ait gagné nos places dans le train de 13 h 45 pour répondre. A ma première question, elle serra les genoux sous le tissu jaune de sa robe, rapprocha ses pieds jusqu'à les joindre eux aussi, bien à plat sur le sol de bois, à côté de son sac à main, et se recoiffa d'une main. Dans le contre-jour de la vitre, son profil était celui des femmes à la beauté tenace. Pommettes hautes, nez discret, lèvres ourlées et menton tracé d'un trait rectiligne formant avec le cou l'angle qui confère l'élégance. Elle lâcha ses cheveux et, comme pour placer notre discussion sur le ton de la confidence, elle raconta sa peine.

Nous venions de quitter les paysages du bord de mer pour ceux de la campagne, lorsqu'elle aborda sa rencontre avec Millow. Deux ans qu'ils fricotaient. A ce que j'en compris, c'est elle qui lui avait mis le grappin dessus. Elle s'était sentie attirée par ses airs lointains, ses attitudes d'homme solitaire et ses manières de ne rien dire. Leurs seuls échanges concernaient sa peinture ; au retour de la plage, il lui arrivait de lui commenter l'avancement de ses travaux, sans jamais la renseigner de ses émotions ou de ses inspirations. Un matin, elle était tombée dans sa chambre sur *L'Abîme*. La découverte de cette face obscure du peintre avait mué son attirance en fascination. Millow n'était plus seulement lointain, il devenait ténébreux. Dès lors, elle avait de plus en plus de mal à cacher son émoi, qu'il ne faisait qu'encourager en lui témoignant des attentions nouvelles. Un jour après que ses pensées eurent contrarié sa nuit de sommeil, elle provoqua un entretien où elle lui confia son trouble, lui affirmant aussitôt que sa position à la tête de la pension et son devoir auprès du major l'empêcheraient de céder à la tentation. Le soir même, Millow l'embrassa – mieux qu'on ne l'avait jamais embrassée à ce que j'en devinai – toutes lumières allumées dans l'escalier qui menait au deuxième étage où elle portait son infusion à l'un de ses pensionnaires.

De ce jour, ils vécurent une relation intense, mais qui ne lui permit jamais de percer les mystères de son amant. De sa vie à Londres, des raisons qu'il avait de venir séjourner à Hunstanton, de ses inclinations joyeuses ou lugubres d'artiste, elle n'avait jamais rien su. Elle avait seulement noté qu'il paraissait sombre et las lorsqu'il débarquait à Hunstanton, et que, dès le jour suivant, son état s'apaisait. Elle le décrivit encore comme un homme sobre – dépourvu de la fantaisie dont se pimente d'ordinaire le caractère des artistes –, robuste, avec des bras, des poignets et des mains épais et couturés, davantage taillés pour tenir la hache ou la pioche que le pinceau. Elle ne lui savait ni femme, ni enfant, ni parent, ni ami, ni ennemi, ni souci, ni d'autre métier que la peinture. Elle avait rapidement renoncé à lui en faire avouer plus. En gardant ses secrets, Millow restait une émanation de son désir, un songe délicieux. Du coup elle se sentait moins coupable. Elle ne fautait pas, elle rêvait.

On arriva à Cambridge. Depuis notre départ, je ne l'avais pas interrompue et n'avais pas eu besoin de l'encourager. Anna Vanolis était sincère, touchante presque, à se livrer de la sorte. De quatre doigts fébriles, elle pressait le dos d'une de ses mains fermées à la manière d'une bigote. Elle parlerait et se souviendrait autant qu'elle le pourrait pour nous aider. Elle rompit brusquement son silence et m'interpella. Pour entourer sa vie passée et présente d'une telle opacité, Millow avait-il quelque chose à cacher ? Avais-je réellement l'espoir d'arrêter le meurtrier ? Le Yard divulguerait-il à la presse qu'elle avait été sa maîtresse ? Je lui promis que non. En échange je lui fis jurer de garder pour elle que ce n'était pas moi qui étais venu l'interroger deux semaines plus tôt. Et de ne pas me poser de questions.

Ensuite, on somnola jusqu'à Londres.

Elle répéta ces paroles dans le bureau de Doffey. Le chef constable déposa une cigarette sur le bord de sa lèvre, souffla une bouffée devant lui et se composa un air suspicieux pour lui dire je ne sais plus quoi. Elle lui répliqua qu'elle s'était résolue à respecter les silences de Millow, puis elle agita la main pour disperser la fumée que lui infligeait Doffey et n'attendit pas d'y être invitée pour prendre congé de nous et rejoindre l'hôtel que lui avait réservé le Yard. Elle regagna Hunstanton le lendemain matin par le train sans que Doffey eût jugé bon de l'entendre à nouveau.

Après le départ d'Anna Vanolis, il avait fumé son clope jusqu'au bout avant de réagir. Il qualifia le témoignage de l'infidèle de « vraisemblable » puis cracha un brin de tabac et ajouta qu'il confirmait ce qu'on savait déjà : qu'il soit la victime ou l'assassin, ce Millow était sans doute l'homme le plus singulier qui ait jamais mis les pieds sur le sol paisible d'Hunstanton.

Remonté dans ma carrée, je ressassai l'épisode Vanolis sans y déceler rien qui m'éclairât. Ma réflexion me ramena à l'événement précédent. L'entrevue de Doffey avec le commissioner. Le récit que m'en avait fait le chef constable m'avait plus irrité que je me l'étais avoué. Le commissioner n'avait retenu que ce qui accusait Chapelton, et Doffey ne s'était guère employé à le contredire. Je me calmai d'une tasse de thé. Une seconde suffit à forger ma conviction. L'enquête méritait d'être poursuivie. Sans eux.

L'opération Millow nous avait renseignés sur la victime, pas sur l'assassin. Deux fils nous rattachaient à lui : Mary Chapelton qui croupissait à Newgate. Et ses tableaux. Le meurtrier avait voué son âme de peintre à la tristesse de Saint-Thomas. Des fils ténus mais bien réels : je ne pouvais soupçonner Millow de nous les avoir sciemment jetés en pâture. Il me restait à comprendre... Dans la lumière déclinante, je fermai les yeux, recomposai l'œuvre. Ciel plombé, rectangle de pierres grises suintant la tristesse et le sang. Les gouttes avaient été peintes derrière les carreaux, c'était là sa vision de la souffrance *du dedans*. Fallait-il qu'il l'ait endurée lui-même pour en léguer une telle représentation ! J'empochai sa photo, mis ma casquette et courus attraper l'omnibus. La piste qui nous reliait à Millow se perdait derrière les murs de Saint-Thomas. Millow y avait-il traîné ses maux, ses états d'âme d'artiste, ses délires de mauvais garçon ? Doffey se serait fichu de moi : ce n'est ni un peintre ni un meurtrier torturé qu'on traquait, mais un monstre à sang froid. La vérité c'est qu'on ne savait plus ce qu'on cherchait, Millow avait tué son double, une part de lui-même. Encore heureux qu'on ait retrouvé un corps.

49

L'odeur âcre de la marée basse montait jusqu'à Saint-Thomas. Je franchis le portail, zieutant tout autour, des fois que Millow hante les parages. L'avais-je déjà croisé tandis que je venais voir ma mère ? Impossible, son visage aurait retenu mon attention, à moins qu'il ne m'ait épié, sans se découvrir. Depuis le soir dernier, je tentais de me raisonner, mais mon esprit galopait. Millow m'aurait guetté, observé, suivi peut-être, à Hunstanton, au Bedlam, au Yard, au Cockatoo, chez moi, chez lui, au cimetière de Norwood, collé à mes basques depuis le premier jour. L'opération Hackney. Sans plan, ni photo, ni gamelle. Doffey aurait pu en prendre de la graine. L'implacable succès ! Je me retournais, tâchais de refouler ces pensées, y parvenais à peine. Combien de fois avait-il pénétré dans ce hall, s'était-il approché de ce guichet de faux marbre, avait-il penché son air de pas y toucher au-dessus de cette femme aux cheveux trop longs tapie derrière ses piles de livres ?

— Connaissez-vous cet homme ?

L'échevelée examina la photo que je lui présentais.

— Ça se pourrait.

Je sortis mon insigne.

— Scotland Yard ? Comment s'appelle-t-il, votre moustachu ?

— Fergus Millow, avec un *i* et deux *l*.

— Ça ne me dit rien.

Elle compulsa un bordereau puis un autre.

— Je n'ai rien à ce nom-là. Mais je pense bien l'avoir déjà aperçu.

Et voilà qu'elle se la boucla, occupée qu'elle était à maintenir son classeur en équilibre sur le tas.

— Où est-ce que vous l'avez vu ?

Elle prit le temps de vérifier que son bazar était stabilisé et désigna le hall.

— Là.

— Dans quelle direction ?

— Il se dirigeait vers le grand corridor.

— Pour y faire quoi ?

Elle s'inventa un sourire et renseigna un péquin. Je me glissai derrière elle, saisis une épaisseur de ses classeurs et la flanquai en travers de son comptoir.

— Votre boutique est fermée. C'est à moi qu'il faut répondre maintenant !

Elle sursauta, affolant quelques mèches qui lui dégringolèrent sur le front et les joues.

— Pas la peine de crier, vous êtes dans un hôpital.

— Répondez ! Qu'est-ce qu'il allait y foutre, dans le grand corridor ?

— Consulter, je suppose.

— Qui ?

— Vous n'avez qu'à lire, c'est marqué sur le mur.

Je me faufilai parmi les blouses beiges et les malades en balade, m'enfonçai dans le couloir en question, à l'opposé de celui qui menait à l'escalier du premier.

A dix pas de là, deux types collaient leur nez au panneau. Je les imitai. Cinq flèches dirigeaient les ignorants vers les consultations d'orthopédie, de neurologie, de stomatologie, de médecine hépatique et de pneumologie, celle du docteur Margary.

Je fonçai et entrai dans la première salle d'attente, un renfoncement mal éclairé dont l'un des murs était décoré d'un croquis jauni représentant un homme d'os et de tendons. J'y traversai un parterre de béquilleux et toquai chez le docteur. Dans mon dos, ça grognait chez les pattes-folles, ça voulait que je prenne mon tour, l'un d'eux m'appela « le boiteux ». Quand le médecin ouvrit, j'avais attrapé le goujat au collet, il vint nous séparer. Je le repoussai dans son bureau, exhibai ma carte et la photo. Il fut affirmatif, ce moustachu n'était pas de ses patients. Je passai chez le neurologue. Avant que je ne frappe à sa porte, une brune gloussante m'intercepta. Secrétaire, qu'elle était. Je me présentai, le professeur était dans les étages. Je lui montrai la fiole de Millow. Elle l'ausculta sous toutes les coutures, avant de m'avouer que « hi hi ! » il avait l'air bien trop raisonnable pour avoir besoin du professeur ! Au service pneumologie, les banquettes étaient vides. Une pancarte indiquait que cette consultation et celle d'hépatologie étaient fixées de 10 heures à 16 heures. L'hépatologie, c'était à côté. Un infirmier à gros sourcils discutait avec une malade en chemise de nuit. Je l'attirai dans un coin.

— Reconnaissez-vous cet homme ?

Et comment qu'il le reconnut ! Un coup d'œil et il aurait pu me réciter son âge, son poids et son état de santé. Mais il se retenait.

— C'est un de nos patients.

— Son nom ? demandai-je.

— Millow.

Je lui fis répéter, épeler, l'encourageai à se souvenir du prénom. Ça lui revint, c'était Fergus. Je sortis un calepin, écrivis. Les questions se bousculaient dans ma tête.

— Comment se nomme son médecin ?

— Strumble.

— Millow a rendez-vous quand ?

— C'est la secrétaire qui tient l'agenda.

Il fit monter sur son visage l'embarras de celui qui devrait savoir mais qui ne sait pas. Je pris sur moi pour ne pas le secouer.

— Pour quoi est-il soigné ?

— C'est le docteur Strumble qui pourrait vous dire ça.

— Où puis-je le trouver ?

— Il est chez lui à cette heure.

— Qui peut me renseigner, alors ?

Avant qu'il me resserve sa tête d'ahuri, je répétai ma question de ma voix la moins aimable. Il eut un mouvement de recul.

— Faudrait voir l'intendant de l'hôpital. C'est au deuxième.

Je revins dans le hall au pas de course, grimpai, parcourus un couloir désert aux murs blancs, poussai une porte à double battant et me retrouvai devant une enfilade de bureaux. Celui qui m'intéressait était le premier. L'intendant s'étonna de ma présence, de mon allure, de ma question, de mon insistance, de mes mauvaises manières, de la brusquerie avec laquelle je lui soutirai le planning où figurait ma réponse, et de l'incorrection dont je fis preuve pour retourner ses tiroirs jusqu'à y dénicher l'adresse du docteur Strumble.

Elvin Crescent Street était une artère calme, flanquée de hautes demeures à toit de tuiles qui avaient attiré à Notting Hill ceux que leur fortune autorisait à penser que le grouillement de la ville n'était propice qu'au commerce, aux plaisirs indignes et aux maladies.

A la suite d'un majordome, j'escaladai un perron large comme une venelle de Whitechapel et patientai dans un vestibule, le temps qu'on m'annonce. Le domestique réapparut, m'introduisit dans un boudoir. Entre les pans de la tenture de velours vert qui habillait la fenêtre, le jardin laissait voir sa pelouse impeccable, ses allées bordées de rochers, ses massifs de roses et l'exubérance d'un fuchsia.

Le docteur apparut. Il me tendit une poignée de main d'homme à gros muscles.

— Scotland Yard, m'a-t-on prévenu. Que se passe-t-il ?

Je lui montrai la photo (qui lui parla au premier coup d'œil), lui confiai mes soupçons ainsi que le caractère décisif que pourrait revêtir sa coopération. Il me considéra avec curiosité et me désigna un fauteuil qui tournait le dos à la bibliothèque, planta le bout des doigts dans les poches de son gilet et arpenta la pièce à pas lents. Je lui avais tout d'abord donné mon âge, mais il devait avoir plus, pas loin de la cinquantaine. Il se tenait très droit et levait les pieds très haut, montrant et remontrant le cuir lustré de ses souliers. Il expliqua qu'il aurait préféré que je lui présente un mandat, puis il contourna une table basse en bois incrusté de marbre et s'assit derrière son écritoire. Il alluma une lampe à abat-jour et parla en fixant ses doigts qui jouaient dans le plumier.

— Fergus Millow est mon patient depuis huit ans.

Je notai avec fébrilité.

— Il souffre d'une cirrhose aiguë.

La lumière qui saisissait ses traits de côté en accentuait la brutalité. Ses cheveux roulaient en boucles négligées sur sa nuque, son nez était sévère, et sa mâchoire si puissante qu'elle projetait sa lèvre inférieure bien au-delà de l'autre à chaque mot qu'il prononçait.

— Il boit?

— Il buvait.

— C'est un cas grave?

— Son foie se dégrade chaque jour, moins aujourd'hui depuis qu'il prend soin de lui, mais l'issue sera fatale.

— A quelle échéance?

— Cinq années au plus.

— Il sait?

— Je ne lui ai laissé aucun espoir de guérison.

— En quoi consiste le traitement?

— Il vient cinq jours de suite toutes les quatre semaines. Je lui prodigue une saignée tous les deux mois et des intraveineuses de médicaments à chaque séance. L'alcool lui est définitivement interdit.

— Il supporte?

— Les injections le fatiguent et le dépriment.

Il se tourna vers moi et m'englua d'un air entendu comme il devait en servir quand il en avait fini d'une consultation. Sauf que là, c'était moi qui consultais.

— Depuis quand ne l'avez-vous pas vu?

Il se leva et se planta devant la fenêtre. Pour toute explication, il me donnait à contempler son profil de bouledogue jouissant de la vision qui s'offrait à lui. Ce n'était pas le quart d'heure. Son gazon, ses cailloux, ses fleurettes et son fuchsia attendraient. Il avait toute sa vie pour profiter de sa verdure, se prélasser dans l'acajou, ricaner de ma figure en coin de rue, et même se moquer de tous ceux qui n'avaient pas, comme lui, fait fortune dans la cirrhose.

— Depuis quand ?

La sécheresse de mon ton l'avait piqué.

— Je ne sais plus trop... Plus d'un mois, je pense.

— Il a donc manqué un ou deux rendez-vous.

— Oui.

— Ça lui arrive souvent ?

— Non.

— Ses rendez-vous sont-ils fixés en début de mois ?

— Je ne m'occupe pas du planning.

Je bondis du fauteuil jusqu'à lui.

— Qui s'en occupe ?

Il battit en retraite, bousculant sa chaise.

— Voyez cela avec ma secrétaire.

— Son nom.

— Mrs. Hutter.

Il serrait les dents, tirait sur les pans de son gilet, regardait par-dessus ma tête dans le jardin.

— Je vais vous reconduire.

— Auparavant, vous allez me donner son adresse.

Il se mit à ranger son plumier et quand il ouvrit la bouche, ce fut pour soupirer. D'une taloche au plexus, je l'envoyai dinguer sur son siège.

— Gardez vos frimes pour vos malades, Strumble, il va falloir collaborer.

— Je n'ai pas tout cela en mémoire.

Je me précipitai devant l'écritoire.

— Son adresse !

A mon cri, succéda le bruit de mon poing s'abattant

sur le bureau, puis le crépitement des plumes retombant sur l'acajou et le chêne. Il se ratatina contre son dossier.

— Elle doit figurer dans son dossier...

— Il est où, ce dossier?

— Chez Mrs. Hutter.

50

La soupière dégoulinait. Ashby la tenait d'une main, l'autre serrait une éponge. La crasse et les éclaboussures avaient maculé son tablier et les verres de ses lunettes. Il tourna vers moi sa mine à découvrir la vie. Au milieu des odeurs de vaisselle, je venais de lui raconter mon enquête à Saint-Thomas et ma visite au médecin. Il renifla avec gourmandise.

— C'est Doffey qui va être content! fit-il.

— Je ne lui dirai rien. Pour lui, le dossier est clos. La culpabilité de Chapelton sera livrée aux journaux demain.

Il se mit à récurer.

— Il faut le convaincre de patienter.

— A moins de lui amener l'assassin, il ne changera pas d'avis.

Il trempa une poignée de couteaux dans le bouillon savonneux avec les gestes empruntés de celui qui pense à autre chose.

— S'il avait bien ses rendez-vous en début de mois, tout colle. Le traitement, sa petite forme quand il arrivait à Hunstanton vers le 7 ou 8...

— Et même les gouttes de sang sur ses toiles, allusion à ce qu'il devait endurer pendant les saignées... Ça colle mais ça change tout, avançai-je. Reprenons : Fergus Millow, le meurtrier, occupe l'appartement de Cowley Street le matin jusqu'à midi. Judith Jaffray, sa domestique, l'y voit peindre des « rectangles tristes ». Je découvre que ce sont là ses représentations de Saint-Thomas et j'en déduis que le tueur puise son inspiration dans les souffrances qu'il a endurées dans cet hôpital. Cette hypothèse est corroborée par le fait qu'il est traité depuis huit ans au service hépatologie.

Ashby souleva les couverts dans une gerbe d'eau.

— Donc le Millow malade serait la victime et le tueur serait celui qui prenait l'air à Hunstanton !

— Le problème, c'est que, pour nous, l'assassin ne quittait jamais Londres. C'est le mort qui allait batifoler au Paradise et enjoliver les rivages de la Wash.

Ashby essuyait les couteaux sans les regarder. Il suspendit son geste.

— Ça veut dire quoi ? Que les deux Millow se rejoignaient là-bas ?

— Ça veut dire que je n'y comprends décidément plus rien.

Je me posai sur un tabouret bancal et ôtai ma casquette.

— Reprenons.

— Dans notre scénario, l'assassin envoyait son frangin là-bas pour se couvrir pendant qu'il menait ses trafics à Londres.

— Cela semble une bonne raison.

— Dans ce cas, le patient de Strumble était la victime, et sitôt la dernière piqûre reçue, il sautait dans le train.

— Et le meurtrier, qui connaissait la maladie de son frère, compatissait à coup d'œuvres noires et sanguinolentes. Les jumeaux ne font qu'un, c'est connu.

— J'ai plus simple : le mort peignait l'après-midi.

— La domestique a assuré que son patron consacrait ses matinées à son art.

Je triturai ma gapette un moment et suggérai :

— Ils pouvaient parfaitement se relayer tous les deux sur la même toile.

Ashby acheva de briquer une lame longue comme son bras, s'appuya contre l'évier et se mit à marmonner dans une attitude d'extrême concentration.

— Les deux Millow travaillaient à tour de rôle sur le tableau... l'un le matin (l'assassin) et l'autre l'après-midi (la victime). Celui-ci... le mort donc... a eu l'idée de prendre l'hôpital comme modèle, parce qu'il y subit un traitement... et son jumeau qui n'était pas si mauvais bougre avant de devenir meurtrier, souffre avec lui et collabore, avant sa promenade du matin.

— Il y a un hic ! Dans notre hypothèse des jumeaux, le patron de Mrs. Jaffray, donc le tueur, quittait l'appartement vers midi. Nous savons maintenant que c'était pour se rendre à Saint-Thomas. Il fallait donc que ce soit lui le malade.

— Et alors ? Il sortait non pas pour se rendre à l'hôpital mais pour vaquer à ses occupations, exactement comme il le faisait le reste du mois. Et son frère regagnait Cowley Street après sa consultation.

J'étais à peine convaincu et pour tout dire fatigué. Les jumeaux, leurs arrivées, leurs départs, leurs promenades, leurs tableaux, tout s'embrouillait... Ashby, qui frottait ses mains sur le tissu graisseux de son tablier, s'arrêta subitement.

— Quelqu'un peut peut-être nous le dire si *L'Abîme* et les autres toiles sinistres ont été réalisés à quatre mains. Un genre de Kemp spécialisé dans la barbouille.

— Kensale. S'il y en a un qui peut nous renseigner, c'est lui. On lui demandera aussi si les marines et Saint-Thomas ont été peints par le même artiste. Il y a longtemps qu'on aurait dû se pencher là-dessus.

51

— Attendez ici. Le directeur veut vous voir.

L'échevelée m'avait reluqué avec l'air dont elle devait accueillir les cholériques.

— C'est Mrs. Hutter que je veux rencontrer.

Elle ignora ma requête et quitta son guichet. Elle avait la démarche militaire de ceux qui se dépêchent de rapporter. C'est cette dégaine qui me mit la puce à l'oreille. Je m'engouffrai dans le couloir, me hâtai jusqu'au service d'hépatologie. Une demi-douzaine de verdâtres, d'amorphes et de trop gros attendaient sur des bancs.

— La secrétaire du docteur Strumble ?

Un doigt montra le fond du corridor. J'arrivai essoufflé devant une blonde défraîchie à bouche pincée, emmaillotée d'un corsage rose fané. En entendant mon nom, elle contracta ce qui pouvait l'être de son visage et me dit de rester là, qu'elle allait chercher un responsable. Elle ferma ses tiroirs et s'éloigna en me jetant des regards par en dessous. Je n'attendis pas son retour pour décamper.

*

Doffey entra dans mon cagibi sans frapper. Une cigarette dorée fumait à ses lèvres, il l'ôta pour crier.

Le docteur Strumble, éminent hépatologue, fréquentait le même club que le commissioner. Dès la veille au soir, il l'avait informé de mon intervention et avait été encouragé à m'éconduire avec la fermeté qui s'imposait si je me repointais à l'hôpital ou à son domicile. Doffey me demanda ce qui m'avait pris, ce que je voulais à ce toubib, quelle lubie m'avait traversé l'esprit, si je n'étais pas devenu enragé, qu'il faudrait moi aussi m'interner... Je lui répondis seulement que Mary Chapelton n'avait pas tué Fergus Millow ; c'était maintenant une certitude.

Il s'envoya quelques bouffées vite recrachées et m'enjoignit d'oublier Millow et de retourner séance tenante à mon quotidien de détective.

Après son départ, je meublai ma journée d'une tournée d'indics dans Spiltafields et de l'ingestion de trois ou quatre pintes de thé dans la pénombre à peine tiède de ma carrée. A 6 heures, je filai au Cockatoo. Ashby était derrière le bar. Le temps d'avaler un soda, je lui racontai ma matinée à Saint-Thomas. Et lui confiai une mission : s'assurer que le malade Fergus Millow plaçait bien ses rendez-vous en début de mois, et obtenir l'adresse qu'il avait fournie. Le tout sans jamais prononcer mon nom ni celui du Yard.

La réponse de Kensale arriva à midi. La formulation chassait l'équivoque. Les marines signées Fergus Millow et la série des huiles titrées *L'Abîme* étaient l'œuvre d'un unique et même artiste. Je relus le message venu d'Hunstanton et courus vers la lumière du jour.

Prenant mon tour dans le rang clairsemé des cols-blancs et badauds qui descendaient Charing Cross, je dérivai jusqu'à Saint-Martin Place et me laissai happer par la cohue dont palpitait le quartier. Mon quotidien de détective attendrait. La teneur du télégramme de Kensale m'obligeait à reconsidérer quelques conclusions. Millow avait peint tous les tableaux. Ceux qui rêvaient une mer bleue, comme ceux qui broyaient la noirceur de Saint-Thomas. Le Millow qui enduisait ses pinceaux de rouge sang dans la mansarde était celui qui s'aveuglait face à la Wash. Et jamais la patte des deux frères n'avait été associée sur la même toile. A se demander si les *deux frères* avaient existé, s'ils n'étaient pas qu'une invention germée de notre désarroi causé par la lettre portée au Yard. Elle attestait pourtant que Fergus Millow était vivant. Enfin... *ce Fergus Millow*. L'autre cherchait le paradis des barbouilleurs quelque part au-dessus du cimetière de Norwood.

Fergus Millow était la victime et l'assassin, le droitier et le gaucher, le joyeux drille et le maladif... « Son foie se dégradait chaque jour, moins aujourd'hui qu'hier depuis qu'il prenait soin de lui », avait lâché Strumble. J'atteignis le croisement de Wardour Street et Leicester Street. Un gus me proposa une brassée de paillassons élimés, deux shillings l'un, trois pour les deux. Il aurait mérité que je lui apprenne à mieux choisir ses clients. Pas le temps. Une idée m'était venue. *Depuis qu'il prenait soin de lui*... Ça n'avait donc pas été toujours le cas. Millow était *devenu* un patient modèle, un homme austère. Il n'avait pas été bon vivant et triste, il avait été bon vivant *puis* triste. Dans ma caboche se bousculèrent alors les bégaiements du soûlard du Pixie Hood, les voix de Mrs. Vanolis, Jaffray, Peacock, celles de Clochette et Kensale. Ceux dont les témoignages nous avaient persuadés de la double personnalité de Millow. Le bègue et Duchesse s'étaient souvenus d'un incident vieux de douze ans au moins survenu au Stormy. Millow y était violent et, ce jour-là au moins, plus attiré par la boisson ; et les arrière-salles que par les femmes. Tout le contraire du Millow que décrivaient les témoins d'Hunstanton. Sa maladie l'avait détourné de la boisson ; dès lors, ses rares ivresses lui avaient été servies par Clochette au Paradise et Anna Vanolis à la pension. S'offrait-il les mêmes plaisirs à Londres ? A la réflexion : non. Même si le peintre de la Wash et celui de Saint-Thomas ne faisaient qu'un, Millow se morfondait dans le plus noir des désespoirs lorsqu'il était à Londres et reprenait goût à la vie à Hunstanton. Jusqu'à en influencer ses inspirations d'artiste.

Sur cette pensée, je montai l'escalier vermoulu et toquai chez Ashby.

— Joe ?

J'entrai, chassai un coq à l'œil mauvais de l'extrémité de la paillasse et pris sa place. Ashby s'assit en tailleur sur le coussin de sciure qui lui servait de traversin et passa ses doigts sous les verres de ses lunettes pour frotter ses yeux. Sous ses paupières rougies ses prunelles couleur olive brillaient d'un éclat que je leur connaissais. Il m'avait servi le même regard de garnement dix ans plus tôt sous la lanterne du Cockatoo en revenant de chez un gogo d'Albert Road à qui il avait soutiré les clés de sa maison de campagne et un emploi de jardinier. Le lendemain, un fiacre de louage n'avait pas suffi pour emporter la vaisselle, les tableaux et le mobilier de teck de la demeure.

Il avait déboulé à Saint-Thomas à 10 heures. A Mrs. Hutter, il avait demandé à consulter le docteur Strumble. La défraîchie l'avait scruté de haut en bas, et lui avait demandé s'il avait de l'argent. A la vue des quelques pence qu'il avait tirés de sa poche, elle l'avait éconduit. Il avait sollicité sa compréhension, se lançant dans le récit fabulé des avatars qui l'avaient mené jusque-là. Pour nourrir une demi-douzaine de gosses que lui avait laissés sa femme morte de s'être privée pour sa progéniture, il trimait de l'aube à la nuit dans une distillerie du North End. Il s'en récoltait six shillings pour une semaine et une santé délicate pour le restant de ses jours. Les vapeurs d'alcool lui avaient attaqué les yeux puis les poumons, l'estomac et maintenant le foie, lui qui n'avait jamais bu que de l'eau et mangé du lard et de la bouillie de son avec une cuiller de bois lavée du jour, et encore, quand il ne devait pas passer le reste de sa nuit à rechercher un de ses marmots parti mendier dans les rues malfamées de Saint-Giles pour le seul plaisir de s'offrir un repas composé d'une saucisse cuite dont il avalait la moitié et rapportait le reste à ses frères et sœurs. Attendrie, Mrs. Hutter lui avait fixé un rendez-vous pour le lendemain, et lui, s'était répandu en remerciements tandis qu'elle lui réclamait des détails sur sa vie de misère. Il l'avait appâtée avec le dernier hiver et les – 3 ° qui glaçaient son taudis et les obligeaient à dormir les uns contre les autres, plus près encore qu'à l'habitude, dans l'unique pièce ouverte à tous les vents et surtout aux mordantes rafales venues du nord.

La description de tant de misère passionnait la secrétaire du docteur Strumble au point que, pour l'entendre encore et encore, elle avait accepté de le suivre jusqu'au Select où ils burent du thé d'Asie qu'elle insista pour payer. En échange, Ashby lui avait offert son content d'émotions par le truchement d'anecdotes, de détails et de trémolos. Et quand elle fut à ce point transportée qu'elle s'était mise à le considérer avec cette espèce de miséricorde dont se pare le regard des femmes mûres, mariées et pratiquantes, quand leur pitié, leur admiration ou toutes ces sortes de fascination se muent à leur insu en sympathie, en attirance, voire pire, il avait prononcé le nom de Fergus Millow.

La pimbêche n'avait pas eu le temps de se défaire de sa face de dévote, qu'Ashby avait précisé que c'était ce Millow qui lui avait recommandé le docteur Strumble, et que ça avait été là les dernières paroles que ce brave homme lui avait servies, vu que le soir même sa sainte vie s'était achevée, le crâne béant entre deux échardes du parquet de son logement de Cowley Street. Conquise qu'elle était, Mrs. Hutter n'avait pas sourcillé, et Ashby, entretenant de ses airs de rescapé l'émoi de son interlocutrice, l'avait doucement amenée à s'épancher sur Millow. Pas de doute, c'était bien du même qu'on parlait. Des Millow roupillant sous la terre de Norwood après avoir tant baguenaudé dans Westminster, il n'y en avait qu'un.

Le malheureux était un vieux client du docteur, c'était un homme peu causant, toujours vêtu du même manteau beige et d'un feutre noir. Il était très affecté par la maladie, une forme rare et inéluctable de dégénérescence du foie. Le traitement était lourd. Plus d'un patient renonçait. Trop de souffrance et de fatigue. Millow, lui, avait révélé une résistance à la douleur et une vaillance hors du commun. Une belle dose de sérieux aussi. Il avait cessé de boire, n'avait jamais manqué une séance de soin avant ce mois, ni une promenade du soir, ni une occasion de partir respirer le bon air comme le lui prescrivait le docteur. Un vendredi, il avait même insisté pour qu'elle avance un rendez-vous, habituellement fixé à 12 h 30 et qui l'empêchait de prendre son train à destination de la Wash. Elle avait entendu le docteur louer cette conscience. L'évolution de son mal s'en trouvait ralentie.

Le reste, Ashby ne s'en souvenait plus, son attention ripait sur la surface de ce visage dont l'intensité qu'elle mettait à raconter réveillait les disgrâces. Parce qu'elle avait continué à causer, la pimbêche ! Intarissable. Ashby n'osait pas l'interrompre, il ne comprenait pas. Ce n'était pourtant pas compliqué, elle aurait relaté l'infortune de tous les condamnés de Saint-Thomas pour qu'il continue à poser sur elle ses façons d'innocent.

« On ne coupe pas la parole d'une dame », proféra-t-il en se rehaussant sur son ballot de sciure. Alors, il ne l'avait pas interrompue. Il s'était levé, l'avait laissée à sa parlote, son thé, ses retroussis de paupières, ses gigotages de mains et ses effets de bouche, et il était parti. Il avait encore la jeunette à amuser et les coqs à nourrir.

Je me levai et me postai à sa fenêtre. Vue sur l'enclos au poulailler derrière le carreau poussiéreux.

— Le Millow malade filait bien à Hunstanton dès sa dernière piqûre reçue, conclut Ashby derrière moi.

— Et c'est lui qui peignait, seul, depuis la plage et depuis la mansarde, Kensale l'a confirmé.

— On n'a plus qu'un seul Millow ?

Je lui balançai les réflexions que le télégramme m'avait inspirées. Il tiqua.

— « Bon vivant puis triste », OK, mais on a toujours un droitier et un gaucher.

— Ouais... Il était droitier il y a dix ans... puis il est devenu gaucher...

— Je veux bien que le pourrissement de son foie l'ait rendu sombre, pas manchot.

— Qui te dit qu'il n'avait qu'une hépatite ?

— A quoi tu penses ?

— A un genre d'ankylose qui lui aurait bousillé le bras ou la main.

— Il aurait pas eu de veine, les abattis et après, les boyaux. Pas étonnant que le cafard l'ait attrapé !

Il écarquillait les yeux, pouffait pour se faire plus joyeux qu'il n'était. Puis, en un instant, son attitude se figea.

— La secrétaire doit le savoir s'il a une pogne engourdie.

— Mrs. Hutter ?

— C'te blague ! J'm'en vais lui redélier la langue au Ceylan, à la bignole.

— Vu que tu es parti sans la saluer, je crains qu'elle t'ait moins à la bonne. Même entichées, ces femmes-là réclament des égards, sinon elles se contrarient et se remettent à vieillir.

— J'ai une idée : on va déterrer Millow encore une fois, et on va l'examiner.

— Tu perdras ton temps, les vers ont boulotté les indices.

Rash Kiddy se mit à coqueriquer derrière son grillage. Ashby attendit que le silence soit revenu.

— Admettons qu'on s'aperçoive que ses doigts étaient plus capables de serrer son pinceau, cela nous dira pas comment il a pu tenir une plume et nous écrire, alors qu'il était plus de ce monde.

Je fis les quatre pas qui me séparaient de la cage, agaçai l'animal à travers les fils du grillage, évitai un coup de bec et me retournai vers Ashby.

— Une seule chose est certaine : Millow ou pas, le type qui a rédigé cette bafouille était assez vivant pour se ficher de nous.

Un fiacre me chargea sur Drury Lane. J'aurais pu prendre mon temps, discutailler encore avec Ashby, peser les éventualités et mesurer les risques que comportait mon acharnement à démêler une intrigue qui ne passionnait plus grand monde et surtout pas les huiles du Yard. Mais une pulsion me commandait de foncer. Je tournais en rond, j'étouffais. L'impression d'être submergé par ce mystère, de m'être perdu dans le labyrinthe imaginé par l'assassin. Englué dans cette affaire où j'avais le sentiment d'avoir joué le rôle que m'avait assigné l'assassin. Hackney complice du tueur au gourdin ! N'avait-il pas prévu que j'enquête au Bedlam et que j'arrête la Chapelton ? A cet instant précis, ce doute m'était insupportable. Celui-ci et tous les autres. Alors, je fonçai.

52

Le successeur de Kemp au service des archives du Département d'investigation criminelle était un homme menu aux yeux craintifs cerclés de lunettes à monture de fer. Du sol au plafond, des placards couvraient les murs de la longue pièce qu'il occupait. Il régnait sur ce territoire de bois et de poussière, accumulant, classant, répertoriant et veillant surtout à ce qu'aucune pièce ne sorte de sa tanière sans qu'une note du commissioner ou de Doffey le lui ait commandé.

Derrière lui, la lueur d'une grosse lanterne à gaz étalait son ombre sur la façade d'un semainier. La forme noire s'anima.

— Des courriers à ajouter... Quel index ?

— Millow, avec deux *l*.

Le binocleux grimpa sur un escabeau, fit coulisser une porte et plongea les bras dans une épaisseur de dossiers.

— Voilà.

— Et Bery avec un seul *r*, ajoutai-je en épluchant la liasse qu'il avait posée sur son pupitre.

Il remonta sur son perchoir et fouilla à nouveau.

— Bery avec un *r*, je n'en vois pas, quel prénom ?

— Aucune importance, je repasserai.

Je mis de l'eau à chauffer et débarrassai la missive de son enveloppe. Bery n'existait pas et je n'avais rangé qu'une page blanche dans le classeur du binocleux. Je n'avais trouvé que ce moyen pour récupérer la lettre signée Fergus Millow. Au passage je n'avais pu résister à la tentation d'empocher le courrier de menace expédié à Millow par Mary Chapelton.

Je le parcourus rapidement puis dépliai la lettre reçue au Yard sur mon bureau, à côté du billet qu'Ashby avait ramené de la pension L'Amiral et saisis une loupe. L'éclat de ma lampe verdissait le bleu pâle de l'encre. J'appliquai mon œil au verre grossissant. Sur les deux documents, les calligraphies étaient identiques. Malgré l'absence de quadrillage, les caractères se liaient bien horizontalement. Certains jambages montaient et descendaient plus qu'ils n'auraient dû. C'était là l'unique particularité de cette écriture dont l'examen plus poussé ne trahissait que l'infime tremblé. J'y vis la confirmation qu'ils avaient pu être tracés par la main, altérée par la maladie, de Millow. Le papier était celui dont se composent les blocs à dix pence. Peu épais et sans filigrane. Sur le pli porté au Yard, une bande de deux centimètres avait été prélevée sur la partie supérieure ; la même opération avait été répétée au bas du rectangle.

S'était-il donné cette peine pour en ajuster le format à celui de l'enveloppe ? Non puisqu'il l'avait pliée en deux pour l'insérer. Une bizarrerie sans cause ni importance, essayai-je de me persuader. Sans y parvenir. Un adversaire de cette trempe ne laissait rien au hasard. Chaque action qui avait présidé à la réalisation et à l'acheminement de cette missive avait été pesée. Mue par cette conviction, ma main promenait la loupe avec fébrilité. Avant même que j'aie réalisé pourquoi, elle l'arrêta sur le haut de la page. La déchirure en biseautait l'épaisseur. A la perpendiculaire du bord, une trace bleue se détachait sur le blanc cassé du papier. Soumise à la seule scrutation, la gringuenaude était invisible. Grossie par l'instrument, elle accusait la forme d'une minuscule queue de rat dépassant du fouillis des fibres. J'étudiai avec minutie les quatre côtés du document et n'y découvris rien. Le scripteur avait abandonné une patte de mouche, là et là seulement, à l'aplomb du dernier mot de chacune des lignes.

J'absorbai une goulée de thé brûlant, comme si cette ingestion pouvait présenter la vertu de me stimuler les méninges. Ma tasse fut vidée sans qu'aucune explication me soit apparue. Ou alors une seule qui n'étanchait pas mon impatience : le papier s'était simplement maculé d'une gouttelette tombée de la plume. J'empoignai la loupe, la positionnai sur la virgule et me rendis à l'évidence : ses contours étaient trop infimes et trop nets pour qu'elle ne soit qu'une éclaboussure. A moins qu'il ne s'agisse là de l'ersatz d'une tache plus importante ayant souillé le haut de la feuille ; devant le dégât Millow se serait résolu à le déchirer avec soin... Je me resservis du thé et m'attachai au spectacle des fumerolles glissant à la surface du liquide. J'attendrais pour le boire. Sa saveur âpre ne flattait que mes papilles et mon goût pour les habitudes. Elle me lénifiait, consumait ma lucidité ; fallait-il que j'en sois dépourvu pour me contenter de cette pirouette ? Si Millow avait renversé son encrier sur sa page, il l'aurait, comme n'importe qui, jetée et en aurait détaché une autre sur son bloc. Puis pourquoi aurait-il fait subir le même sort au bas du feuillet qui ne portait trace d'aucune souillure?

Je poussai d'une pichenette la loupe au-dessus des lignes bleu pâle. Sous le verre grossissant, l'encre étirait sa couleur jusqu'à la rendre plus livide encore, les caractères enflaient, montaient et descendaient avec exubérance. J'amenai l'instrument sur la rature. La solution m'apparut : ce n'était pas là *l'avatar d'une salissure,* mais une virgule, jumelle de celle qu'avait portée le scripteur au fil de son texte... en plus fine, moins longue et moins courbe... non, pas une virgule... plutôt une de ces pattes de mouche qui tiraient les *n* et les *m* sous l'horizontale de chaque ligne. Ce qui revenait à conclure que Millow avait écrit sur la partie supérieure du vélin qu'il avait ensuite découpée. A son insu, le pied d'un jambage était resté sur le haut de la feuille.

Qu'avait-il pu rédiger qu'il souhaitât si rapidement effacer? Je relus... La date! C'est évidemment la date qu'il avait notée à cet endroit. La queue de rat était celle du *n* ou du *m* de *monday*. Encore qu'elle se trouvait collée très près du bord droit pour qu'il s'agisse du jour. Il était impossible de faire suivre le reste de la date. A cet endroit, j'aurais plutôt penché pour le mois, dans ce cas, il s'agissait de la jambe du *p* d'*april*...

Pourquoi Millow avait-il décidé de supprimer tout en-tête, pour commencer sa prose par ce trivial *Mauvaise pioche*? Qu'est-ce qui l'avait poussé à rogner le pied de la lettre? Pourquoi n'avait-il pas recommencé sur une page vierge de son bloc? Je devais m'en remettre à la logique. Reprendre le constat depuis le début et emboîter les déductions : Millow avait écrit la date, puis s'était résolu à la faire disparaître. Avait-il délibérément semé la patte de mouche afin de nous égarer une fois de plus ? Non. Si Millow était capable de tendre de tels pièges, c'est qu'il était encore plus malin que je ne l'avais imaginé. Au-dessus de mes forces en tout cas. Histoire de ne pas abdiquer, je décrétai qu'il avait commis là sa première approximation. Une bourde qui ne collait pas – je devais bien me l'avouer – avec le souci du détail et du calcul qui avait été le sien depuis qu'il avait programmé la mort de l'*autre* Millow. Cette mention de la date l'avait alarmé, au moins embarrassé. Je ne voyais qu'une explication : il craignait de nous donner une indication de nature à le compromettre. Pourquoi alors n'avait-il pas recommencé son courrier ? Difficile d'imaginer qu'il n'eût plus une feuille sous la main ! Je préférais encore croire qu'il n'avait pas eu le temps. Peu plausible... Parce qu'il était tellement satisfait de son œuvre qu'il avait rechigné à la rééditer. Pas plus vraisemblable... Parce qu'après qu'il l'avait rédigée, un événement l'avait empêché de se remettre à l'ouvrage. Quel événement ? Je liquidai mon thé. La lavasse m'imbiba sans me donner la moindre once de plaisir ni le début d'une idée. Et Millow qui me résistait ! Pourquoi n'avait-il pas jeté ce foutu torchon et recommencé sa bafouille ? Je causai tout seul, « Mais pourquoi ? », cognai du poing contre le mur, « Quel tourment l'avait saisi qu'il n'avait osé, pas su ou pas pu récrire son texte ? Pas su ou pas pu... » En jaillissant de mon siège, j'envoyai dinguer la tasse. « Pas pu !... » Il ne pouvait la récrire pour la bonne raison qu'il ne l'avait pas écrite ! L'auteur était bien Fergus Millow, mais c'est quelqu'un d'autre qui avait procédé au découpage et l'avait déposée dans la boîte aux lettres du Yard !

Voilà ce qui expliquait comment Fergus Millow, mort et enterré, avait pu signer un courrier trois semaines plus tard !

Je m'envoyai une rasade de Ceylan directement à la théière, postillonnai les brins de thé et ouvris ma porte, prêt à me ruer dans le bureau de Doffey pour lui cracher au visage que son invention des jumeaux ne tenait plus ! Sa lubie des jumeaux et chacune des idées qu'il avait élucubrées sur le sujet ! Rien n'était juste. Un tissu d'inepties ! Je me ravisai. Retour dans mon antre. Il n'aurait rien compris. Je voyais d'ici sa bouche molle et ses yeux vitreux pesant sur moi. Il m'aurait dit « et alors ? ». Doffey ne comprenait rien qui ne sorte de son propre cerveau. La matière grise s'échauffait. Il aurait été capable de me fomenter une nouvelle battue. Des bataillons de flics énervés, lâchés dans les rues de Londres. Fiasco assuré.

Je tournai en rond dans la pièce, m'attardant dans les coins échappant au faisceau de la lumière. L'obscurité m'aidait à ravaler mes humeurs, à ordonner mes pensées. Millow avait-il commis cette lettre à la demande de l'assassin ? En clair, était-il le complice de l'homme qui l'avait assassiné ? Difficile à concevoir. Millow avait daté sa lettre du jour où il l'avait réellement rédigée, ce qui tendait à prouver qu'il ne l'avait pas fait sous la dictée de son meurtrier qui se serait passé de cette mention.

Le locataire de Cowley Street lui avait simplement adressé son courrier, et le meurtrier nous l'avait ensuite renvoyé, nous laissant croire que Fergus Millow était encore en vie. Bien joué. Il avait quelques jours de répit, pas plus. J'attrapai le document sur mon bureau et le positionnai sous la lumière.

Vous vous êtes trompé de coupable
Vous persécutez une loque
Laissez-la finir sa vie tranquille et se soigner
Oubliez cette affaire
Et oubliez-moi.
Fergus Millow

La loque c'était Fergus Millow... Il se savait menacé, traqué, implorait le tueur et évoquait sa maladie. L'unique Fergus Millow... habitant invisible du modeste immeuble d'un quartier sans histoires, patient modèle du docteur Strumble, le gai badigeonneur d'Hunstanton et le désespéré de Saint-Thomas, habitué de la pension L'Amiral, copain de virée d'Auguste Forrester et client du Paradise. Doffey m'aurait rétorqué que ma démonstration n'expliquait pas pourquoi Millow avait été gaucher puis droitier et j'aurais regardé son caquet se fermer d'un pavé de galantine sans pouvoir lui répondre. La nouvelle donne posait une colle autrement embarrassante : quelle inconscience habitait Millow pour qu'il rentre tranquillement chez lui après sa promenade alors qu'il avait reçu la lettre de Chapelton le matin et qu'il se savait, d'après ses propres termes, *persécuté* ?

Sur ce, Brunning se pointa. Il cherchait Doffey, il paraissait calme, un rien embarrassé. Il avait réussi à voir Elikann et avait retrouvé McNee. Il voulait en faire part au chef constable, montrer qu'il s'activait, le roi de l'interrogatoire. Il ne pouvait s'empêcher, dès qu'il s'agissait du Bethlehem, de m'infliger ses airs de petit chef.

— Le surveillant qui m'a amené Elikann prétend

qu'à l'atelier, c'est le plus appliqué quand il est dans un bon jour. Vous avez dû le croiser, c'est un grand chauve qui passe son temps à proférer des insultes. Au début, j'ai cru que c'était moi qu'il traitait de charogne, mais j'ai vite compris que c'était sa conversation favorite. (Il se força à rire.) Quand je lui ai parlé de Mary Chapelton, il a arrêté d'insulter les fantômes. Il n'a pas davantage retrouvé sa voix quand je lui ai montré le portrait de Millow. Je pense qu'il a pu avoir une liaison avec Mary Chapelton, mais pour le reste, je le juge aussi abruti qu'inoffensif.

Sur McNee, il s'étendit encore moins. Depuis son départ de l'asile, l'ancien amant de Mary Chapelton s'était marié et était devenu poissonnier du côté d'Euston. Les clients qu'il avait pu questionner le trouvaient aimable et les flics du poste local n'avaient jamais entendu parler de lui.

53

La question me tint éveillé jusqu'au milieu de la nuit. Les efforts que je déployai pour y répondre avaient pour seul effet d'en faire surgir de nouvelles : pourquoi Mary Chapelton avait-elle rédigé elle-même la lettre de menace à Millow ? L'explication dont je m'étais contenté jusqu'alors (son attachement à l'assassin) m'apparaissait à présent aussi farfelue que la théorie des jumeaux. L'extravagance des solutions que nous avions bricolées ne servait qu'à masquer notre incurie. Nous n'avions pas réussi à élucider l'énigme, alors nous l'avions embrouillée.

Des jumeaux, une maîtresse machiavélique... Mary Chapelton n'était pas un modèle d'équilibre, mais je ne la voyais guère prendre plaisir à torturer à distance. Elle avait pourtant écrit et envoyé ce courrier depuis le Bedlam. A moins que...

Je sautai de mon lit, allumai la lampe et tirai d'une des poches de mon manteau le courrier anonyme.

— Qu'est-ce qui se passe ?

Derrière le paravent, ma mère s'était réveillée. Je lui dis qu'il ne se passait rien, qu'une idée m'était venue et que je consultais des notes. J'aurais pu réciter la prose de Chapelton par cœur.

Aujourd'hui, avant la nuit
vous serez mort
un coup sur la tête
bing
la punition

J'auscultai l'enveloppe, scrutai chaque ligne et chaque recoin de la page. Rien. La feuille n'avait pas été retaillée et l'écriture sur l'enveloppe était semblable à celle de l'intérieur ainsi qu'à celle dont la suspecte avait couvert une page à la demande du limier Brunning. Elle l'avait bien destinée à Fergus Millow qui l'avait lue. J'entendis ma mère s'agiter à nouveau sur sa paillasse. Elle revint aux nouvelles.

— C'était une mauvaise idée, dis-je.

Et je me remis sous ma couverture.

Doffey serrait un mince havane entre ses dents jaunies, il plissait les paupières quand la fumée montait jusqu'à ses yeux. La veille, Brunning avait fini par le coincer pour lui refourguer ses nouvelles d'Elikann et McNee. L'inoffensif et l'aimable. Il m'en avait informé sans commenter et m'avait réclamé mon actualité à moi. Je l'avais amusé d'un bobard ou deux. Il m'avait écouté avant de tirer les dernières bouffées de son cigare, de bouchonner son mégot et de m'annoncer que le juge en avait terminé avec les auditions de Mary Chapelton. Il n'avait pas reçu les conclusions de l'instruction mais ne doutait pas qu'elle fût accusée d'assassinat.

— Je sais ce que vous allez objecter, enchaîna-t-il, si elle est innocente, libre à elle de dénoncer le coupable !

— Il n'y a plus qu'à espérer que son séjour au cachot la ramène à la raison.

— Ne la prenez pas pour plus maboule qu'elle n'est. Il fallait une belle dose de culot et de perversité pour envoyer la lettre anonyme.

— Mouais...

— Je comprends votre embarras.

Je me retins de lui répliquer que ce n'était pas de l'embarras. Seulement du doute.

— Chapelton n'est pas une folle furieuse, plutôt une... fofolle, une inconsciente. J'ai la conviction qu'elle n'a pas tué Millow et j'imagine mal qu'elle se soit plu à le menacer de la sorte.

— Ce n'est pas de flanquer la trouille à Millow qui la motivait, c'était de communier dans le crime avec son homme. Parce qu'elle en est complètement toquée et aurait fait n'importe quoi pour lui plaire.

Il introduisit un autre cigare dans sa bouche et

l'alluma. Il se déplaça jusqu'à sa fenêtre, sous le regard en biais d'Adolphus Williamson qui semblait le suivre avec sévérité. S'il avait pu causer, le barbu lui aurait conseillé de retourner s'asseoir et d'écouter les autres. Peut-être même de m'écouter moi. Au moins d'abandonner ses grands airs.

— Son initiative n'était pas la plus heureuse, dit-il, ne me montrant que son dos et l'arrière de son crâne que couronnait un nuage bleuté de fumée. L'assassin devait ignorer qu'elle avait envoyé ce courrier ; enfin, avant de tuer Millow. Quand il a su...

Il continuait. Je me berçai de ses paroles, les laissant prendre sens bien après qu'il les eut prononcées.

— Répétez !

— Répétez quoi ?

— Ce que vous venez de dire.

Il se retourna et s'exécuta avec une fierté d'acteur bissé... *Millow aurait sans doute revu ses plans. La Chapelton a dû passer un mauvais quart d'heure.* Mon intuition venait de s'affirmer. Doffey avait beau me dévisager de son air à guetter un revenant, je ne lui lâcherais rien. J'attendis d'être dans la rue pour laisser libre cours à ma jubilation. Pour sûr que nous avions eu du mal à démasquer l'auteur du courrier anonyme ! Au Bedlam, nous nous étions évertués à traquer quelqu'un d'assez tordu pour annoncer sa mort à un type, alors que c'est une âme charitable que nous aurions dû rechercher.

Aujourd'hui, avant la nuit
vous serez mort
un coup sur la tête
bing
la punition

Mary Chapelton n'avait pas menacé Millow. Elle avait tenté de le prévenir du danger. Convaincu que l'auteur de la lettre était le tueur, j'avais tenu pour acquis que ces cinq lignes constituaient le faire-part, adressé à la victime, de son meurtre annoncé. Ni Doffey, ni Brunning n'avaient vu plus clair. Mary Chapelton était au courant du projet de l'assassin, avec suffisamment de précision pour connaître l'heure du forfait et parler d'une « punition ». S'était-elle résolue à écrire la lettre pour l'empêcher d'exécuter son plan dans son intérêt à lui, ou pour sauver Millow ?

Je défiai les piétons de Charing Cross, déviai ma trajectoire pour éviter ceux que je croisai, zigzaguai entre les camelots de Castle Street. Dans ma caboche, aussi net que s'il fût celui de ce vendeur de casseroles, le visage rigolard d'Ashby avait remplacé celui, ahuri, de Doffey. Parce qu'il se taperait sur le ventre Ashby, s'exciterait mieux que si Rash Kiddy avait déplumé un fort en bec à dix contre un. Il voudrait reprendre du service, me demanderait où aller fureter, écarquillerait ses prunelles de farfadet, maintenant que son métier d'indic lui offrait le plaisir de tirer une belle âme du trou et de faire la nique aux flics du Yard. Je me hâtai vers le Cockatoo comme si chaque minute comptait, pesant et soupesant ce que je pouvais tirer de ma dernière trouvaille. Elle me confirmait que Mary Chapelton était liée avec le meurtrier, suffisamment pour qu'il lui confie ou qu'elle découvre ses desseins les moins avouables, puis qu'elle renonce à le dénoncer, alors même que sa propre vie était en jeu. Lui, avait cru la disculper en nous portant la lettre de Fergus Millow. Une inspiration de génie en même temps qu'une erreur de débutant. Il ignorait sans doute que des flics comme Doffey ont plus besoin de coupables que de justice.

Le Cockatoo sentait le tabac froid. A mon entrée, les figures du bar se tournèrent, et repartirent à leurs pintes, déçues de ne pas reconnaître un habitué. Je demandai après Ashby. Le tenancier grimaça en signe d'ignorance.

— Il est de repos jusqu'à lundi, mais il m'avait indiqué qu'il viendrait s'occuper cet après-midi des poulaillers en extra.

J'avais une heure à attendre. Je commandai un soda, m'affalai sur une banquette de moleskine miteuse échouée contre un mur, sirotai une gorgée que je faillis recracher (la limonade était tiède et sure comme du petit-lait) et me laissai gagner par la somnolence. J'ouvrais les yeux à chaque fois qu'un raclement de la porte sur le ciment venait couvrir le murmure des conversations du comptoir. A 2 heures, Ashby n'avait pas réapparu, à 3 non plus. Je m'endormis pour de bon. Quand je me réveillai, Ashby n'était toujours pas là. Il était 4 heures.

— Il a dû tomber sur une sacrée fébosse !

Le moustachu rit de sa plaisanterie, l'assemblée aussi. Je posai cinq pence sur le zinc, lui envoyai que son soda était infect et m'en retournai au Yard. Fallait qu'on me voie, que Doffey s'illusionne, qu'il constate ma reddition, mon retour aux menus boulots, qu'il croie la partie gagnée, c'est-à-dire perdue pour Chapelton et les fouille-merde de mon espèce. Je me montrai donc, serrai des mains, mis les bouts quand j'en eus marre de voir leurs tronches à tous, errai dans le quartier jusqu'à Broad Street, consultai quelques indics, histoire de jouer à l'enquêteur.

Je réintégrai le Yard, noircis mes deux pages de rapport. Lorsqu'elles lui passeraient sous les yeux, Doffey déclarerait : « bon travail », dépêcherait sur-le-champ une volée de sergents et de constables qui se casseraient le nez et il boulotterait son cigare en me maudissant. Je la bouclerais, pas un mot, et surtout pas pour lui dire qu'il pouvait toujours attendre que je lui refile des vrais tuyaux. Faudrait qu'il s'y fasse, ou qu'il relâche Chapelton.

Le tavernier lissa ses bacchantes et attendit que ça cause moins fort autour de nous.

— Il est pas revenu. Ça m'étonnerait qu'il finisse pas par regagner ses pénates, il fera son poulailler demain.

Je patientai après Ashby jusqu'à ce que le moustachu vire ses derniers ivrognes. Ashby, ce n'était pas le genre à coucher dehors depuis qu'il avait un lit. Une fille ? La jeunette de l'hôpital lui suffisait, à ce que j'avais compris. Je déambulai dans Shaftesbury Street, accostai les cocottes qui pouvaient me renseigner, me pointai dans les bouges encore vaillants, interrogeai les tauliers, les barbiquets et les croqueuses. Personne n'avait aperçu la tignasse d'Ashby depuis quelques jours et encore plus de nuits.

Qu'est-ce qu'il fabriquait ? Cette contrariété m'accorda peu de répit. La bouille d'Ashby et les trognes d'affreux à moustaches dodelinant pour me signifier qu'ils ne l'avaient pas vu hantèrent ma nuit. Je me réveillai avec l'impression de ne pas avoir dormi. Je n'étais pas reposé, j'étais gourd et cet engourdissement n'avait réussi qu'à délayer ma fatigue et mon souci. Je me levai, le cerveau cuisant dans ce margouillis brûlant, sautai dans mes vêtements de la veille et sortis sans me laver, ni déjeuner, ni rien.

Je devais retrouver Ashby et l'engueuler.

54

D'Aldgate Street, j'obliquai vers Drury Lane et ensuite, sans avoir conscience de l'avoir décidé, vers le labyrinthe de ruelles qui menaient au Cockatoo. Le rade était fermé, pas éclairé. Je contournai le bâtiment, entrai par la cour aux poulaillers, avalai l'escalier pourri, toquai et forçai la serrure. Dans la pénombre puante, Rash Kiddy crânait sur le plumard. La tête secouée de tics, il me regarda explorer le gourbi. Ashby n'y était pas. Je refermai en vitesse, me jetai dans la venelle et sautai dans le premier fiacre.

— Hôpital Saint-Thomas.

Je tendis deux shillings au cocher, enfonçai ma casquette et trottai dans l'allée puis dans le hall, la tête baissée, des fois que l'échevelée ou la pimbêche m'aperçoivent. Au premier, un infirmier haut et large comme deux m'assena sans rire que ce n'était pas l'heure des visites, je lui montrai ma carte, il me demanda ce que je cherchais.

— Ashby.
— C'est un docteur?
— Euh...
— Spécialité?
— Les cas désespérés.

Je le plantai là avec ses manières d'inquisiteur et déboulai dans la salle commune. La gangréneuse se reposait sur la chaise de contreplaqué, à côté de son lit. Elle portait un chandail de laine par-dessus son pyjama et avait un teint terreux qu'accentuait la lueur fatiguée de l'applique.

— Ashby? Il sera là à midi. Il est venu me voir hier. On est même sortis dans le jardin. L'infirmière s'est pointée, j'étais en retard pour mes soins... Vous aviez rendez-vous?

— Pas vraiment, mais je pensais le trouver hier soir à son hôtel et il n'y était pas.

— Il a pu rentrer tard. Vous y êtes passé ce matin?

— Non.

Ce n'était pas la peine de l'inquiéter, la mignonne.

— Hier, il vous a annoncé où il allait après vous avoir quitté? interrogeai-je.

— Il n'a pas eu le temps, il est parti un peu vite. Il était en grande discussion avec la surveillante en chef, celle qui avait rappliqué pour me dire de remonter.

— En grande discussion?

— C'est souvent qu'il me parlait de votre enquête, il était fier de travailler à vos côtés. Je sens qu'il aimerait que je m'y intéresse, alors je l'écoute, même si j'ai du mal à tout saisir. Ses histoires de jumeaux ou de lettres anonymes ce n'est pas toujours facile à suivre... Hier il était en train de me montrer le portrait d'un des deux frères, le mort si j'ai bien compris, quand la surveillante est arrivée. Lui, emporté par ses explications, ne s'est pas rendu compte qu'elle était dans son dos. Elle a aperçu le cliché et je l'ai vue se décomposer. Cela m'a frappée. Elle s'est penchée pour mieux voir et elle a demandé si on connaissait cet homme. Ashby a fait « oui » et lui a retourné la question. Elle a bredouillé que « peut-être, enfin, elle ne savait plus... » et elle a changé de sujet.

— Et ensuite ?

La jeunette raconta qu'Ashby avait insisté auprès de l'infirmière pour qu'elle en dise plus, mais que la femme aux tresses n'avait plus desserré les dents jusqu'à ce qu'elle en ait fini de panser et de piquer, qu'ensuite Ashby était revenu à la charge, la harcelant – sans résultat – tandis qu'elle s'éloignait avec son chariot, puis qu'il l'avait rejointe.

Sa main caressant machinalement sa joue creusée, la jeune femme cherchait à se souvenir de l'heure de son départ lorsqu'elle suspendit son geste. Son attention se hissa par-dessus mon épaule en direction de la porte. Je me retournai. Je vis d'abord la surveillante en chef, puis l'infirmier géant qui fondaient sur nous. Et ensuite seulement, caché par la carrure du costaud, Ashby !

La femme aux tresses me demanda de vider les lieux. Ashby lui causa à l'oreille et subitement, j'obtins le droit de rester.

Je n'étais pas le seul à ne rien comprendre, à en juger par leur tête, la gangréneuse et l'armoire à glace non plus. Ashby ne fixait que moi, je devinai que ses yeux luisaient malgré la pellicule de gras qui souillait ses verres, il retenait sa joie, son impatience, de m'interroger, de me parler, c'était trop fort, il n'arrivait pas, il dansait d'un pied sur l'autre, c'était sûr, il en avait des choses à me raconter, il n'y avait qu'à le voir, le champ d'épis sur sa tête, les traits tirés, les vêtements pas boutonnés, plus chiffonnés que les miens, il revenait d'où ? De quel guêpier ? De quelle catastrophe ?

L'infirmière murmura : « ne discutez pas trop fort, les malades ont besoin de se reposer », et elle fila, l'infirmier sur ses talons, en me lançant un sourire gêné. Ashby se dépêcha d'embrasser la jeunette. Elle avait l'air éberlué, elle lui bredouilla une question, mais trop tard, j'avais capté son regard.

— Tu viens d'où ?

— De pas loin...

Je n'eus pas le temps de m'agacer, il enchaîna :

— Ça y est ! Enfin, p'têt que j'me goure, mais cette fois on tient une piste ! Une vraie piste !

— Je t'écoute.

— C'est la surveillante qui m'a affranchi. Pas une commode, tu peux me croire ! Eh bah, elle a reconnu Millow sur la photo. J'étais en train de la montrer...

— Je suis au courant. Continue.

Le jeunette lui adressa une mimique entendue, il reprit :

— Quatorze ans plus tôt elle soignait un type nommé James Tielness au Saint-Mark's Hospital dans le quartier Saint-Luke's où elle travaillait en ce temps-là. De lui, elle savait juste que c'était un bandit et qu'on lui avait retiré des poumons les deux balles qu'il avait ramassées lors de son arrestation. Un policier le gardait en permanence. Un soir un type l'a accostée devant sa porte. Sans brutalité mais avec suffisamment d'autorité pour lui ôter l'envie de résister, il lui a posé des questions sur Tielness. Cet homme c'était celui de la photo : Fergus Millow, elle a été formelle.

— Elle lui a répondu ?

— Juste ce qu'il faut pour qu'il lui foute la paix. Parce qu'elle aurait pu lui en apprendre, c'était pas souvent qu'elle et ses collègues avaient un numéro pareil entre les mains, fatalement elles écoutaient aux portes et ça causait dans les couloirs.

— Et il lui a foutu la paix ?

— Il est parti comme il était venu et elle ne l'a jamais revu.

Sur ce, je le remerciai, le laissai avec sa mignonne et dégringolai jusqu'à la station d'omnibus de York Road. Arrivé au Yard, j'investis le bureau des inspecteurs. Il n'y avait là que des jeunots avec des têtes à ne rien savoir sur rien. « James Tielness », ils n'en avaient jamais entendu parler. Dignes héritiers de Doffey ! Les anciens, Brunning en tête, étaient en vadrouille et je n'avais aucune envie d'alerter le chef constable qui me croyait en guerre contre les traficoteurs de l'East End. Je ressortis du bâtiment aussi précipitamment que j'y étais entré et poursuivis sur ma lancée, soulagé de m'éloigner de ce ramassis d'ignares à défaut de courir vers la solution. Je me heurtai alors à un paquet de chiffons. Ashby ! Il avait expédié la jeunette et m'avait cavalé derrière. Sauf qu'il avait raté l'omnibus et traversé la Tamise au pas de course, persuadé que j'allais rappliquer à la maison mère.

— Alors, Tielness ?

Je lui rapportai mes déboires. Le temps qu'il reprenne sa respiration, c'est lui qui eut l'idée.

— Kemp !

Bonne idée. Un vieux policier avec une cervelle, il n'y avait que lui. En plus, c'était à côté. Tout en galopant, je lui demandai ce qu'il avait fichu de sa nuit. Il s'essouffla à nouveau, s'employant à me convaincre que c'était à cause de la surveillante et s'arrêta là. Kemp nous bénissait.

— James Tielness, attendez voir...

Debout, l'ancien flic avait joint ses mains devant sa bouche.

— Quatorze ans, vous dites...

Ashby se trémoussa et acquiesça. Kemp prit une longue inspiration.

— Quatorze ans, hôpital Saint-Mark's... : Tête de Roc.

— Tête de Roc ? répéta Ashby.

— Un trafiquant de haute volée, répondit Kemp. Les flics du Surrey l'avaient serré alors qu'il s'apprêtait à écouler pour dix mille guinées de fausses coupures ; c'est Brunning qui était en poste à Balham qui l'avait interrogé. Avec une telle réussite que cela lui avait valu d'entrer au Yard. Tielness qui avait pourtant une réputation de dur à cuire, avait craché le nom de leur QG...

— Il avait rien craché du tout, intervint Ashby.

Kemp lui lança une œillade noire. L'effronté s'adressa à moi :

— C'est ça que la surveillante n'avait pas dit à Millow. (Puis il refit face à Kemp.) Une nuit que la fièvre de Tielness avait grimpé, elle était allée à son chevet lui administrer de la quinine, et voilà-t-il pas que le malade se met à délirer, baragouinant un tas de trucs incompréhensibles jusqu'à ce qu'il prononce distinctement : « Rendez-vous au Stormy les gars, vous avez pigé comme d'hab, à minuit... »

— Tu as dit le Stormy ?

— Ouais, le tripot de Balham où Millow s'était chicoré avec les filles et le barman. Bref, l'infirmière fait celle qui n'a rien entendu et prend du temps pour décamper tant l'état d'exaltation du flic de garde est un spectacle. Brunning, car c'est lui qu'elle a décrit, se met à noter ce qu'il vient d'apprendre, il s'approche de Tielness, colle son oreille à sa bouche et le secoue en lui gueulant : « Avec qui t'as rendez-vous au Stormy? Je répéterai pas... », ce qui avait eu pour effet de clouer le bec au malade. Le lendemain, Brunning se vantait d'avoir obtenu les aveux de Tête de Roc.

— Et ensuite?

— L'infirmière en savait pas davantage.

— J'ignorais ce que je viens d'entendre, dit Kemp avec lenteur, mais la suite je la connais. Brunning avait demandé de l'aide au Yard pour organiser une descente un soir au Stormy. Des inspecteurs de chez nous y avaient participé mais c'est lui qui menait la danse. Un ou deux malfaiteurs furent arrêtés, un fut tué et un autre réussit à s'échapper. Il avait été interpellé deux mois plus tard juste après le procès, sur le marché de Norbury où il s'était retrouvé impliqué dans une bagarre.

— Leurs noms?

Il reprit sa pose de mage quelques instants.

— C'est trop loin... Je me souviens juste que c'était en mars; il faisait un froid d'hiver et il avait neigé. Brunning s'était amené au Yard en gueulant : « J'en ai refroidi un! » Un mois après, le Yard l'avait embauché, et deux ans après Doffey l'avait appelé au Département d'investigation criminelle.

Kemp eut à peine le temps de nous bénir, notre hâte faisait déjà trembler les balustres de son escalier. La voix par moments couverte par les trépidations du cab, Ashby revint sur le récit de sa nuit. La surveillante lui avait conseillé de repasser la voir vers 21 heures. Elle était dans le bureau des infirmières, partie pour dix heures de travail en solitaire, c'est là qu'elle lui raconta cette nuit où Tielness avait, à son insu, trahi les siens et fait la gloire de Brunning.

La confession lui avait pris plusieurs heures, dérangée qu'elle était sans arrêt à aller endormir les insomniaques, soulager les souffrants et entretenir les mourants. Puis la mémoire lui manquait quand il lui réclamait les détails. Elle mit deux heures à se souvenir des mots qu'avait prononcés Tête de Roc. Tandis que pour la énième fois, le devoir l'avait appelée, il s'était assoupi, dans un coin de la pièce, assis sur la toile d'un brancard posé sur le sol, planqué par une pile de serpillières. Il s'était réveillé et rendormi plusieurs fois dans l'effervescence de la matinée jusqu'à ce qu'une voix mal embouchée prononce mon nom. Le costaud était en train de cafter à la surveillante. Il avait eu juste le temps de se mettre sur ses jambes pour leur emboîter le pas jusqu'à moi.

Je venais de finir – à sa demande – de relater mes pérégrinations nocturnes lorsqu'on sauta sur le trottoir de Whitehall Place. Je lui proposai de m'attendre devant le Yard, histoire de s'éviter, avec Doffey, des énervements qui n'auraient fait que nous retarder. Je galopai jusqu'au premier étage. Fond du couloir, porte de droite. La tête de l'archiviste émergea d'une couche de classeurs entassée sur une mince table de pin. Le petit homme me zieuta par-dessus le verre cerclé de ses lunettes. J'ôtai ma casquette, sortis un carnet et de quoi écrire.

— La collection du *Times*, mars 1877.

Il disparut et revint chargé d'un dossier cartonné. Il le plaça au centre d'un pupitre incliné, sous la lueur d'une loubarde de cuivre.

— Prenez-en soin, le papier se déchire facilement.

Le 2, le journal consacrait sa manchette à l'attaque à Blackheath d'une diligence de la poste, le 5, il présentait le procès de l'assassin d'une vieille dame poignardée en plein jour et pour une poignée de pence dans Saint-George Road, le 6 il commentait la première journée de l'audience, le 7 la condamnation de l'accusé à la peine de mort, le 11 il relatait l'incendie d'un hôtel de Kilburn, le 12, un encadré à la une relevait que le vent venu de la Norvège avait, la veille, amené de la neige jusqu'à Londres. Le folio 7 s'ouvrait sur des nouvelles de la Bourse et se poursuivait par le récit d'une manifestation de mineurs à Leeds. Coincée entre cette prose et le bord intérieur de la page, une volée de caractères gras claironnait :

Rude coup porté à la bande des trafiquants.

L'enquête contre les faussaires du Stormy a connu un épisode sanglant dans la nuit de lundi à mardi. Les policiers du Yard ont investi la taverne (fermée à cette heure avancée) de Balham. Au terme d'une fusillade nourrie, le patron de l'établissement Andrew Elikann a été tué, son frère Suzar a été arrêté.

« Suzar Elikann » ! L'un des amants que les surveillants avaient prêté à Mary Chapelton et que Brunning avait rencontré deux jours plus tôt au Bethlehem. Et Andrew, que Duchesse avait appelé « Andy », était le patron du Stormy, dont Brunning n'avait soi-disant pas retrouvé la trace. Un « inoffensif » et un disparu... L'ex-inspecteur du Surrey avait fait de son mieux pour que je n'aille pas fourrer mon nez dans son passé.

Je lus et relus la phrase, gribouillai dans mon calepin et m'y remis.

Un troisième a réussi à prendre la fuite. Il est activement recherché. Aux dires des policiers, tous les trois sont soupçonnés d'être les complices de James Tielness, surnommé Tête de Roc, le cerveau de la bande arrêté le 2 mars dernier et décédé de ses blessures une semaine plus tard.

Je détalai... *Elikann, Elikann...* Je répétai ce nom comme j'aurais crié victoire, ces trois syllabes ne formaient plus un patronyme, seulement un son qui résonnait dans ma tête. Dans l'escalier, je ralentis ma course, m'accrochai à la rampe, soudain troublé par un sursaut de ma raison. Millow connaissait Tête de Roc, chef d'une bande dont faisait partie Elikann, arrêté et jugé pour une carambouille de faux billets. Interné au Bedlam, l'ex-truand était l'amant de Mary Chapelton qui avait adressé à Millow une lettre lui annonçant le meurtre dont il allait, malgré cet avertissement, être la victime. Millow et Elikann fréquentaient Tête de Roc et le Stormy, mais rien n'établissait formellement le lien entre le peintre assassiné et le faux monnayeur. Kemp avait précisé que l'homme qui s'était enfui du Stormy avait été repris deux mois plus tard, après que Suzar Elikann eut été jugé.

Je rebroussai chemin. Le binocleux jaillit, effaré, de sa muraille de paperasses. Je me rassis à mon poste de consultation, demandai qu'il m'apporte la collection du mois de juin de la même année.

— Prenez-en soin...

— Je sais, le papier se déchire.

Les feuilles voltigèrent sous mes doigts, je bouffai de l'article ; du rabougri, du standard, de l'énorme, du discret, du planqué, du pompeux ; on y dissertait d'escroquerie, de chapardage, de racolage, de zigouillage, de viol, de flibuste, d'accident... Je tombai sur un pavé pas plus gros qu'un ticket de train. Le journaleux y relatait le procès de Suzar Elikann. Le lieutenant de Tête de Roc y avait été reconnu coupable de trafic de faux billets, violence et rébellion contre les dépositaires de l'autorité publique, et expédié à la prison de Millbank pour dix ans.

Une ligne dans mon calepin et je repartis à la besogne. Ce ne fut pas long, trois journaux plus tard, le 20 juin, le *Times* annonçait : *Fin de cavale pour le complice de James Tielness.*

Le texte était encadré, il s'étalait sur deux colonnes.

La tristement célèbre bande de Tête de Roc ne fera plus parler d'elle. Le bandit qui avait réussi à échapper aux griffes des inspecteurs du Yard, il y a deux mois, lors d'une opération menée à Balham, a été interpellé avant-hier matin. L'individu qui se nomme Harold Weir s'affichait comme marchand d'art sur le marché de Norbury. Samedi dernier, un banal différend avec un client avait tourné au pugilat. La plainte déposée par ce dernier a débouché sur l'interpellation, à son domicile, de Harold Weir. Dans la petite maison qu'il occupait à Norbury, les policiers ont saisi des esquisses ayant servi à réaliser des fausses coupures de dix et cinquante livres. Lors de son interrogatoire, l'homme a rapidement reconnu sa participation aux activités de la bande de Tête de Roc. Il a également avoué que, le soir du coup de filet dans le café à Balham, il avait réussi à se cacher dans une cave avant de s'enfuir. Il devait être déféré auprès d'un juge du tribunal de Londres.

Je tenais mon lien ! Fergus Millow était Harold Weir, peintre dévoyé devenu délinquant. De quel châtiment avait écopé l'artiste ? Le *Times* du 26 juillet me renseigna : deux ans. Le juge du tribunal de Londres avait retenu que Weir avait été dépassé par la portée de son forfait. Copiste sans envergure mais non sans talent, cet homme que rien ne destinait à collaborer à d'aussi sombres desseins avait lâchement succombé à l'appât du gain, voire au pouvoir de persuasion de Tête de Roc.

De joie, je giflai la page. Le binocleux se dressa d'un bond, la poussière voleta.

— Si c'est déchiré, je le signale...

Et comment qu'il pouvait le signaler ! Qu'il ne se donne même pas cette peine, je me dénoncerais, auprès de Doffey en personne. Maltraiteur d'archives et fier de l'être !

Mais avant cela, fallait que j'informe Ashby. Je le trouvai dans le hall gesticulant au milieu d'un groupe de flics dont Brunning et le planton, auxquels il demandait le chemin du service des plaintes.

— Je prends la déposition, mentis-je.

Un clin d'œil plus tard, il m'emboîtait le pas, direction le bureau de Doffey. Par-dessus mon épaule, je lui envoyai le résumé de mon effeuillage du *Times*. Il en était encore à pousser des « oh » et des « mince » lorsque j'entrai chez le chef constable. Avec Ashby et sans sommation. Absorbé qu'il était à activer son feu, il mit une longue seconde à réaliser.

— Qu'est-ce que ça signifie?

Il ne fut pas long à le savoir. Ça signifiait qu'il allait me procurer dans le quart d'heure l'autorisation de cueillir au Bedlam Suzar Elikann soupçonné du meurtre de Fergus Millow, ou alors je me ferais un devoir d'écorner la réputation de Brunning, de ceux qui l'avaient loué et promu, et du Département d'investigation criminelle tout entier, en révélant que le roi de l'interrogatoire n'avait jamais obtenu le moindre aveu de Tête de Roc dont il avait seulement pillé les derniers cauchemars.

— Avez-vous un mobile au moins?

— J'ai toute l'histoire, ça ne vous suffit pas? Elikann aurait dû en vouloir à Brunning d'avoir tué son frère, mais apparemment il en voulait davantage encore à Millow. Il nous dira pourquoi.

— Elikann?

— Suzar Elikann. Frère d'Andrew, patron descendu dans son bar du Stormy par Brunning il y a quatorze ans, dis-je. J'oubliais : préparez-vous à expliquer au commissioner que Mary Chapelton est innocente.

Il tournait le dos à la cheminée, sa veste de velours tombant de guingois sur ses épaules sous l'effort que consentait l'une d'elles à supporter le poids du tison qui pendait au bout de son bras.

— Innocente? articula-t-il, à croire que la stupeur avait fait de son cerveau un entonnoir capable de ne distiller qu'un mot à la fois. Et pas forcément celui qui s'imposait.

— Sur le mandat, précisez que monsieur m'accompagne.

Il prononça une autre parole qu'on n'entendit pas. Le bruit du tison raclant le plancher l'avait couverte.

55

Devant nous, les pigeons s'égaillaient entre les deux alignements de colonnes. On contourna le géant de pierre aux yeux illuminés et on grimpa l'escalier quatre à quatre. Le sourire de Mrs. Georgina se figea quand elle visa nos dégaines. Et il se déglingua quand je lui envoyai le programme.

— Docteur Addiscombe, et vite.

Elle ne fut pas longue à revenir. Le médecin chef acceptait de nous recevoir.

Alber Addiscombe prit la pose. Ses bras reposaient dans les accoudoirs creux et lustrés de son fauteuil et il portait sur le visage l'assurance du type que rien ni personne ne peut ébranler. Même pas nos fripes de trimardeurs ni la dissipation d'Ashby qui bâillait aux bouquins à tranche dorée de la bibliothèque.

— Le chef du Département d'investigation criminelle de Scotland Yard m'a prévenu de votre venue. Il s'agit de Suzar Elikann, n'est-ce pas?

J'acquiesçai et lui demandai de me causer du bonhomme, de sa dinguerie, de son comportement... Addiscombe renâcla, invoqua le secret médical, le défaut de mandat en bonne et due forme. Je me dégageai de mon siège trop mou et vins assiéger son bureau en l'agonissant de je ne sais quelles imprécations. Je me souviens de l'avoir accusé de complicité d'assassinat et qu'Ashby, se tirant de sa distraction, avait ajouté :

— Et ce sera écrit dans le *Times*.

Addiscombe crânait moins, je me rassis et il ouvrit une chemise devant lui. Tout était dedans. Suzar Elikann avait été admis au Bedlam en mai 1887, un mois après sa sortie de prison, à la demande d'un docteur de Southwark. Arrêté en état d'ébriété par les policiers du coin, Elikann avait piqué une terrible crise qui l'avait laissé inconscient sur le ciment du poste de police. « Delirium tremens » avait diagnostiqué le toubib.

Au début de son enfermement, Elikann avait présenté les symptômes d'une névrose paranoïaque. En cause : le sevrage d'avec l'opium et l'alcool que lui avaient imposé ses internements, ainsi que le deuil non supporté de la mort de son frère Andrew. Les psys de l'asile le décrivaient comme un individu doté d'une intelligence au-dessus de la moyenne, et parfaitement sociable lorsqu'il n'était pas sujet aux affres de la maladie. Sinon, il était, selon eux, un être habité d'« un terrible ressentiment contre ceux qu'il rendait responsables de la fin tragique de son frère ». Ces mêmes médecins estimaient que cette affection le rongeait en permanence et qu'au plus fort de son affliction il l'évacuait à coup d'injures où il promettait « à ces charognes » qu'elles « le lui paieraient ». Ils soulignaient qu'il ne s'en était jamais pris à ses congénères.

Addiscombe aurait aimé qu'on le félicite d'autant de clarté et de précision. Rien d'autre ne vint qu'un reniflement d'Ashby.

— Il faut nous l'amener, dis-je.
— Elikann ?
— Oui.
— Ici ?
— Evidemment, ici.
— Ce genre d'entreprise s'organise.
— Vous voulez qu'on s'en occupe ?

Addiscombe desserra d'un doigt le double nœud de sa cravate.

— C'est de ma responsabilité. Il peut être dangereux.

Je dégainai mon Webley et le déposai devant lui.

— On a l'habitude.
— Vous êtes fou ?

Ashby se marra. Addiscombe sortit en nous criant de ne pas bouger. Il réapparut peu après accompagné de Mrs. Georgina. On n'avait pas bronché, sauf Ashby qui avait essayé son fauteuil. Il nous déclara qu'il avait distribué ses ordres et qu'il repartait superviser l'extraction. Mrs. Georgina était là pour nous surveiller, elle tournait et virait dans la pièce, avec une démarche à faire le tapin, puis elle cala ses miches contre le bureau. Ashby retourna investir le siège aux accoudoirs en forme de pirogue et elle s'indigna. Il lui servit sa mine la plus contrite, se leva, épousseta le cuir et s'arrêta net. Addiscombe venait de faire irruption dans la pièce.

— Elikann a disparu !
— Disparu ?

Ashby qui sembla regretter aussitôt sa remarque repartit à ses mimiques désolées. Addiscombe s'écroula dans son fauteuil.

— Il n'est pas rentré de la promenade hier soir.

Le médecin chef attrapa une feuille au sommet d'une pile devant lui et soupira.

— C'était dans le rapport de la journée, je n'en avais pas encore pris connaissance. Ce que j'ai appris des surveillants, en revanche, c'est la raison de cette fuite.

Il marqua une pause, son visage tendu vers nous semblant solliciter une réponse.

— Je vais vous la donner, reprit-il. Il y a quelques jours Mr. Brunning m'a demandé l'autorisation d'interroger Mr. Elikann. J'ai tout d'abord refusé puisqu'il s'agissait d'un malade du premier étage. Mais votre inspecteur est revenu vers moi en assurant qu'il s'agissait d'un entretien très bref et anodin au cours duquel il se ferait passer pour un surveillant. Et j'ai été assez naïf pour accepter. Auprès des surveillants, son voisin de chambre a prétendu qu'Elikann était nerveux depuis que la rumeur courait que Mary Chapelton avait été envoyée à Newgate sous le chef d'inculpation d'assassinat, et que la visite de votre policier aura achevé de le paniquer. Voilà le résultat !

— Lui connaissez-vous un point de chute ? demandai-je.

Le médecin chef ricana.

— A part l'appartement de sa victime, je ne vois pas. Sa famille ne s'est jamais manifestée et je doute qu'il en ait encore une. Plus ennuyeux, il a en poche la vingtaine de livres qu'il a économisée sur ce que nous lui versons pour les travaux qu'il effectue, et donc les moyens de se nourrir et de se mettre à l'abri à l'hôtel pendant plusieurs jours.

Flanqué d'Ashby, je plantai Addiscombe et gagnai le Yard en vitesse. J'informai Doffey de la réaction d'Elikann, complétant l'intervention du médecin chef d'une affirmation toute personnelle : Brunning avait sciemment provoqué la fuite d'Elikann qu'il ne pouvait avoir oublié. Doffey protesta pour la forme et referma la bouche sur une cigarette qu'il n'alluma pas.

— Nous allons prospecter les boutiques de confection. Il a dû commencer par s'acheter des vêtements moins repérables que sa blouse. Cette localisation nous indiquera la direction qu'il entend prendre.

— J'irai moi à Balham. Il n'a peut-être plus de famille, mais s'il doit contacter des gens susceptibles de le cacher ou de favoriser sa fuite, c'est là-bas.

— Je mobilise une trentaine d'hommes. Cinq vous accompagneront à Balham...

— Inutile qu'on se fasse remarquer. Ashby me suffira.

— Hum... En effet. La totalité des gars visiteront donc avec moi les tailleurs et fripiers, d'abord ceux de Lambeth et Southwark, ensuite nous passerons à la rive gauche.

— Et Brunning ?

— Je lui dirai ma façon de penser, faites-moi confiance... Pour le reste... (il tira la cigarette d'entre ses lèvres et sembla s'apercevoir qu'elle était éteinte), toute sanction devrait être motivée en haut lieu, auprès de ceux-là mêmes qui ne manqueront pas de nous féliciter d'être venus à bout de cette enquête. Inutile de les décourager, d'autant que Brunning est à six mois de la retraite.

56

En milieu de matinée, le fiacre nous laissa à Balham. Nous l'avions loué pour la journée, au cas où les événements nous amèneraient à nous lancer à la poursuite d'Elikann. J'avais indiqué au cocher qu'il nous dépose sur la route de la poterie, celle où, aux dires du bègue, se trouvait le Stormy.

On descendit au pied de la fabrique. Le bâtiment de grès abritant l'atelier lui-même se prolongeait d'un entrepôt et d'une cour où étaient stockées les caisses prêtes au départ. Puis, au-delà d'une palissade de bois, se dressaient les restes d'une maison de deux étages. Après avoir disjoint deux planches, on s'aventura. La bâtisse était une coquille vide. Seuls les deux pignons se dressaient encore de toute leur hauteur. Le toit et les planchers étaient effondrés, les murs de la façade ne montaient plus qu'à hauteur d'homme. Sur ce qui subsistait du fronton, une inscription élimée marquait encore la pierre : *Le Stormy*.

Une main sur le Webley, je poussai ce qui restait de la porte d'entrée. Le battant branlant pivota dans un bref crissement. On fouilla l'obscurité du regard, dressa l'oreille, longea le mur, trébucha plus d'une fois.

— S'il est là, il nous aura entendus, souffla Ashby dans mon dos.

Je dégainai mon revolver, ouvris la première fenêtre qui me passa sous la main et débloquai le volet d'un coup de poing. Le clair-obscur révéla la désolation. Chaises et tables renversées, rongées par l'humidité, souliers et vêtements jonchant le sol de terre battue, morceaux de plâtre, de tuile et de stuc au milieu des mauvaises herbes. Une poutre avait éventré le comptoir d'étain, disloqué les tonneaux, émietté verres et bouteilles.

Progressant au milieu du foutoir, on passa dans une autre pièce, plus petite, dont l'accès n'était protégé que par une porte crevée et un mur éboulé. L'arrière-salle. Celle où Brunning et ses hommes avaient réglé leur compte aux frères Elikann. La couche de gravats était telle qu'il était vain de rechercher des traces de la fusillade. Et nous n'étions pas là pour ça. On fureta quelques minutes encore et on sortit. Elikann était ailleurs.

La route de la poterie menait d'un côté vers Streatham et de l'autre vers le centre du bourg. Sans s'être concertés, on la remonta d'un pas décidé jusqu'au café du village qui exhalait ses relents de bière et de graisse frite à cent yards à la ronde.

On choisit une table éloignée du comptoir, on commanda de la bière et du thé et on tendit l'oreille autant qu'on le put aux conversations. Après avoir réussi à éconduire, sans attirer l'attention, un pochetron en chapeau de paille qui faisait le tour des tables en quête de compagnons de beuverie, on se leva sans avoir rien capté d'intéressant.

Jusqu'à la fin de la matinée, on sillonna les rues de Balham, chacun de son côté dans un souci de discrétion, avant de se retrouver dans une auberge, à l'écart de la rue principale. On prit notre temps pour s'envoyer un potage de poisson, un jambon bouilli et un bol de crème dont je cédai ma part à Ashby. Entre deux cuillerées, il me pressait d'engager la causette avec le type qui nous servait. Je m'en abstins. Elikann était un enfant du pays, scélérat pour certains, héros pour d'autres qui pourraient être tentés de l'alerter en cas de menace. Passablement rassasiés, nous nous remîmes à arpenter le village, ouvrant l'œil au premier crâne dégarni, guettant le moindre comportement suspect. Les rues se vidèrent et Balham retrouva la pesante tranquillité des faubourgs. Il devenait risqué de continuer à se montrer. En fin d'après-midi, on remit le cap sur Londres. Au Yard, Doffey n'était pas rentré de sa tournée des tailleurs. On fila au Cockatoo. Ashby força sur l'ale pour faire passer la crème. Il sourit au-dessus de sa chope quand j'annonçai la suite des opérations. Nous allions retourner sur Balham à la nuit tombée. Si Elikann s'y cachait, nous avions plus de chances qu'il se risque hors de sa planque à l'heure où les honnêtes gens avaient regagné leurs pénates.

Le café du village était encore ouvert. J'entrai le premier, la casquette enfoncée et allai directement m'asseoir dans la partie la moins éclairée de la salle. Au bar, une colonie de drilles s'envoyait du gin à l'eau et des pintes de half and half [1]. Aucun crâne chauve et plat parmi eux. Ashby rappliqua peu après. Il alla chercher deux chopes au comptoir et s'installa à mon côté, de trois quarts comme je l'étais moi-même par rapport à la porte. Nous distinguions parfaitement les arrivants, eux n'apercevaient que nos profils dissimulés par la pénombre. On ne se préoccupa pas de nous

1. Moitié stout, moitié ale.

jusqu'à ce qu'un énergumène se pointe devant notre table. Il était grand, ses yeux étaient jaunes et son visage creux était mangé par une barbe blanche d'une semaine. Il n'avait plus son chapeau de paille, mais je le reconnus : le pochetron de la matinée. Il nous proposa de jouer une pinte aux dés ou aux cartes. Je refusai, il insista, je haussai le ton. Il se mit alors à nous demander qui nous étions pour le traiter de la sorte, « sûrement des gens de Londres ! » qu'il se mit à brailler en agitant ses bras maigres. On déhotta, mais il nous rattrapa dans la rue et il continua son numéro, répéta qu'il ne nous avait jamais vus à Balham, lui qui était né là et à qui personne n'avait jamais refusé une partie de dés. Je l'agrippai.

— Tu es né à Balham ?

— Comme mon père et ma mère.

Nous nous trouvions au milieu d'une portion étroite de la route qu'éclairait la lumière filtrant des maisons. J'attirai l'arsouille dans un coin plus sombre. C'est Ashby qui posa la question :

— Elikann, ça te dit quelque chose ?

Autant que l'obscurité le laissait deviner, le bonhomme parut frappé de stupeur.

— Bien sûr que je le connais, tout le monde le connaît.

— Et tu ne l'aurais pas vu ces jours-ci ?

— J'veux pas d'ennuis avec ce gars-là.

— C'est si tu mens que tu auras des ennuis, articulai-je en lui collant mon Webley sous le nez.

L'ivrogne se recula d'un pas.

— J'crois mais j'suis pas sûr.

— Où ?

— Un peu avant la poterie, à l'intersection de la

route de Streatham et de celle de la laiterie. Il commençait à faire nuit. C'était bien lui, mais je le croyais à l'asile, alors j'ai pensé que j'avais forcé sur le jaja.

— Il allait vers le village ou vers la laiterie ?

— Je saurais pas vous dire. J'ai pas demandé mon reste.

On retourna au fiacre avec notre indic. Ouvrant l'œil, on se promena au petit trot dans Balham jusqu'au Stormy. On ne croisa que quelques clients rentrant du café et des chiens errants. Le village s'enfonçait paisiblement vers la nuit. L'arsouille protesta lorsque je demandai au cocher de mettre le cap sur Londres. Il tenta de sauter en marche, mais la vue du revolver le calma.

— Pas envie que tu te répandes dans Balham, lui expliquai-je.

Le bonhomme fut hébergé dans une chambre du Cockatoo. Il y resterait jusqu'à ce qu'on ait pris Elikann ou renoncé à le trouver à Balham.

Le fiacre nous ramena le lendemain à l'aube. On tourna dans les parages de la poterie. Sans repérer âme qui vive. Entre la fabrique et le bourg, une route étroite se faufilait dans un sous-bois. Un panneau indiquait : *Laiterie* et *Cimetière*. L'arsouille avait affirmé avoir aperçu Elikann à cette intersection.

La laiterie était la plus grande des fermes qui composaient un hameau. Notre cheval fila au milieu des jappements de chiens et des nasillements de canards. En vue du cimetière, je fis stopper la voiture et enjoignis au cocher de nous attendre. On avança parmi les futaies sur un chemin bordé de ronces. Au détour d'une courbe, le cimetière émergea de la brume. Les bouleaux et les buissons couvraient les allées. Deux blocs de roche marquaient l'entrée. Plus on progressait et plus la végétation se densifiait, cachant les sépultures. Soudain, à vingt pas, je vis un homme assis, à moitié masqué par un saule. Il se tourna vers nous, se leva d'un bond et détala. Il me parut grand, et je l'aurais juré, chauve. On s'élança derrière lui. En contournant le saule, j'eus le temps de lire le nom sur le panneau planté dans le sol : Andrew Elikann. Le fuyard – mais je savais à présent qu'il s'agissait de Suzar Elikann – resta visible quelques instants, avant de disparaître dans les taillis. A la sortie du cimetière, on continua à courir dans la direction qu'il avait prise. A cause de ma patte folle, je peinais à suivre le rythme d'Ashby. A l'intersection, Elikann fila vers la poterie. On cavala derrière et on fouilla les deux étages, entre les tours, les fours et les montagnes de sacs d'argile. Puis on enchaîna sur l'entrepôt et la cour où étaient stockées les caisses prêtes au départ. Pas d'Elikann. On reprit notre souffle et nos esprits. Ashby proposa qu'on pousse les recherches sur la route au-delà du Stormy. Je penchai pour qu'il reste en planque dans le coin, pendant que j'allais rameuter du renfort, les flics locaux d'abord, ceux du Yard ensuite. Ashby, qui inspectait les caisses et les recoins pendant que nous discutions, s'immobilisa subitement près de la palissade.

— Regarde.

Il me désignait une trouée dans une des planches. Le bois était fendu, disloqué, alors que la veille, nous avions seulement écarté deux lattes.

On sauta de l'autre côté et on se rua vers la ruine. On entra et on fouilla comme on l'avait fait la veille. Je venais de passer derrière le bar, quand un murmure me parvint. Plus qu'un murmure, des cris étouffés. Je n'avais pas rêvé, Ashby aussi avait entendu. On déplaça chaque poutre, on retourna chaque pan écroulé, les râles se taisaient puis reprenaient. Au fond d'un appentis jouxtant l'arrière-salle, j'envoyai valser les gravats. Le bruit était tout proche. D'un coup de botte je dégageai un tonneau et accédai à un chai aménagé dans une soupente. La pièce était longue, sombre, basse de plafond et confinait des vapeurs l'alcool. Je m'y enfonçai, courbé, une main sur le Webley. Arrivé à l'extrémité, je butai sur un anneau de la grosseur d'une pièce de deux shillings. Je ressortis en hâte et appelai Ashby. J'attendis qu'il me rejoigne, tirai sur l'anneau, ouvris une trappe... Que n'y avais-je pensé plus tôt ! L'un des exemplaires du *Times* que j'avais consulté aux archives mentionnait que le soir de la descente au Stormy, Millow s'était échappé après s'être caché dans une cave. Elle était là, à nos pieds. On se recula et on attendit quelques instants avant de jeter un œil. L'ouverture était rectangulaire. Trois pieds sur six. Je n'y voyais rien, mais je percevais le bruit nerveux de chocs répétés contre le sol. Ashby confectionna une torche, l'enflamma et la jeta dans le trou. La lueur ne dévoila qu'une échelle. Je descendis le premier. Les murs étaient tapissés de bouteilles. Des relents de pourriture coupaient ceux de l'humidité. La cave formait un coude. Ashby ramassa la torche et nous guida en rasant les parois. Passé l'angle droit, il dirigea la lueur vers le fond du boyau. Elikann était allongé sur la terre, son corps se tordait dans d'affreuses convulsions, ses membres tremblaient et sa bouche déformée par la douleur hachait des mots que nous ne comprenions pas.

Le médecin de Balham diagnostiqua une crise de delirium tremens provoquée par la peur qu'il avait eue d'être poursuivi, et plus sûrement encore par l'émotion qu'il avait ressentie sur la tombe de son frère. Il fut gavé de calmants et finit par sombrer. Alors seulement, il fut sorti de sa cache et transporté en fiacre jusqu'au Yard. Il ne se réveilla qu'au petit matin sur la paillasse de sa cellule. Au gardien venu le nourrir, il cria : « Charogne, pourritures, vous me le paierez ! »

57

La lumière qui tombait du lustre à têtes de diables cascadait sur la tête et les épaules d'Elikann. Les policiers qui l'encadraient l'avaient jeté sur un banc. Par-dessus sa blouse, la camisole lui croisait les bras sur la poitrine. Une chaîne cadenassée liait ses jambes. Empaquetés dans des godillots de cuir mâché, ses pieds flottaient au-dessus du parquet, une des pointes visant le mur de plâtre où s'appuyait Doffey, l'autre, le plafond où se projetait l'ombre d'Ashby assis à côté de moi.

Elikann redressait son cou pour me fixer.

— Pourritures ! Saligauds !

J'attendis la fin de la bordée, lui glissai un baluchon sous la tête et lui signifiai l'accusation.

— Tas de charognes, pou...

— Taisez-vous !

Un des flics avait sursauté et Elikann s'était interrompu, la lèvre pendante. Ce fut à mon tour de le jauger. Ses orbites étaient si effilées qu'elles mordaient le côté de son visage. Il avait des prunelles de chat sur une gueule de molosse, de ceux qui impressionnent par leurs proportions et leur laideur. La lourdeur de ses mâchoires le condamnait à éructer. Ses yeux avaient mieux à faire, observer, guetter, décider, charmer, pourquoi pas. Tout ce que sa physionomie recelait de caractère et de subtilité y avait reflué. Une vraie dénonciation.

Je lui racontai. Le trafic, l'arrestation de Tielness, sa mort, la fusillade du Stormy, la fuite de Weir, les assises, l'interpellation de Weir, son procès, les années d'enfermement, ses souffrances sans l'alcool ni la drogue, l'obsession de son frère, sa libération, sa nouvelle chute, l'asile, le plan, l'assassinat, la lettre signée Millow qu'il nous avait portée, son escapade à Balham et sa planque dans la cave du Stormy, la même que Weir quatorze ans plus tôt. Et ces années de rancœur.

Ses paupières ne formaient plus qu'une fente à travers laquelle il me dévisageait avec intensité. Mon laïus ne l'avait pas impressionné, juste interpellé. Il était en train de se demander comment j'avais pu reconstituer l'histoire avec autant de précision, appréciait la besogne en connaisseur, en mesurait la portée, avait peut-être déjà compris que je comptais sur ses aveux. Son regard s'agrippait. J'étais sa bête curieuse, je l'intéressais. Pour un peu il aurait ouvert la bouche, pas pour répondre à mes questions, mais pour m'interroger.

— Mary Chapelton est à Newgate. Son procès est fixé au 15 juillet...

Doffey fumait un mince cigare. Il m'avait promis de ne pas intervenir. Ce prisonnier était le mien, avait-il admis. Il avait même accepté de tenir Brunning à l'écart de la séance, histoire de ne pas réveiller chez Elikann le souvenir de la descente au Stormy. Je fis siffler ma voix.

— Ça ne devrait pas être long. Deux jours et la corde.

Elikann se tourna et cracha. Un des gardes le gifla et le remit dos au banc. Je lui fis signe de se pousser.

— Pourquoi vous énervez-vous, Elikann ? C'est votre volonté.

— Pourritures !

— Elle vous en veut beaucoup mais elle ne vous trahira pas. C'est une femme bien.

Je m'approchai, le saisis brutalement par le col de la blouse. Il se débattit.

— Calmez-vous, ou vous allez nous faire une crise et ici, il n'y aura personne pour vous soigner.

Il roulait des calots effrayés. Je donnai un tour à la poignée de tissu.

— Vous pouvez être fier de vous, Elikann : deux morts pour venger celle de votre frère. J'ignore ce que Weir vous a fait, ce que je sais c'est qu'il n'a tué personne ce soir-là à Balham. Le responsable, c'est un flic. Vous voulez que je vous le présente ?

Il rua. Derrière moi, Doffey murmura quelques mots que je n'entendis pas.

— Crevures, charognes...

— Compris, Elikann. Il va s'amener. Mais avant, faut que vous m'expliquiez pourquoi vous avez tué Weir.

Il gigota, je durcis ma prise et approchai ma trogne de la sienne.

— Tu as le temps de raconter, Elikann. Notre homme est à Newgate. Et devine ce qu'il y fabrique ! Il cuisine la Mary. Lui se vante même qu'ils sont bien copains tous les deux, que la Mary commencerait à s'ennuyer quand il n'est pas là...

Ses lèvres trop grosses se projetèrent en avant pour injurier puis se ratatinèrent. Il dévissa son regard du mien. Je sentis ses muscles se relâcher et sa face, qui avait pris l'aspect de la cire, sembla se mettre à fondre sous la pression des sanglots qu'il refoulait. Doffey s'était avancé pour mieux voir. Le chef constable venait de poser sa paluche sur mon bras, avec une brutalité annonçant que sa patience était à bout, lorsque Elikann, semblant s'adresser aux gargouilles et aux diables, dit :

— Taisez-vous, pourritures ! Bouclez-la, tas de charognes !

Et il raconta son crime.

Elikann avait tué Harold Weir pour rien.

La fuite miraculeuse du peintre et la clémence des juges à son encontre avaient installé sa conviction. Pour lui, Weir avait été démasqué et avait renseigné les flics pour acheter l'indulgence du tribunal ; il leur avait révélé l'existence de l'atelier où avaient été imprimées les fausses coupures, avait livré les noms des autres membres de la bande après l'arrestation de Tielness, et avait indiqué l'emplacement de leur QG à Balham.

En dix ans de cellule, Suzar Elikann avait eu le temps de gamberger sur cet épilogue tragique. Il en était toujours arrivé à la même conclusion. Weir avait volé la vie de son frère et brisé la sienne.

C'est Tielness qui l'avait recruté. Malgré les talents de Weir (la copie qu'il avait livrée du billet de cinquante livres était un véritable chef-d'œuvre), Elikann ne l'avait jamais considéré comme un des leurs. Il n'était qu'un artiste rangé, un peu anar, qui avait entrevu là le moyen de pimenter son existence.

Dès qu'Elikann avait appris que Weir ne moisirait pas longtemps en prison, il s'était résolu à rendre sa propre justice. Peu après sa libération, il l'avait repéré sur le marché de Norbury où Weir vendait ses tableaux. Seul changement, il ne copiait plus, il peignait des œuvres originales et les signait Fergus Milow.

Il avait commencé par le suivre pour s'apercevoir que Weir-Millow logeait dans un immeuble modeste de Cowley Street. Il était allé le trouver et lui avait fixé rendez-vous dans un coffee shop de Holborn. Entre deux chopes, Elikann avait cherché à lui faire avouer sa trahison. Millow avait blanchi Weir. Il n'avait pas été découvert, n'avait pas joué les balances et s'en était tiré par miracle le fameux soir au Stormy en parvenant à se faufiler dans le chai puis dans la cave. Pendant la fusillade, une balle lui avait fracassé une main, la seconde lui avait traversé l'abdomen. Elle aurait dû le tuer, elle le détruirait à petit feu. Le projectile avait frôlé son foie d'assez près pour le détraquer à jamais et le condamner à se soigner à Londres. Il s'y faisait oublier, espérant qu'Elikann finirait par apprendre la vérité et tirer un trait sur le passé.

Elikann n'avait été ni attendri ni convaincu. Le ton était monté. Millow avait profité de l'ivresse de son interlocuteur pour lui fausser compagnie.

Elikann ne dessoûla pas de quatre jours, remâchant sa douleur. Il reçut la lettre de Millow : *Vous vous êtes trompé de coupable. Vous persécutez une loque...* Il ne s'en calma pas, erra en vain dans Westminster et sur le marché de Norbury. Jusqu'à se faire arrêter ivre de bière autant que de haine, et à tomber les yeux révulsés et les membres électrisés sur le carrelage du poste de police de Norbury d'où il fut expédié au Bedlam.

Son internement n'entama pas son ressentiment. Au contraire, il donnait un sens à sa nouvelle vie. Il prit l'habitude de s'échapper pendant la récréation pour se rendre du côté de Cowley Street. A cette heure, Millow effectuait sa promenade du soir. Il l'épia et arrêta son plan. Il attendrait Millow, caché dans le placard du quatrième, entrerait dans l'appartement en même temps que lui et l'exécuterait avec la seule arme qu'il avait à sa disposition : un des quadrilatères de bois dans lesquels il taillait des jouets à l'atelier.

Un seul pensionnaire de l'asile était au courant : Mary Chapelton, sa maîtresse qui connaissait son histoire. Elle l'aimait, avait tenté de le dissuader, pensait que Millow pouvait avoir dit la vérité lors de leur discussion du coffee shop, arguait qu'il avait, lui aussi, déjà payé : deux ans de cachot, un foie de centenaire alcoolique et une main qui ne pouvait plus tenir son pinceau.

Elle paraissait douter qu'il mette son projet à exécution. Même quand il lui avait annoncé que, ce lundi-là, il fausserait compagnie aux autres apprentis maçons avec lesquels il bricolait le mur d'enceinte de l'asile, elle lui affirma avec un curieux aplomb qu'il n'irait pas au bout de son plan. Lorsqu'il était revenu, il avait dû lui montrer le sang sur ses mains pour qu'elle le croie. Elle lui avait demandé si Millow lui avait parlé d'une lettre anonyme. Il lui avait répondu que Millow n'avait pas eu le temps d'ouvrir la bouche.

Ensuite, les flics du Yard avaient radiné à l'asile et elle avait été arrêtée. Il pensait qu'elle s'était dénoncée. Toujours son bon Dieu d'amour. Il s'était évertué à la sortir de là, avait songé à nous expédier une bafouille la disculpant, sauf qu'il n'était pas fortiche en écriture et qu'il craignait de semer des indices. C'est alors qu'il avait eu l'idée d'utiliser un courrier que lui avait envoyé Millow après leur entrevue du coffee shop. Il n'attirerait pas l'attention sur lui et brouillerait les pistes. Il avait découpé le haut de la lettre pour effacer la date, l'avait mise dans une enveloppe et portée lui-même au Yard. Il n'avait pas compris pourquoi elle n'avait pas été relâchée, aurait payé cher pour savoir si elle avait fini par l'accuser...

Doffey ordonna qu'on aille chercher Mary Chapelton. Il revint au prisonnier, lui demanda s'il n'avait rien omis, essuya un silence pesant qu'il rompit d'une affirmation péremptoire : Weir-Millow n'avait pas trahi. Un banal témoignage de voisin avait permis d'arrêter Tielness, les limiers du Yard ne devaient qu'à leur perspicacité d'avoir débusqué le QG de la bande au Stormy.

Je me gardai de corriger, Elikann s'en serait réfugié dans le delirium.

Une heure plus tard, Mary Chapelton apparut. Brunning l'accompagnait. Je le présentai à Elikann qui l'insulta. Brunning voulut le frapper, Doffey l'en empêcha. Assise sur un tabouret, Mary Chapelton avait suivi la scène sans réagir. Ses cheveux avaient été taillés, des menottes tenaient ses mains dans son dos. Elle semblait transie dans la tenue de toile qui lui donnait l'allure d'une miséreuse de Spiltafields. Un paletot fut jeté sur ses épaules. Ses lèvres frémirent.

— J'ai faim.

Doffey s'énerva. On finit par lui apporter une soupe, on la fit boire. Elle l'avala d'une traite et alors, seulement, sembla prendre conscience que son ancien amant était sur le banc. On l'aida à s'approcher. Elle voulut l'étreindre, un garde l'en empêcha. Elikann lui lança qu'il avait avoué.

Elle pleurait doucement tandis qu'on la ramenait contre son mur de plâtre.

Elikann évacué, elle corrobora sa confession. Brunning voulut poser ses questions, je lui ordonnai de rester dans son coin et de se taire. Ça faillit tourner au vinaigre, Doffey s'interposa et je repris l'interrogatoire. Mary Chapelton serrait les genoux et penchait la tête dans une attitude qui aurait pu rappeler les poses mutines qu'elle prenait dans les allées du Bedlam. Sauf que ses traits n'exprimaient que tristesse et lassitude. Elle confirma avoir écrit, dans sa chambre, le vendredi précédant le meurtre, la lettre anonyme avertissant Millow des intentions de Suzar Elikann. Elle savait que l'intendance de l'asile relevait toutes les adresses des destinataires et ouvrait les plis qui lui semblaient suspects. Elle avait de ce fait confié sa missive à un surveillant pour qu'il la poste ce même vendredi, après la dernière levée afin qu'elle arrive le lundi matin chez Millow.

— Comment s'appelle ce surveillant ?

— Ronny Stooper, dit-elle en rougissant.

Le chef constable décréta une réunion dans son bureau. Il fallait au moins cela pour mettre de l'ordre dans nos têtes. Et s'entendre sur la version qu'il servirait au commissioner.

Ma tête à moi n'allait pas si mal. Le mystère Millow n'en était plus un. Mais j'attendrais un peu pour courir l'annoncer à Ashby. Je devais encore comprendre pourquoi Millow n'avait pas tenu compte des cinq lignes écrites par Mary Chapelton. Tout artiste aigri par la maladie qu'il était, ça restait incompréhensible. Je laissai Doffey les bras ballants devant le mur blanc, au côté de Brunning dont le faciès de clown sinistre ne m'avait jamais inspiré autant de dégoût, et je filai au Bedlam.

Ronny Stooper avait la taille moyenne et le visage fade. Par bonheur il finissait son travail à 21 heures ce soir-là. Le temps que je cherche (en vain) ce qui, dans cette insignifiance, avait pu attirer Mary Chapelton et il m'avait appris tout ce qu'il savait.

Celle qui avait été sa maîtresse (il attendit, pour me confirmer ce détail, qu'Addiscombe nous ait abandonné son bureau) lui avait remis, dans l'après-midi du vendredi 11 mars, une lettre à poster après 18 heures et avant le lendemain à midi. Son service s'achevant ce jour-là à 18 heures pour ne recommencer le samedi qu'à 14 heures, il s'était empressé, dès sa sortie du Bedlam, de s'acquitter de sa mission.

58

Je n'y voyais rien. Ashby me rejoignit alors que je me dirigeais au jugé vers le lit de la jeunette. Il m'entraîna dans le couloir.

— Alors ?

Je le mis au courant. Il avait les traits tirés et les yeux rougis, à moins que ce fût la mauvaise lumière. En tout cas, il m'écoutait. Il ne m'interrompait pas, comme s'il avait craint que je m'arrête. Même quand je lui eus rapporté mon entretien avec Stooper, il resta à me considérer avec un air à me demander la suite. Ce fut une question. Et sa réponse fut celle que j'aurais avancée. Comme moi, il pensait que Millow avait négligé l'avertissement de Mary Chapelton parce qu'il *n'avait pu le comprendre*. Le texte n'avait de sens qu'à une condition : Millow devait le lire le lundi 14 mars, jour du meurtre.

Tel n'avait pas été le cas.

Il l'avait reçu le samedi et avait pris peur comme en attestait sa présence à l'hôtel Savoy cet après-midi et cette nuit-là. Il était rentré chez lui, s'était peut-être encore méfié le dimanche ; puis, le lundi matin, il avait balancé dans l'âtre la lettre anonyme, pensant que l'alerte était passée, qu'Elikann avait voulu lui montrer qu'il connaissait son adresse, lui flanquer la frousse, et seulement cela, pour la bonne raison qu'on n'avait jamais vu un assassin prendre la peine de prévenir sa victime.

Bref, Mary Chapelton avait rédigé la lettre le vendredi après la crise qui l'avait rendue momentanément aveugle, ne se rendant pas compte qu'elle avait écrit la fin de plusieurs mots sur son sous-main. Elle avait ensuite, comme prévu, remis le pli à Stooper. Celui-ci l'avait posté sur Kennington Road en quittant l'asile, soit peu après la dernière levée. Elle n'aurait dû partir que le samedi matin et parvenir le lundi chez Millow. Il n'en avait rien été. La faute à Dave Jackayvitch, *le meilleur facteur des faubourgs*, celui qui ne pouvait résister à tailler la bavette avec ses clients. « Quand tu es pas revenu à 16 heures, c'est pas ton cheval qui a lambiné, c'est toi qui as croisé une belle ou un copain », lui avait lancé devant nous son chef Henry Keilborough.

J'aurais parié que ce soir-là, le bavard s'était pointé en retard pour vider la pillar box de Kennington Road, que le courrier anonyme avait accroché la dernière levée du vendredi et qu'il était arrivé dès le samedi matin au 18, Cowley Street.

Ashby me raccompagna dans le hall. Il devait rester. La jeunette se plaignait de sa jambe et l'infirmière de nuit avait déjà bien assez de malades à surveiller.

59

David Jackayvitch m'accueillit dans sa maison de Lambeth avant de partir à son travail. Le facteur ne se souvenait plus de ce 11 mars. Le petit homme aux cheveux noirs reconnut dans une bordée de tics qu'il accordait régulièrement un petit délai aux postulants à la dernière levée de la boîte de Kennington Road. Et qu'aucun ne s'était jamais plaint.

— Vous avez arrêté votre assassin ?

— Oui. Un déséquilibré.

Il parut déçu. Je le quittai après avoir liquidé une tasse d'un thé très honnête et sans lui dire qu'il l'avait bien aidé.

Brunning m'avait précédé dans le bureau de Doffey. Le superintendant sirotait un porto, debout derrière son fauteuil, à l'aplomb du portrait d'Adolphus Williamson. Le tissu de sa veste se plissait en une grimace qui lui barrait la panse. Il me félicita, déclara qu'on avait bien travaillé. Brunning se leva pour trinquer avec son chef, posa son verre et tenta une pitrerie. Ce fut plus fort que moi, je leur envoyai qu'on avait achevé là une enquête vieille de quatorze ans. Brunning lâcha son nez, récupéra son porto et s'imbiba. Doffey me demanda comment je m'y étais pris pour remonter jusqu'à Elikann, s'il était vraiment fou et quelle mouche avait piqué Millow de rester chez lui ce lundi alors que sa mort lui avait été annoncée. Il avait besoin de ces précisions pour parfaire le rapport qu'il devait livrer dans la journée au chef constable. Il l'épaterait, il en était sûr.

Je lui répondis que c'était mon indic Ashby qui avait tout débrouillé et qu'il rappliquerait très vite si je pouvais lui promettre une belle prime.

Ashby me fit crapahuter. Je croyais le trouver au Cockatoo, je le rattrapai devant le Saint-Thomas Hospital. Il en sortait. Derrière ses lunettes, ses yeux gonflés d'avoir bravé l'obscurité clignaient dans la lumière du jour. Il avait veillé la jeunette toute la nuit « et pas un rat pour faire la conversation », qu'il s'amusa. Son sourire effaçait ses cernes. Il me mena au Select.

— Je te paye à boire et à manger.

Il claqua trois pièces sur le bois d'une table, si fort qu'on vint nous servir.

Il croqua un scone, et, la bouche pleine, raconta que la jeunette avait réussi à s'endormir, mais que sur le matin il avait vu la sueur qui perlait sur son front. Il lui avait touché la main, elle était brûlante. Elle n'avait pas tardé à délirer, « comme Tête de Roc ! ». Il s'en étonnait encore, un peu ému, vu que c'est son nom à lui qu'elle prononçait avec des gentillesses qu'il n'avait jamais entendues. Il en rougissait, s'envoya la moitié d'une timbale de thé, lui qui préférait la chicorée à l'eau.

— Le chirurgien a fini par rappliquer.

Il avait diagnostiqué une rechute, un cador celui-ci,

il ne parlait pas en l'air. La gangrène était revenue. Fallait pas perdre une minute, il l'avait bourrée de médicaments et l'avait descendue à la salle d'opération. A midi elle serait dans la chambre, avant le soir elle ouvrirait les yeux et lui adresserait son plus beau sourire. Ashby avait posé des questions et le chirurgien l'avait rassuré. Il allait couper un petit bout encore, jusqu'au milieu du tibia. Ça ne changerait pas grand-chose, on ne lui rallongerait pas les béquilles pour autant ! Puis surtout, elle serait définitivement débarrassée de cette pourriture dans sa guibole. Il enfourna un autre scone et se dépêcha d'avaler.

— Et je te promets que le jour où elle quittera l'hosto, on viendra ici tous les trois et on se goinfrera de gâteaux, c'est moi qui te le dis. Pourquoi qu'on se gênerait ? Définitivement débarrassée, qu'il a promis le toubib. T'entends, Joe ? Tout ira bien. La belle vie !

Remerciements à :

Blandine Seigle, Patrick Rambaud, Christophe Bataille

et à :

Diana Bornais, André-François Ruaud, Xavier Mauméjean,
Martine Fégly (graphologue), Tri Tran.

Impression réalisée par

CPI
BRODARD & TAUPIN

La Flèche (Sarthe), 58110
N° d'édition : 4278
Dépôt légal : juin 2010

Imprimé en France